LE BANNI DE GOR

J'AI LU

JOHN NORMAN

Le tarnier de Gor	*J'ai lu* 3168/**4**
Le banni de Gor	*J'ai lu* 3229/**4**
Les prêtres-rois de Gor	*J'ai lu* 3351/**5**
Les nomades de Gor	*J'ai lu* 3435/**5**
Les assassins de Gor	*J'ai lu* 3497/**6**
Les pirates de Gor	*J'ai lu* 3548/**6**
Les esclaves de Gor	
Les chasseurs de Gor	
Les maraudeurs de Gor	
Les tribus de Gor	
La captive de Gor	
Les monstres de Gor	
Les explorateurs de Gor	
Le champion de Gor	
Le forban de Gor	
Guardsman of Gor	
Savages of Gor	
Players of Gor	

JOHN NORMAN

LE BANNI DE GOR

TRADUIT DE L'AMÉRICAIN
PAR ARLETTE ROSENBLUM

ÉDITIONS J'AI LU

Collection créée et dirigée
par Jacques Sadoul

Titre original :

OUTLAW OF GOR

1

LE TÉMOIGNAGE DE HARRISON SMITH

J'ai rencontré Tarl Cabot pour la première fois dans une petite université du New Hampshire spécialisée dans les arts libéraux, où nous avions accepté l'un et l'autre un poste d'assistant de première année. Il était chargé de cours en Histoire anglaise. Quant à moi, ayant l'intention de travailler trois années environ afin de réunir de quoi me payer des études de droit, j'étais professeur d'éducation physique, branche dont Cabot, à mon vif déplaisir d'ailleurs, ne fut jamais convaincu qu'elle relevait du programme d'études d'un établissement d'enseignement.

Nous faisions beaucoup de promenades à pied, bavardions, pratiquions l'escrime et, je l'espérais, étions devenus amis. J'avais de la sympathie pour ce jeune Anglais bien élevé. Il était discret et charmant, bien qu'il parût parfois distant, ou replié sur lui-même, peu désireux, pour ainsi dire, d'écarter le bouclier protecteur de ce formalisme derrière lequel l'Anglais cultivé — au fond du cœur peut-être aussi sentimental et passionné que n'importe qui — s'efforce de dissimuler ses sentiments.

Le jeune Cabot était plutôt grand, de belle taille, bien bâti, avec une démarche d'une souplesse féline qui évoquait peut-être plus les docks de Bristol, sa ville natale, que les cloîtres d'Oxford où il avait poursuivi ses études.

Ses yeux étaient bleus, limpides, au regard direct et franc. Il avait le teint clair. Ses cheveux, fait peut-être regrettable encore que certains ne l'en aient que mieux aimé pour cela, étaient roux, mais pas simplement roux : disons que sa chevelure emmêlée était un flamboyant défi aux convenances qui régissent la bonne tenue des professeurs. Je ne crois pas qu'il ait jamais possédé de peigne et je jurerais bien qu'il ne s'en serait pas servi s'il en avait eu un. Somme toute, Tarl Cabot nous paraissait un jeune gentleman d'Oxford paisible et courtois, cette chevelure mise à part. Mais par la suite, nous n'avons su que penser.

A ma consternation et à celle de l'université, Cabot a disparu après la fin du premier semestre. Je suis certain que ce ne fut pas de son propre gré. Cabot est un homme qui tient ses engagements.

A la fin du semestre, Cabot, comme nous tous, était las de la routine universitaire et voulut se changer les idées. Il décida d'aller camper, seul, dans les Montagnes Blanches proches que rendait alors très belles la fragile parure de givre d'un mois de février au New Hampshire.

Je lui prêtai du matériel de camping et le conduisis dans les montagnes, où je le laissai près de la route. Il me demanda, et je suis sûr qu'il parlait sérieusement, de le reprendre au même endroit trois jours plus tard. Je revins au moment convenu, mais il n'était pas au rendez-vous. J'ai attendu plusieurs heures, puis j'y suis retourné le lendemain à l'heure dite, mais il ne s'est toujours pas montré. En conséquence, inquiet, j'ai averti les autorités et, l'après-midi même, de vastes recherches furent entreprises.

Nous avons finalement découvert ce que nous avons supposé être les cendres de son feu de camp, près d'un grand rocher plat, à environ neuf heures d'ascension de la route. Nos recherches n'eurent aucun autre résultat. Pourtant, plusieurs mois après, Tarl Cabot est sorti de ces mêmes montagnes, vivant et en bonne condition mais paraissant sous le coup d'un choc émotionnel qui avait provoqué une amnésie, du moins quant à cette période pendant laquelle il avait disparu.

Il n'est jamais revenu à l'université, au grand soulagement de plusieurs de mes collègues plus âgés qui avouèrent alors avoir estimé que le jeune Cabot ne s'était jamais adapté. Peu de temps après, je décidai que, moi non plus, je ne m'adaptais pas, et je quittai l'université. Je reçus un chèque de Cabot en compensation de mon matériel qu'il avait apparemment perdu. C'était un geste délicat, mais j'aurais préféré qu'il vienne lui-même me voir. Je lui aurais pris la main et je l'aurais forcé à me parler, à me raconter ce qui s'était passé.

Contrairement à mes collègues de l'université, j'avais trouvé trop simple l'histoire d'amnésie. L'explication ne cadrait pas ; c'était impossible. Comment avait-il vécu pendant ces mois, où était-il allé, qu'avait-il fait ?

Près de sept ans s'étaient écoulés depuis que j'avais fait la connaissance de Cabot quand je l'ai aperçu dans les rues de Manhattan. A cette époque, j'avais depuis longtemps économisé l'argent nécessaire pour suivre les cours à la faculté de droit et je n'enseignais plus depuis trois ans. En fait, je complétais alors mes études dans une école de droit associée à l'une des universités privées les plus réputées de New York.

Il avait très peu changé, pour ne pas dire pas du tout. Je courus derrière lui et, spontanément, l'attrapai par l'épaule. Ce qui se passa ensuite semble presque trop inconcevable pour le comprendre. Il se retourna d'un bond de tigre avec une brusque exclamation de rage dans une langue bizarre, et je me retrouvai saisi entre des mains d'acier et plaqué au sol avec une grande force, coincé sous son genou, ma colonne vertébrale à deux doigts d'être brisée comme verre.

L'instant d'après, il me relâcha en se confondant en excuses avant même de m'avoir reconnu. Horrifié, je me rendis compte qu'il avait agi par réflexe, tout comme l'œil cligne à une forte lumière ou le genou se détend sous le marteau du médecin. C'était le réflexe d'un animal dont l'instinct est de détruire avant de risquer d'être détruit, ou d'un être humain qui a été dressé comme cet animal, un être humain qui a été conditionné pour tuer vite, sauvagement, ou être tué de la même façon. J'étais couvert de sueur. Je savais que j'avais frôlé la mort. Etait-ce là le doux Tarl Cabot que j'avais connu ?

— Harrison ! s'écria-t-il. Harrison Smith !

Il me releva d'un mouvement plein d'aisance, parlant sur un rythme rapide où les mots se bousculaient pour essayer de me rassurer.

— Pardonne-moi ! Pardonne-moi, mon vieux !

Nous nous sommes regardés.

Il tendit la main impulsivement, dans un geste d'excuse. Je la pris et nous nous serrâmes la main. Mon étreinte, je le crains, fut un peu faible et ma main tremblait légèrement.

— Je suis vraiment navré, dit-il.

Un groupe s'était rassemblé sur le trottoir, à distance respectueuse.

Il sourit, de ce vieux sourire candide, enfantin, du New Hampshire, dont je me souvenais.

— Aimerais-tu boire un pot ? demanda-t-il.

Je souris aussi.

— Cela ne me ferait pas de mal, assurai-je.

Dans un petit bar du centre de Manhattan, guère plus qu'une entrée et un couloir, Tarl Cabot et moi nous avons renouvelé notre amitié. Nous parlâmes d'une douzaine de choses, mais ni l'un ni l'autre n'avons mentionné sa réaction brutale à mon salut, pas plus que nous n'avons parlé de ces mois mystérieux pendant lesquels il avait disparu dans les montagnes du New Hampshire.

Au cours des mois qui suivirent, autant que mes études le permettaient, nous nous sommes vus assez souvent. Je semblais répondre à un besoin désespéré de camaraderie humaine chez cet homme solitaire et, pour ma part, je me réjouissais de me compter comme son ami, malheureusement peut-être son *unique* ami.

Je sentais que le moment viendrait où Tarl Cabot me parlerait des montagnes mais que le choix de ce moment dépendait de lui seul. Je ne tenais pas à me mêler de ses affaires, ou de ses secrets si tel était le cas. Etre de nouveau son ami me suffisait. Je m'étonnais parfois que Cabot ne me parle pas plus ouvertement de certains sujets, qu'il garde si jalousement le silence sur ces mois pendant lesquels il avait été absent de l'université. Je sais maintenant pourquoi il n'a rien dit plus tôt. Il redoutait que je le croie fou.

Tard un soir, au début de février, nous buvions une fois de plus dans ce petit bar où nous avions pris nos premières consommations ensemble, quelques mois plus tôt, en cet incroyable après-midi ensoleillé. Au-dehors tombait une neige légère qui ressemblait à des pastilles de feutre de couleur dans le triste éclairage au néon de la rue. Cabot la contemplait entre deux gorgées de scotch. Il paraissait morose, maussade. Je me souvins que c'était en février que, voici des années, il avait quitté l'université.

— Nous ferions peut-être mieux de rentrer à la maison, proposai-je.

Cabot continua à regarder au-dehors par la fenêtre, observant la neige teintée par le néon qui descendait en voltigeant pour finir sur le trottoir, grise et piétinée.

— Je l'aime, dit Cabot, sans s'adresser vraiment à moi.

— Qui ? demandai-je.

Il secoua la tête et continua à fixer la neige.

— Rentrons chez toi, insistai-je. Il est tard.

— Où est-ce, chez moi ? dit Cabot, les yeux sur son verre à demi plein.

— A quelques rues d'ici, répliquai-je, car je désirais qu'il parte, je voulais qu'il sorte du bar. Son humeur différait de tout ce que j'avais connu de lui jusqu'alors. Je ne sais pas pourquoi, mais j'avais peur.

Il se refusait à bouger. Il dégagea son bras de ma main.

— Il est tard, dit-il, apparemment acquiesçant à mon propos mais peut-être avec une autre intention. Il ne faut pas qu'il soit trop tard, reprit-il comme s'il avait pris une résolution, comme si, par la seule force de sa volonté, il arrêterait la marche du temps, le cours hasardeux des événements.

Je me renfonçai dans mon siège. Cabot partirait quand il y serait prêt. Pas avant. Je pris conscience de son silence, du léger bruit des conversations à mi-voix au bar, du cliquetis des verres, des bruits d'un pied frottant le sol, d'un liquide remué dans un petit verre épais.

Cabot leva de nouveau son scotch, le tint devant lui, sans boire. Puis, cérémonieusement, amèrement, il en fit tomber un peu sur la table où le liquide rejaillit, imbibant en partie une serviette. Tout en accomplissant ce geste, il murmura une formule dans cette langue inconnue que je n'avais entendue qu'une fois, quand j'avais failli périr de ses mains. J'eus l'impression qu'il devenait dangereux. J'étais mal à l'aise.

— Que fais-tu ? demandai-je.

— J'offre une libation, dit-il simplement. Ta-Sardar-Gor.

— Qu'est-ce que cela veut dire ? questionnai-je d'une voix un peu hésitante, épaissie par l'alcool, rendue mal assurée par ma peur.

— Cela veut dire, répliqua Cabot en riant d'un rire forcé : Aux Prêtres-Rois de Gor.

Il se leva en chancelant. Il semblait grand, bizarre, presque d'un autre monde dans cet éclairage tamisé, dans cette atmosphère calme d'aimables petits bruits civilisés.

Puis subitement, avec un rire amer, à la fois plainte et cri de rage, il lança avec violence le verre contre le mur, où il s'écrasa en un million de fragments scintillants qui s'éparpillèrent. Et, en cet instant où s'établit brusquement un silence stupéfait, terrifié, je l'entendis répéter clairement avec force, un murmure rauque, ces mots étranges :

— Ta-Sardar-Gor !

Le barman, un homme corpulent au visage mou, se dirigea en se dandinant vers notre table. Une de ses mains grasses serrait nerveusement une petite matraque de cuir bourrée de plombs. Le barman montra du pouce la porte. Il renouvela le geste. Cabot, qui le dominait de toute sa taille, semblait ne pas comprendre. Le barman leva la matraque dans un geste menaçant. Cabot prit simplement l'arme, qu'il sembla retirer comme en se jouant des doigts du gros homme stupéfait. Il baissa les yeux sur son visage suant, effrayé.

— Tu as brandi une arme contre moi, dit-il. Ma loi me permet de te tuer.

Le barman et moi regardâmes avec terreur les grandes mains fermes de Cabot éventrer la matraque d'une torsion, faisant craquer la couture, comme j'aurais déchiré un rouleau de carton. Une partie des plombs tomba par terre et roula sous les tables.

— Il est ivre, dis-je au barman.

Je pris énergiquement Cabot par le bras. Il semblait ne plus être en colère et je voyais qu'il ne voulait de mal à personne. Mon contact parut le tirer de cette étrange humeur. Il rendit docilement au barman la matraque détruite.

— Je suis désolé, dit Cabot. Vraiment désolé.

Il sortit son portefeuille et fourra un billet dans la main du barman. C'était un billet de cent dollars.

Nous endossâmes nos manteaux et sortîmes dans le soir de février, sous les fins flocons blancs. Devant le bar, nous restâmes sans parler, plantés dans la neige. Cabot, toujours à moitié ivre, contemplait autour de lui la sèche géométrie électrique de cette grande ville, les silhouettes sombres et solitaires qui avançaient sous la neige légère, l'éclat voilé des phares des voitures.

— C'est une grande ville, déclara-t-il soudain, et pourtant elle n'est pas aimée. Combien sont-ils ici qui mourraient pour cette ville ? Combien défendraient ses limites jusqu'à la mort ? Combien endureraient la torture pour elle ?

— Tu es soûl, dis-je en souriant.

— Cette cité n'est pas aimée, répéta-t-il. Sinon elle ne serait pas utilisée comme elle l'est, entretenue comme elle l'est !

Il s'éloigna tristement.

Je ne sais pas pourquoi, mais je compris que c'était cette nuit-là que j'apprendrais le secret de Tarl Cabot.

— Attends ! lui criai-je tout à coup.

Il se retourna et je sentis qu'il était content que je l'aie rappelé, que ma compagnie cette nuit-là lui était précieuse.

Je le rattrapai et nous nous rendîmes ensemble à son appartement. Il commença par préparer un pot de café fort, ce dont ma tête qui tournait lui fut grandement reconnaissante. Puis, sans un mot, il alla dans son placard et en ressortit avec son petit coffre-fort. Il l'ouvrit avec une clef qu'il portait sur lui et en tira un manuscrit de son écriture claire et ferme, attaché avec de la ficelle. Il me mit le manuscrit entre les mains.

C'était un document relatif à ce que Cabot appelait l'Antichton — l'Anti-Terre —, l'histoire d'un guerrier, du siège d'une ville et de l'amour d'une jeune fille. Vous le connaissez peut-être sous le titre : *Le Tarnier de Gor.*

Lorsque, peu après l'aube, j'eus terminé la lecture de ce récit, je regardai Cabot qui, pendant tout ce temps, était resté assis près de la fenêtre, le menton dans les mains, à regarder la neige, perdu dans des pensées que j'étais bien incapable d'imaginer.

Il se retourna et me fit face.

— C'est vrai, dit-il, mais tu n'es pas obligé de le croire.

Je ne savais que dire. Bien sûr, cela ne pouvait pas être vrai. Pourtant, j'en avais la conviction, Cabot était l'un des hommes les plus honnêtes que j'aie connus.

Je remarquai alors sa chevalière, presque pour la première fois bien que l'ayant déjà vue je ne sais combien de fois. Elle était mentionnée dans le récit, cette simple bague de métal rouge qui portait l'écusson de Cabot.

— Oui, dit Cabot en tendant la main, c'est bien cet anneau.

Je désignai le manuscrit.

— Pourquoi m'as-tu montré cela ?

— Je veux que quelqu'un soit au courant, répondit-il simplement.

Je me levai, ressentant soudain maintenant les

effets d'une nuit d'insomnie, de la beuverie et des nombreuses tasses de café fort. Je grimaçai un sourire.

— Je crois que je ferais bien de partir.

— Certes, déclara Cabot en m'aidant à enfiler mon manteau. (Sur le seuil, il tendit la main.) Au revoir, dit-il.

— A demain, précisai-je.

— Non, riposta-t-il. Je repars pour les montagnes.

C'était en février, à cette date, qu'il avait disparu sept ans plus tôt.

Du coup, je retrouvai mes esprits.

— Ne pars pas, le priai-je.

— Je pars, répéta-t-il.

— Laisse-moi t'accompagner.

— Non. Il se peut que je ne revienne pas.

Nous nous sommes serré la main et j'eus l'étrange impression que je ne reverrais peut-être plus jamais Tarl Cabot. Ma main était crispée fermement sur la sienne et la sienne sur la mienne. J'avais compté pour lui et lui pour moi et voilà, aussi simplement que cela, comment des amis peuvent se séparer pour toujours, sans plus jamais devoir se rencontrer ni se parler.

Je me retrouvai dans le triste couloir blanchâtre devant son appartement, clignant des yeux en regardant l'ampoule nue au plafond. Je marchai au-dehors pendant plusieurs heures malgré ma fatigue, réfléchissant, m'interrogeant sur les choses étranges dont j'avais appris l'existence.

Puis, brusquement, je fis demi-tour et revins littéralement au pas de course jusqu'à son appartement. Je l'avais laissé, lui, mon ami. A quel destin, je n'en avais aucune idée. Je me précipitai vers la porte de son appartement et tambourinai contre elle avec mes poings. Il n'y eut pas de réponse. Je frappai la porte à coups de pied et la serrure s'arracha du chambranle. J'entrai dans l'appartement. Tarl Cabot était parti.

Sur la table de ce modeste meublé se trouvait le manuscrit que j'avais lu pendant cette longue nuit, avec une enveloppe coincée sous la ficelle. L'enveloppe portait mes nom et adresse. A l'intérieur, il y avait cette simple note : *« Pour Harrison Smith, s'il désire l'avoir. »* Triste, je sortis de l'appartement, emportant le manuscrit qui fut publié ultérieurement sous le titre : *Le Tarnier de Gor.* Cela et mes souvenirs, c'était tout ce qui me restait de mon ami Tarl Cabot.

La date des examens arriva : ils furent passés avec succès. Plus tard, après d'autres examens, je fus admis au barreau de l'Etat de New York et je suis entré dans l'un des grands cabinets juridiques de la ville avec l'espoir d'accumuler assez d'expérience et de capitaux pour ouvrir, par la suite, un petit cabinet à moi. Dans le tourbillon du travail, dans l'interminable et exigeante jungle de détails inhérente à ma spécialité, le souvenir de Cabot fut chassé de mon esprit. Peu de chose me reste à dire ici, en dehors du fait que je ne l'ai plus revu. Encore que j'aie des raisons de croire qu'il est vivant.

Une fin d'après-midi, après mon travail, je rentrai chez moi. Là, bien que portes et fenêtres fussent verrouillées, sur une table à thé devant le canapé il y avait un second manuscrit, celui que vous allez lire. Pas de note jointe, pas d'explications.

Peut-être, comme l'avait dit une fois Tarl Cabot, que « les Prêtres-Rois ont des agents parmi nous ».

2

RETOUR À GOR

Une fois encore, moi, Tarl Cabot, je foulais la terre verdoyante de Gor.

Je m'étais réveillé, nu dans l'herbe agitée par le vent, sous cette flamboyante étoile qui est le Soleil commun à mes deux mondes, ma planète natale la Terre et sa sœur secrète : Gor, l'Anti-Terre.

Je me suis mis debout lentement, vibrant de toutes mes fibres dans le vent dont les rafales me fouettaient les cheveux, tous mes muscles souffrant et jouissant de se mouvoir enfin après peut-être des semaines d'immobilité car, une fois encore dans les Montagnes Blanches, j'étais entré dans le disque d'argent, cet astronef des Prêtres-Rois utilisé pour les Voyages d'Acquisition et, en y pénétrant, j'avais perdu connaissance. C'est dans cet état, comme déjà naguère, que je suis arrivé sur cette planète.

Je restai ainsi plusieurs minutes pour laisser chaque sens et chaque nerf assimiler l'émerveillement de mon retour.

J'eus de nouveau conscience de la pesanteur un

peu moindre de la planète, mais cela passerait quand mon corps se serait adapté au nouvel environnement. Etant donné cette moindre pesanteur, des prouesses qui paraîtraient presque surhumaines sur la Terre sont banales sur Gor. Le Soleil, comme dans mon souvenir, semblait un peu plus grand que vu depuis la Terre mais, de même que précédemment, c'était difficile à affirmer.

Au loin, j'apercevais des taches jaunes, les bosquets d'arbres Ka-la-na qui émaillent les plaines de Gor. A bonne distance sur ma gauche, je vis un splendide champ de Sa-Tarna joliment courbé sous le vent, cette haute céréale jaune qui est un élément essentiel de l'alimentation goréenne. Sur la droite, dans le lointain, je voyais une masse montagneuse. D'après son étendue et sa hauteur, je présumai qu'il s'agissait des montagnes de Thentis. Si je ne me trompais pas, en les prenant comme repère, je pourrais m'orienter pour aller à Ko-ro-ba, cette Cité des Cylindres à laquelle, il y a des années, j'avais voué mon épée.

Alors, debout dans le soleil, je levai impulsivement les bras comme dans une prière païenne pour saluer le pouvoir des Prêtres-Rois qui m'avaient de nouveau amené de la Terre jusqu'à ce monde, ce pouvoir qui, une fois déjà, m'avait arraché à Gor quand ils en eurent terminé avec moi, m'enlevant à ma ville d'adoption, à mon père et à mes amis, et à la jeune femme que j'aimais, la ravissante Talena aux cheveux noirs, fille de Marlenus qui avait été l'Ubar d'Ar, la plus grande cité des régions habitées de Gor.

Il n'y avait dans mon cœur aucun amour pour les Prêtres-Rois, ces mystérieux habitants des Monts

Sardar, qui ou quoi qu'ils puissent être, mais il y avait de la gratitude, soit pour eux, soit pour les forces étranges qui les faisaient agir.

Que j'aie été ramené sur Gor pour y retrouver ma Cité et ma bien-aimée n'était pas, j'en étais sûr, le geste spontané de générosité ou de justice qu'il pouvait paraître. Les Prêtres-Rois, Gardiens du Lieu Sacré dans les Monts Sardar, qui savent apparemment tout ce qui se passe sur Gor, maîtres de la hideuse Mort par le Feu, qui peuvent détruire par une flamme dévorante tout ce qu'ils désirent et quand ils en ont envie, n'ont pas de motivations aussi simples que les hommes, ne sont pas sensibles aux impératifs de décence et de respect qui influencent parfois les actes humains. Leurs préoccupations se bornent à leurs propres fins lointaines et mystérieuses. Pour parvenir à ces fins, les créatures humaines sont traitées comme des instruments serviles. Le bruit courait qu'ils utilisent les hommes comme on utilise les pions d'un jeu et, quand le pion a joué son rôle, il est rejeté ou peut-être, comme dans mon cas, retiré de l'échiquier jusqu'à ce qu'il plaise aux Prêtres-Rois de tenter une nouvelle partie.

Je remarquai sur l'herbe, à quelques pas de moi, un casque, un bouclier et une lance, ainsi qu'un ballot de cuir replié. Je m'agenouillai pour examiner ces objets.

Le casque était en bronze, travaillé à la mode grecque, avec une unique ouverture à peu près en forme de Y. Il ne portait aucun insigne, et le cimier aucune identification.

Le bouclier rond, fait de bandes concentriques de cuir durci se chevauchant, rivées ensemble et reliées par des cercles de cuivre, muni d'une double courroie pour être porté au bras gauche, était de même sans marque. Normalement, le bouclier goréen est peint de façon distinctive et un insigne permettant d'identifier la cité de son détenteur y est incorporé. Si ce bouclier m'était destiné, et je ne doutais guère que ce fût le cas, il aurait dû porter l'insigne de Ko-ro-ba, ma Cité.

La lance était typiquement goréenne, longue d'environ deux mètres, lourde, massive, avec une pointe effilée en bronze de quelque quarante-cinq centimètres de long. C'est une arme terrible, une arme de jet apparentée au javelot et utilisée comme lui et qui, bénéficiant de la pesanteur un peu moindre de Gor, perce un bouclier à courte distance ou s'enfonce sur près de trente centimètres de profondeur dans du bois compact si elle est projetée avec force. Avec cette arme, des hommes chassent en groupe, dans ses repaires natals de la Chaîne des Voltaï, même le larl, cet extraordinaire carnivore ressemblant à une panthère qui peut atteindre un mètre quatre-vingts à deux mètres dix au garrot.

En fait, la lance goréenne est telle que de nombreux guerriers dédaignent des armes de jet moins grandes comme l'arc de guerre ou l'arbalète qui, l'un et l'autre, ne sont pas rares sur Gor. Je regrettai toutefois qu'il n'y eût pas d'arc parmi les armes à ma disposition car, lors de mon séjour précédent sur Gor, j'avais acquis une certaine dextérité dans son maniement et j'éprouvais pour lui une prédilection, penchant qui avait scandalisé mon ancien maître d'armes.

Je m'en souvenais avec affection, de ce Tarl l'Aîné. Tarl est un prénom répandu sur Gor. J'étais très impatient de le revoir, ce rude géant pareil à un

Viking, ce fier épéiste barbu, amicalement batailleur, qui m'avait enseigné le métier des armes tel que le pratiquent les guerriers de Gor.

J'ouvris le ballot de cuir. J'y trouvai la tunique écarlate, le ceinturon, les sandales et le manteau qui constituent le costume normal d'un membre de la Caste des Guerriers. C'était ce qui convenait puisque j'appartenais à cette caste depuis cette matinée d'il y a un peu moins de sept ans où, dans la Chambre du Conseil des Hautes Castes, j'avais reçu les armes des mains de mon père Matthew Cabot, Administrateur de Ko-ro-ba, et pris pour mienne la Pierre du Foyer de cette cité.

Pour le Goréen, bien qu'il aborde rarement ce sujet, une cité est plus que des briques et du marbre, des cylindres et des ponts. Ce n'est pas simplement un endroit, un lieu géographique où des hommes ont jugé bon de construire leurs demeures, un assemblage de bâtiments d'où ils peuvent le mieux diriger leurs affaires.

Le Goréen a le sentiment, ou croit, qu'une cité ne peut pas être simplement identifiée à ses éléments matériels, lesquels subissent leurs transformations tout comme les cellules du corps humain.

Pour les Goréens, une cité est presque une chose vivante, ou *plus* qu'une chose vivante. C'est une entité avec une histoire, alors que pierres et rivières n'ont pas d'histoire. C'est une entité avec une tradition, un héritage, des coutumes, des habitudes, un caractère, des intentions, des espoirs. Quand, par exemple, un Goréen dit qu'il est d'*Ar* ou de *Ko-ro-ba*, il fait beaucoup plus que de vous renseigner sur le lieu de sa résidence.

Les Goréens en général — bien qu'il y ait des exceptions et notamment la Caste des Initiés — ne croient pas à l'immortalité. En conséquence, être d'*une* cité est en un sens faire partie de quelque chose de moins périssable que soi-même, quelque chose de divin, au sens d'immortel. Bien sûr, tout Goréen le sait, les cités aussi sont mortelles, car, comme les hommes, elles peuvent être détruites. Et ceci leur fait peut-être aimer d'autant plus leur cité, car ils savent que, tout comme eux, elle est susceptible de disparaître à jamais.

Cet amour de leur cité tend à s'incarner dans une pierre connue sous le nom de « Pierre du Foyer » et qui est habituellement gardée dans le plus haut cylindre de la ville. La Pierre du Foyer, qui n'est parfois qu'un fragment brut de roche sculptée, datant peut-être de plusieurs centaines de générations, alors que la cité n'était encore qu'un groupe de huttes sur la rive d'un fleuve, qui est aussi parfois un superbe cube de marbre ou de granit incrusté de pierres précieuses, est le symbole de la cité. Pourtant, parler de symbole, c'est être au-dessous de la réalité. C'est presque comme si la cité elle-même s'identifiait à la Pierre du Foyer, comme si cette Pierre était à la cité ce que la vie est à l'homme. La croyance veut que tant que subsiste la Pierre du Foyer, de même survivra aussi la cité.

Mais ce n'est pas seulement chaque cité qui a sa Pierre de Foyer. Le village le plus simple et le plus humble, et même la hutte la plus primitive de ce village, réduite peut-être à un cône de paille, possède sa Pierre de Foyer personnelle tout autant que les appartements féeriques où loge l'Administrateur d'une ville aussi importante qu'Ar.

Ma Pierre de Foyer était celle de Ko-ro-ba, cette

cité à laquelle voici sept ans j'avais voué mon épée. J'étais maintenant anxieux de retourner dans ma Cité.

A l'intérieur du ballot, roulés dans la tunique et le manteau, je trouvai le baudrier, le fourreau et la courte épée des Goréens. Je sortis la lame de son fourreau. Elle était bien équilibrée, dangereuse, à double tranchant, et de cinquante à cinquante-cinq centimètres de long. Je reconnus la poignée ainsi que certaines marques sur la lame. C'était l'épée que je portais au siège d'Ar. Cela me fit une étrange impression de l'avoir de nouveau dans la main, de sentir son poids, la forme familière de la poignée. Cette lame s'était frayé un chemin quand j'avais gravi l'escalier du Cylindre Central d'Ar, quand j'avais sauvé Marlenus, Ubar de cette cité, qui s'y était retranché. Elle avait croisé celle de Pa-Kur, Maître Assassin, sur le toit du Cylindre de Justice d'Ar lorsque je m'étais battu pour ma bien-aimée Talena. Et voici que je la tenais de nouveau dans ma main. Je me demandai pourquoi ; je savais seulement que les Prêtres-Rois l'avaient voulu ainsi.

Deux choses que j'avais espéré trouver dans le ballot n'y étaient pas : un aiguillon et un sifflet à tarn. L'aiguillon est un instrument en forme de baguette, de soixante centimètres de long environ. Il a un commutateur dans la poignée, à peu près comme une torche électrique ordinaire. Quand l'aiguillon est mis en position de marche et qu'il frappe un objet, il provoque un choc violent et éparpille une pluie d'étincelles jaunes. On l'utilise pour diriger les tarns, les oiseaux de selle géants de Gor qui ressemblent à des faucons. En fait, ces oiseaux sont conditionnés presque au sortir de l'œuf à réagir à l'aiguillon.

Le sifflet à tarn, comme on s'en doute, est utilisé pour appeler l'oiseau. En général, les tarns les mieux dressés ne réagissent qu'à une seule note, celle émise par le sifflet de leur maître. Il n'y a rien de surprenant à cela étant donné que chaque oiseau est habitué par la Caste des Eleveurs de Tarns à réagir à une note différente. Lorsqu'un tarn est donné ou vendu à un tarnier, le sifflet accompagne l'oiseau. Inutile de dire que le sifflet est important et conservé avec soin car, s'il est égaré ou s'il tombe entre les mains d'un ennemi, le guerrier a pratiquement perdu sa monture.

J'ai revêtu ensuite la tenue écarlate du guerrier de Gor. Le fait que le vêtement, comme le casque et le bouclier, n'arborait aucun insigne me déconcertait. C'était contraire aux coutumes de Gor car, normalement, seuls les vêtements des hors-la-loi et des exilés — hommes sans cité — sont dépourvus des marques d'identification dont le Goréen est si fier.

Je coiffai le casque et suspendis à mon épaule gauche l'épée et le bouclier. Puis je soulevai avec aisance dans ma main droite la lance massive. D'après le soleil, et sachant que Ko-ro-ba se trouvait au nord-ouest des montagnes, je me mis en route vers ma Cité.

Ma démarche était légère, mon cœur joyeux. J'étais chez moi car, là où ma bien-aimée m'attendait, était mon foyer. Là où mon père m'avait retrouvé après plus de vingt ans de séparation, où mes compagnons d'armes et moi avions bu et ri ensemble, où j'avais fait la connaissance de mon ami Torm, le petit Scribe, qui m'avait instruit — là, c'était mon foyer.

Je m'aperçus que je pensais en goréen aussi couramment que si je n'étais pas resté sept ans absent. Je pris conscience que je chantais un chant guerrier tout en marchant dans l'herbe.

J'étais revenu sur Gor.

3

ZOSK

Je marchais depuis plusieurs heures en direction de Ko-ro-ba quand j'eus la joie de croiser une des routes étroites qui mènent à cette cité. Je la reconnus mais, même si je ne l'avais pas reconnue, les bornes pasangriques en forme de cylindre qui la jalonnent portaient chacune le signe de la cité et le chiffre approprié de pasangs jusqu'à ses remparts. Un pasang goréen mesure environ onze cents mètres.

La route, comme la plupart des routes de Gor, était construite comme une chaussée dans la terre et prévue pour durer une centaine de générations. Le Goréen, n'ayant guère la même idée que nous en ce qui concerne le progrès, prend grand soin de ses constructions et de leur fini. Ce qu'il bâtit, il attend des hommes qu'ils l'utilisent jusqu'à ce que les intempéries l'aient réduit en poussière. Pourtant cette route, en dépit de l'amour du métier que la Caste des Constructeurs y avait déployé, n'était qu'une route secondaire modeste, à peine assez large pour le passage de deux voitures. En fait, même les routes principales de Ko-ro-ba étaient loin de soutenir la comparaison avec les grandes voies qui conduisent à une métropole comme Ar.

Chose surprenante, bien que les bornes pasangriques m'aient indiqué que j'étais près de Ko-ro-ba, des touffes d'herbe s'étaient frayé un chemin avec ténacité entre les pierres et, par-ci par-là, des plantes grimpantes s'avançaient, vrille par vrille, en travers des grandes dalles.

L'après-midi touchait à sa fin et, à en juger d'après les bornes, j'étais toujours à plusieurs heures de la ville. Bien qu'il fît encore clair, de nombreux oiseaux au plumage coloré avaient déjà rejoint leur nid. Çà et là, des essaims d'insectes nocturnes commençaient à s'agiter, sortant de dessous le feuillage des buissons bordant la route. Les ombres des bornes s'étaient allongées et, d'après leur angle (car ces pierres sont disposées de façon à servir aussi de cadran solaire), la quatorzième ahn — ou heure goréenne — était passée.

Le jour goréen est divisé en vingt ahns, à numération consécutive. La dixième ahn est midi, la vingtième minuit. Chaque ahn comprend quarante ehns, ou minutes, et chaque ehn quatre-vingts ihns, ou secondes.

Je me demandai s'il était sage de poursuivre mon voyage. Le soleil serait bientôt couché et la nuit goréenne n'est pas sans danger, particulièrement pour un piéton.

C'est la nuit que chasse le sleen, ce mammifère carnivore à six pattes dont le corps allongé le fait ressembler énormément à un lézard. Je n'en avais jamais vu, mais j'avais relevé des empreintes d'une de ces bêtes sept ans auparavant.

Le soir aussi, sur le fond brillant des disques des trois lunes de Gor, on peut voir parfois l'ombre silencieuse du prédateur ul, ptérodactyle géant rôdant loin de ses marais d'origine dans le delta du Vosk.

Je redoutais peut-être plus encore ces nuits pleines des cris de la meute de varts, essaim aveugle de rongeurs volants ressemblant à des chauves-souris, dont chacun a la taille d'un petit chien. Ils peuvent dépouiller une carcasse en quelques minutes, chacun emportant un lambeau de chair dans les recoins de la sombre caverne que la troupe a choisie comme demeure. De plus, certains essaims de varts ont la rage.

La route elle-même présentait un danger manifeste, augmenté du fait que je n'avais pas de moyen d'éclairage. La nuit venue, divers serpents sortent sur la route dont ils recherchent la tiédeur, ses pierres retenant la chaleur du soleil plus longtemps que la campagne environnante. Entre autres, l'énorme python goréen aux nombreuses rayures, le hith. Un autre à craindre même davantage est le minuscule ost, reptile venimeux orange vif long d'à peine quelques centimètres, dont la morsure provoque une mort atroce en quelques secondes.

En conséquence, malgré mon ardent désir de revenir à Ko-ro-ba, je décidai de quitter la route, de m'envelopper dans mon manteau et de passer la nuit à l'abri de quelque rocher, ou encore de me faufiler dans le fouillis de buissons épineux où l'on peut dormir dans une sécurité relative. Maintenant que j'envisageais d'interrompre mon voyage, je me rendais brusquement compte que j'avais à la fois soif et faim. Aucune ration ou gourde d'eau ne se trouvait dans le ballot de cuir trouvé avec les armes.

J'avais à peine quitté la route pavée que j'aperçus, venant dans ma direction, chaque pas soigneusement mesuré et ferme, une large silhouette voûtée courbée sous un énorme fagot de branches fixé sur son dos par deux cordes qu'elle tenait tordues dans ses poings devant elle. Sa stature et son fardeau la désignaient comme membre de la Caste des Porteurs de Bois ou Bûcherons, cette caste goréenne qui, avec la Caste des Charbonniers, fournit la plus grande partie du combustible utilisé par les cités.

Le poids que portait ce bûcheron était prodigieux et aurait fait chanceler des hommes de bien des castes, y compris même de la Caste des Guerriers. Le fagot se dressait d'au moins la hauteur d'un homme au-dessus de son dos courbé et avait près d'un mètre vingt de large. Je savais que cette charge était supportée en partie grâce à une utilisation adroite des cordes et du dos, mais cela requérait aussi évidemment de la force pure et ce bûcheron, comme ses frères de caste, avait été préparé à cette tâche par une sélection qui durait depuis des générations. Les moins forts étaient devenus hors-la-loi ou étaient morts. Dans de rares cas, le Conseil des Hautes Castes en avait autorisé à s'élever de caste. Aucun, bien entendu, n'aurait accepté de descendre à une caste inférieure, car il en existe : la Caste des Paysans par exemple, caste la plus basse de tout Gor.

L'homme approchait. Ses yeux disparaissaient presque sous une calotte de cheveux blancs hirsutes où s'emmêlaient des brindilles et des feuilles. Ses moustaches avaient été rasées sur son visage, probablement par la lame de la large hache à double tranchant attachée sur le dessus du fagot. Il portait la blouse courte sans manches, toute déchirée, de son métier, avec un renfort de cuir au dos et aux épaules. Ses pieds étaient nus et noirs jusqu'aux chevilles.

Je m'avançai sur la route au-devant de lui.

— Tal, dis-je en levant le bras droit, la paume vers l'intérieur dans le geste de salut habituel sur Gor.

L'être hirsute trapu, puissant, monstrueux dans la fière déformation de son métier, s'immobilisa devant moi, les pieds campés fermement sur la route. Il leva la tête. Ses longs yeux étroits, clairs comme de l'eau, me regardèrent à travers la frange de cheveux qui les cachait presque.

Malgré sa lente réaction à ma présence, ses mouvements délibérés et patients, je compris qu'il était surpris. Il ne s'attendait apparemment pas à rencontrer quelqu'un sur cette route. Cela m'intrigua.

— Tal, dit-il d'une voix épaisse, presque pas humaine.

J'eus l'intuition qu'il réfléchissait au temps qu'il lui faudrait pour atteindre la hache attachée sur le fagot.

— Je ne te veux pas de mal, assurai-je.

— Que désires-tu ? demanda le porteur de bois, qui avait dû remarquer entre-temps que mon bouclier et mon équipement ne portaient aucun insigne et en conclure que j'étais un hors-la-loi.

— Je ne suis pas un hors-la-loi, dis-je.

Visiblement, il ne me crut pas.

— J'ai faim, repris-je. Je n'ai rien eu à manger depuis de longues heures.

— Moi aussi, j'ai faim, répliqua-t-il, et je n'ai rien eu à manger depuis de longues heures.

— Ta hutte est-elle proche ? questionnai-je.

Je savais que oui, étant donné le moment de la journée où je l'avais rencontré. Le soleil règle l'horaire de la plupart des métiers sur Gor et le bûcheron devait revenir avec sa coupe de la journée.

— Non, répondit-il.

— Je ne veux pas de mal ni à toi ni à ta Pierre de Foyer. Je n'ai pas d'argent et ne peux te payer, mais j'ai faim.

— Un Guerrier prend ce qu'il veut, dit l'homme.

— Je ne veux rien te prendre.

Il m'examina et j'eus l'impression qu'une esquisse de sourire affleurait le cuir tanné de sa large figure.

— Je n'ai pas de fille, déclara-t-il. Je n'ai pas d'argent ni de marchandises.

— Alors, je te souhaite prospérité, m'exclamai-je en riant, et je vais poursuivre mon chemin !

Je le dépassai et continuai à suivre la route.

Je n'avais fait que quelques pas lorsque sa voix m'arrêta. Ce qu'il disait était difficile à comprendre, car les solitaires de la Caste des Bûcherons n'ont pas l'habitude de parler.

— J'ai des pois et des navets, de l'ail et des oignons dans ma hutte, dit l'homme dont le fagot lui faisait une bosse de géant.

— Les Prêtres-Rois eux-mêmes, répliquai-je, ne pourraient demander davantage.

— Alors, Guerrier, dit-il, lançant l'invitation bourrue de Gor à un repas de Basse Caste, partage mon pot !

— J'en suis honoré, assurai-je — et j'étais sincère.

Alors que j'appartenais à une Haute Caste et lui à une Basse, il serait pourtant dans sa hutte — selon les lois de Gor — prince et souverain, car il serait alors sur le lieu de sa Pierre de Foyer personnelle. En effet, un pauvre diable craintif qui ne songerait pas à quitter le sol des yeux en présence d'un membre d'une des Hautes Castes, un rustre opprimé et sans caractère, un misérable déloyal ou un lâche, un colporteur avare ou obséquieux devient, souvent, à l'endroit où se trouve la Pierre de son Foyer, un véritable lion parmi ses pairs, fier et splendide, généreux et accueillant, un roi, quand ne serait-ce que dans son taudis.

En vérité, assez fréquents sont les récits où même un guerrier a succombé devant un paysan furieux dans la cabane duquel il s'était introduit abusivement car, dans le voisinage de la Pierre de leur Foyer, les hommes se battent avec le courage, la sauvagerie et la ruse du larl des montagnes. Plus d'un champ de paysan de Gor a été arrosé par le sang de guerriers imprudents.

Le porteur de bois à la large carrure souriait d'une oreille à l'autre. Il aurait un invité ce soir. Il parlerait peu lui-même, étant malhabile à discourir et trop fier pour former des phrases qu'il savait devoir être hésitantes ou incorrectes, mais il resterait assis près du feu jusqu'à l'aube, refusant de me laisser dormir, pour que je lui parle, lui dise des histoires, lui raconte des aventures et lui donne des nouvelles d'endroits lointains. Ce que je dirais, je ne l'ignorais pas, aurait moins d'importance que le fait que quelque chose était dit, qu'il n'était plus seul.

— Je suis Zosk, annonça-t-il.

Je me demandai si c'était un nom coutumier ou son vrai nom. Les membres des Basses Castes s'appellent souvent d'un nom qu'ils ont choisi, réservant leur nom réel pour les intimes et les amis afin d'empêcher qu'il soit utilisé par un sorcier ou un jeteur de sorts pour leur nuire. Quoi qu'il en soit, j'eus l'impression que Zosk était son nom véritable.

— Zosk de quelle cité ? demandai-je.

La large silhouette courbée sembla se raidir. Les muscles de ses jambes se tendirent comme des câbles. Le lien que j'avais senti s'établir entre nous avait brusquement disparu comme un moineau qui s'envole ou une feuille arrachée à une branche.

— Zosk... dit-il.

— De quelle cité ?

— D'aucune cité.

— Tu es sûrement de Ko-ro-ba, répliquai-je.

J'eus l'impression que ce géant trapu et difforme se contractait comme s'il avait été frappé et se mettait à trembler. Je compris que cet être primitif, simple, naïf, était soudain terrifié. Zosk, j'en avais l'intuition, aurait tenu tête à un larl, armé seulement de sa hache ; pourtant il semblait avoir peur. Les grands poings qui serraient les cordes du fagot blanchirent, les branches craquèrent dans le fagot.

— Je suis Tarl Cabot, dis-je. Tarl de Ko-ro-ba !

Zosk poussa un cri inarticulé et se mit à reculer en trébuchant. Ses mains laissèrent maladroitement filer les cordes et le grand fagot se défit et tomba avec fracas sur les dalles de la route. Comme il se retournait pour fuir, son pied glissa sur une branche et il s'affala. Il chut presque sur la hache qui gisait sur la route. Impulsivement, comme si c'était une planche de salut dans le maelström de sa peur, il se saisit de la hache.

La hache en main, il parut soudain se rappeler sa Caste et il se campa sur la route, dans la lumière du crépuscule, à quelques pas de moi, comme un gorille, étreignant la hache au large fer, respirant profondément, aspirant l'air, maîtrisant son effroi.

Ses yeux me regardèrent avec colère à travers les

mèches de ses cheveux blancs emmêlés. Je ne comprenais rien à sa crise de peur, mais j'étais fier de le voir la dominer, car la peur est le grand ennemi commun de tout ce qui vit, et j'estimais que sa victoire était aussi, en quelque sorte, la mienne. Je me rappelais qu'un jour j'avais été effrayé de la même façon dans les montagnes du New Hampshire et que j'avais honteusement cédé à ma terreur et m'étais enfui sous l'empire du seul sentiment humain qui soit dégradant.

Zosk se redressa autant que l'arc énorme de sa colonne vertébrale le lui permettait.

Il n'avait plus peur.

Il parla lentement. Sa voix était épaisse, mais il en était pleinement maître.

— Dis que tu n'es pas Tarl Cabot de Ko-ro-ba.

— Mais si, répliquai-je.

— Je te demande une faveur, reprit Zosk d'une voix lourde d'émotion. Dis que tu n'es pas Tarl Cabot de Ko-ro-ba.

Le ton était celui de la supplication.

— *Je suis Tarl Cabot de Ko-ro-ba!* répliquai-je fermement.

Zosk leva sa hache.

Elle avait l'air légère dans son énorme poigne. J'avais l'impression qu'elle aurait pu fendre un petit arbre d'un seul coup. Pas à pas, il s'approcha de moi, tenant la hache à deux mains au-dessus de son épaule.

Il s'arrêta finalement devant moi. Je crus voir des larmes dans ses yeux. Je ne fis aucun geste pour me défendre. Je sentais, sans trop savoir pourquoi, que Zosk ne frapperait pas. Il luttait avec lui-même, son large visage naïf crispé par l'angoisse, le regard torturé.

— Que les Prêtres-Rois me pardonnent ! s'écria-t-il.

Il jeta la hache qui résonna sur les pierres de la route de Ko-ro-ba. Zosk se laissa choir à terre et s'assit en tailleur sur la route, sa gigantesque carcasse secouée de sanglots, sa tête massive dans ses mains, tandis que sa voix gutturale, épaisse, gémissait de détresse.

En pareille circonstance, il est impossible de rien dire car, selon la manière de voir goréenne, la pitié humilie à la fois celui qui plaint et celui qui est plaint. Selon les coutumes de Gor, on peut aimer mais on ne doit pas témoigner de pitié.

Je m'éloignai donc.

J'avais oublié ma faim. Je ne pensais plus aux dangers de la route.

J'arriverais à Ko-ro-ba à l'aube.

4

LE SLEEN

J'avançais en trébuchant dans l'obscurité vers les remparts de Ko-ro-ba, frappant les pierres avec l'extrémité de la hampe de ma lance pour ne pas quitter la route et écarter de mon chemin les serpents qui pourraient s'y trouver. Ce fut un voyage cauchemardesque et insensé que cette ruée dans la nuit pour rejoindre ma Cité ; je me meurtris, tombai, m'écorchai dans le noir et, pourtant, j'étais aiguillonné par un doute et une appréhension si torturants que je ne pouvais me permettre aucun repos jusqu'à ce que je sois de nouveau sur les hauts ponts de Ko-ro-ba.

N'étais-je pas Tarl de Ko-ro-ba ? N'y avait-il pas de cité de ce nom ? Chaque borne proclamait son existence — au bout de cette route. Alors, pourquoi la route n'était-elle pas entretenue ? Pourquoi n'y voyait-on aucune marque de passage ? Pourquoi Zosk de la Caste des Bûcherons avait-il réagi de cette façon ? Pourquoi mon bouclier, mon casque, mon costume ne portaient-ils pas le fier insigne de Ko-ro-ba ?

A un moment donné, je poussai un cri de douleur. Deux crochets s'étaient enfoncés dans mon mollet. Un ost ! pensai-je. Mais les crochets tenaient bon et j'entendais le bruit d'aspiration, de succion, des gousses d'une plante-sangsue, semblables à des vésicules, qui se gonflaient et se contractaient comme d'horribles petits poumons. Je me baissai et arrachai la plante qui croissait sur le bas-côté de la route. Elle se contorsionnait dans ma main comme un serpent, ses vésicules palpitantes. J'extirpai de ma jambe les deux épines pareilles à des crochets. La plante-sangsue frappe comme un cobra et fixe deux épines creuses dans sa victime. Les réactions chimiques des gousses vésiculaires produisent un effet mécanique de pompage, et le sang est aspiré dans la plante qui s'en nourrit. Comme je retirais la chose de ma jambe — heureux que la morsure ne provienne pas de l'ost venimeux — les trois lunes filantes de Gor sortirent du rideau sombre des nuages. Je redressai la plante frémissante et la cassai. Déjà mon sang, noir dans la nuit argentée, mélangé à la sève de la plante, tachait la tige jusqu'aux racines. En deux ou trois secondes à peine, elle avait pompé environ un huitième de litre de liquide. Avec un frisson, je lançai la plante répugnante loin de la route. Normalement, ces végétaux sont enlevés des bords des routes et des endroits habités. Ils sont surtout dangereux pour les enfants et les petits animaux, mais un adulte qui tomberait au milieu de ces plantes n'y survivrait probablement pas.

Je me préparai à poursuivre de nouveau mon voyage, heureux que les trois lunes de Gor éclairent mes pas sur cette route périlleuse. Dans un moment de lucidité, je me suis demandé si je ne devrais pas chercher un refuge — et je savais que je le devais — mais je ne le pouvais pas, car des questions brûlaient en moi auxquelles je n'osais pas répondre. Seul le témoignage de mes yeux et de mes oreilles pouvait apaiser mes craintes, la confusion dans laquelle je me trouvais. Je cherchais une vérité que je ne connaissais pas, mais dont je savais qu'il me fallait la découvrir et qu'elle se trouvait au bout de cette route.

Je perçus une odeur étrange, désagréable, très proche de celle de la fouine ou de la belette, mais plus forte. Aussitôt, tous mes sens furent en alerte.

Je me figeai par une réaction quasi animale.

Je ne proférais pas un son, je ne bougeais pas, cherchant refuge dans le silence, l'immobilité. Je tournai imperceptiblement la tête pour scruter les rochers et les buissons autour de la route. Je crus entendre un léger reniflement, un grognement, un petit gémissement de chien. Puis rien.

Lui aussi s'était figé, sentant sans doute ma présence. Très probablement, c'était un sleen et, je l'espérais, un jeune. Je présumai que ce n'était pas moi qu'il chassait, sinon je n'aurais probablement pas perçu son odeur. Il se serait approché face au vent. Je suis resté ainsi six ou sept minutes. Je l'aperçus alors, sur ses six courtes pattes, qui ondulait en travers de la route comme un lézard à fourrure, son museau pointu et moustachu se balançant d'un côté à l'autre pour flairer le vent.

Je poussai un soupir de soulagement.

C'était bien un jeune sleen, long de deux mètres quarante à peu près, qui n'avait pas la patience d'un animal plus âgé. S'il découvrait ma présence, son attaque serait bruyante, une ruée sifflante, une charge criarde maladroite. Il se coula dans l'obscurité, peut-être pas tout à fait convaincu qu'il n'était pas seul, jeune animal prêt à négliger ou ne pas voir ces légers signes qui font toute la différence entre la mort et la survie dans le monde brutal et prédateur de Gor.

Je continuai mon voyage.

De rapides nuages noirs voilèrent à nouveau les trois lunes de Gor et le vent se leva. Je voyais les ombres des grands arbres Ka-la-na penchés dans l'obscurité de la nuit, leurs feuilles agitées et bruissantes sur leurs longues branches. Je sentais la pluie dans l'air. Il y eut tout à coup un éclair et le fracas assourdi du tonnerre me parvint quelques secondes après.

Comme je hâtais le pas, mon appréhension grandit. Il me semblait que j'aurais dû apercevoir maintenant les lumières de la Cité des Cylindres de Ko-ro-ba. Le vent augmentait, il avait l'air de s'acharner sur les arbres.

A la faveur d'un éclair, je distinguai une borne et j'y courus. Dans le vent qui forcissait et l'obscurité, je passai le doigt sur le chiffre gravé dans la borne. C'était exact. J'aurais dû voir les lumières de Ko-ro-ba. Pourtant je n'apercevais rien. La cité devait être dans l'obscurité.

Pourquoi les lanternes n'étaient-elles pas suspendues sur les hauts ponts ? Pourquoi les lampes aux cent flammes et aux cent couleurs n'étaient-elles pas allumées dans les quartiers de la ville, annonçant dans le code des lampes de Gor les causeries, les beuveries, l'amour ? Pourquoi les énormes phares des remparts ne luisaient-ils pas pour sommer les tarniers de Ko-ro-ba rôdant au loin de regagner l'abri de ses murailles ?

Je restai près de la borne, essayant de comprendre. J'étais désorienté, irrésolu. Maintenant que je ne distinguais pas les lumières de Ko-ro-ba comme je m'y attendais, je prenais plus fortement conscience que je n'avais même pas vu briller dans les collines entourant la cité les feux des paysans ou les torches des sportifs téméraires qui chassent le sleen la nuit. Oui, et j'aurais dû déjà être interpellé par les patrouilles de nuit de Ko-ro-ba une douzaine de fois !

Une monstrueuse succession d'éclairs en chaîne explosa dans la nuit autour de moi, m'assourdissant par le choc et le grondement du tonnerre, brisant avec violence l'obscurité en fragments, la mettant en pièces comme une jatte d'argile sous un coup de marteau et, avec la foudre, l'ouragan s'abattit, torrents furieux de pluie glaciale fouettée par le vent.

En une seconde, je fus trempé par cette eau glacée. Le vent s'acharnait sur mon manteau, sur ma tunique. J'étais aveuglé par le déchaînement de l'orage. J'essuyai la pluie froide qui m'était tombée dans les yeux et me passai les doigts dans les cheveux pour les rejeter en arrière. La furie paralysante des éclairs, tel un fouet électrique, frappait sans arrêt les collines, m'éblouissant pour un moment de terreur panique, puis s'évanouissait à nouveau dans l'obscurité.

La foudre s'abattit avec fracas sur la route, à moins de cinquante mètres de moi. J'eus l'impression qu'elle demeurait plantée devant moi comme une gigantesque lance crochue lumineuse, mystérieuse, menaçante, puis elle disparut. Elle était tombée en travers de ma route. La pensée me vint que c'était un avertissement des Prêtres-Rois pour que je rebrousse chemin.

Je continuai à avancer et m'arrêtai à l'endroit où

la foudre avait frappé. En dépit du vent et de la pluie glacée, je sentais la chaleur des pierres sous mes sandales. Je levai la tête vers l'orage, je brandis ma lance et mon bouclier et je criai dans la tempête, ma voix noyée dans le tumulte de la nature, bouffée de défi contre les forces qui semblaient liguées contre moi :

— Je vais à Ko-ro-ba !

A peine avais-je fait un pas que j'aperçus le sleen à la lueur d'un éclair. Un animal adulte, cette fois, d'environ six mètres de long, qui chargeait dans ma direction, vite, sans bruit, les oreilles plaquées contre sa tête pointue, sa fourrure lisse de pluie, ses crocs découverts, ses larges yeux de nocturne brillant du désir de tuer.

Un son étrange s'échappa de mes lèvres, un rire inattendu. Voilà au moins quelque chose que je pouvais voir, sentir, combattre !

Avec une ardeur et un désir qui égalaient ceux de l'animal, je m'élançai dans l'obscurité et, quand j'estimai qu'il allait bondir, je projetai en avant la lance à large fer de Gor. Je sentis mon bras comme pris dans un étau humide, raclé par les crocs, et je tournoyai quand l'animal, poussant des cris perçants de rage et de douleur, roula sur la route. Je retirai mon bras d'entre ses mâchoires sans force qui cherchaient encore machinalement à mordre.

Un autre éclair, et je vis le sleen sur le ventre, qui mordillait la hampe de la lance, ses grands yeux de nocturne vitreux, le regard perdu. Mon bras était ensanglanté, mais principalement par le sang du sleen. Mon bras s'était presque enfoncé dans la gorge de l'animal à la suite de la lance que j'avais projetée dans sa gueule. Je fis remuer mon bras et mes doigts. J'étais indemne.

A l'éclair suivant, je vis que le sleen était mort.

Un frisson me secoua involontairement, mais je ne sais s'il était dû au froid et à la pluie ou à la vue de ce long corps fourré ressemblant à un lézard qui gisait à mes pieds. J'essayai de retirer la lance, mais elle était coincée entre les côtes de l'animal.

Froidement, je dégainai mon épée, tranchai la tête de la bête et dégageai l'arme d'une secousse. Puis, à l'instar des chasseurs de sleen, comme porte-bonheur, et parce que j'avais faim, je fendis avec mon épée la fourrure du sleen pour lui manger le cœur.

On dit que seul le cœur du larl des montagnes porte plus chance que celui du dangereux et rusé sleen. La chair crue, chaude du sang de l'animal, me sustenta et je m'accroupis à côté de mon gibier sur la route de Ko-ro-ba, prédateur parmi les prédateurs.

Je ris.

— Croyais-tu, ô Frère Sombre de la Nuit, m'empêcher d'aller à Ko-ro-ba ?

Comme cela me semblait absurde qu'un simple sleen se soit mis entre moi et ma Cité ! De façon tout à fait irrationnelle, je ris en pensant à quel point l'animal avait été stupide. Mais comment aurait-il pu savoir ? Comment aurait-il su que j'étais Tarl de Ko-ro-ba et que je revenais dans ma Cité ? Un proverbe goréen dit que quiconque retourne dans sa cité ne se laisse arrêter par rien. Le sleen ne connaissait-il pas ce dicton ?

Je secouai la tête pour chasser ces idées extravagantes. Je sentais que je déraisonnais, peut-être un peu enivré par la mise à mort du sleen et la première nourriture que j'avais absorbée depuis plusieurs heures.

Puis, avec gravité, tout en sachant que c'était de la superstition, j'ai accompli le rite goréen de l'examen du sang. Dans le creux de mes mains, je bus une gorgée de sang, puis j'en repris dans mes paumes et attendis le prochain éclair.

On observe le sang dans ses mains réunies. Il paraît que si l'on voit son visage noir et décharné on mourra de maladie ; si on se voit blessé et écarlate, on mourra au combat ; si l'on se voit vieux avec des cheveux blancs, on mourra paisiblement en laissant des enfants.

Il y eut un nouvel éclair et je regardai le sang. En ce bref instant, dans la minuscule flaque de sang que je tenais, je vis, non pas moi-même, mais un visage étrange pareil à un globe d'or avec des yeux en forme de disque, un visage que je n'avais jamais vu, un visage qui frappa mon cœur d'une terreur mystérieuse.

L'obscurité revint et pendant l'éclair suivant je scrutai de nouveau le sang, mais ce n'était que du sang, le sang du sleen que j'avais tué sur la route de Ko-ro-ba. Je ne me vis même pas reflété à sa surface. Je bus le sang, pour compléter le rite.

Je me levai et essuyai la lame de mon épée sur la fourrure du sleen. Son cœur m'avait donné des forces.

— Merci, Frère Sombre de la Nuit, dis-je à l'animal.

Je m'aperçus que l'eau s'était accumulée dans le côté concave du bouclier. Avec gratitude, je le soulevai et bus.

5

LA VALLÉE DE KO-RO-BA

Je commençais maintenant à monter.

La route m'était familière, cette longue et relativement rude ascension jusqu'à la crête de la série de coteaux au-delà desquels se trouve Ko-ro-ba, une montée qui est le cauchemar des conducteurs de caravanes, des porteurs de fardeaux comme le pauvre Zosk le Bûcheron et de tous ceux qui voyagent à pied.

Ko-ro-ba est située au milieu de collines verdoyantes, à une centaine de mètres au-dessus du niveau du lointain Golfe de Tamber et de cette mystérieuse étendue d'eau au-delà du golfe appelée simplement en goréen « Thassa », la Mer. Ko-ro-ba n'est pas dans un endroit aussi élevé et reculé que Thentis, par exemple, dans les montagnes de Thentis, célèbre pour ses troupeaux de tarns, mais ce n'est pas non plus une cité des vastes plaines comme la métropole luxueuse d'Ar, ou du rivage comme le bruyant, surpeuplé, sensuel Port Kar sur le Golfe de Tamber.

Ar est une cité glorieuse, d'imposante grandeur,

reconnue même par ses ennemis naturels ; Thentis a la fière violence des rudes montagnes de Thentis pour cadre ; Port Kar peut revendiquer le vaste Tamber comme compagnon et la brillante et mystérieuse Thassa au-delà, mais j'estime que ma Cité est vraiment la plus belle avec ses hauts cylindres variés qui se dressent avec tant de grâce, si joyeusement, parmi les calmes collines verdoyantes.

Un poète ancien qui — chose assez incroyable pour l'esprit goréen — a chanté la gloire d'un grand nombre de cités de Gor, avait parlé de Ko-ro-ba en l'appelant les Tours du Matin et cette appellation est encore parfois utilisée. Le mot même de Ko-ro-ba, plus prosaïquement, est un terme goréen archaïque signifiant : « marché de village ».

L'ouragan ne s'était pas calmé, mais j'avais cessé de m'en soucier. Trempé, gelé, je grimpais en tenant mon bouclier obliquement devant moi pour détourner le vent et rendre la montée plus facile. Enfin parvenu au sommet, j'attendis en épongeant l'eau froide qui me coulait dans les yeux, j'attendis l'éclair qui, après ces longues années, me ferait voir ma Cité.

Je languissais de ma Cité, de mon père, le magnifique Matthew Cabot, ancien Ubar et présentement Administrateur de Ko-ro-ba, et de mes amis : le fier Tarl l'Aîné, mon maître d'armes, et Torm, le joyeux petit Scribe bougon qui estimait que même le sommeil et la nourriture faisaient partie d'une conspiration pour l'arracher à l'étude de ses bien-aimés rouleaux. Et, surtout, je languissais de Talena, celle que j'avais choisie comme Libre Compagne, celle pour qui j'avais combattu sur le Cylindre de Justice, celle qui m'aimait et que j'aimais, la ravissante

Talena aux cheveux noirs, fille de Marlenus, ancien Ubar d'Ar.

— Je t'aime, Jacqueline ! m'écriai-je.

Et comme mon cri sortait de mes lèvres, il y eut un grand éclair et la vallée apparut, entre les collines, nue et blanche — et je vis que la vallée était vide.

Ko-ro-ba n'était plus là.

La cité avait disparu.

L'obscurité suivit l'éclair et le choc du tonnerre me secoua d'horreur.

Les éclairs se succédaient ; les coups de tonnerre me martelaient et l'obscurité me submergeait. Et, chaque fois, j'apercevais ce que j'avais vu avant : la vallée vide. Ko-ro-ba avait disparu.

— Tu as été touché par les Prêtres-Rois, dit une voix derrière moi.

Je pivotai sur moi-même, bouclier devant moi, lance en arrêt.

Dans l'éclair qui suivit, je vis le costume blanc d'un Initié, la tête rasée et les yeux tristes d'un des membres de la Caste Bénie, serviteurs, dit-on, des Prêtres-Rois. De haute taille, il se tenait sur la route, les bras cachés dans sa tunique, et m'observait.

Je ne sais pourquoi, cet homme me parut différent des Initiés que j'avais connus sur Gor. J'étais incapable de dire quoi, mais il avait quelque chose en lui, ou sur lui, qui me semblait le mettre à part des autres membres de cette caste. Il aurait pu être n'importe quel Initié, mais il n'était pas n'importe lequel. Il n'avait rien d'extraordinaire sinon, peut-être, un front un peu plus haut que chez le commun des mortels, des yeux qui avaient peut-être vu des spectacles que peu d'hommes ont vus.

Je fus frappé par l'idée que moi, Tarl de Ko-ro-ba, un Mortel, ici dans la nuit, sur cette route, je regardais peut-être le visage d'un Prêtre-Roi.

Tandis que nous nous dévisagions, l'orage prit fin, les éclairs cessèrent de trouer la nuit, le tonnerre de rugir dans mes oreilles. Le vent s'était calmé. Les nuages s'étaient dissipés. Dans les mares d'eau froide entre les pierres de la route, je voyais les trois lunes de Gor.

Je me retournai et scrutai la vallée où s'était dressée Ko-ro-ba.

— Tu es Tarl de Ko-ro-ba, dit l'homme.

Je fus stupéfait.

— Oui, répondis-je, je suis Tarl de Ko-ro-ba.

Je pivotai pour lui faire face à nouveau.

— Je t'attendais, reprit-il.

— Es-tu un Prêtre-Roi ? demandai-je.

— Non.

J'examinai cet homme qui semblait être un homme comme les autres, et en même temps davantage.

— Parles-tu au nom des Prêtres-Rois ? questionnai-je.

— Oui, répliqua-t-il.

Je le crus.

Il est courant, bien sûr, que les Initiés prétendent parler au nom des Prêtres-Rois ; en fait, interpréter la volonté des Prêtres-Rois auprès des hommes est censé être la vocation de leur caste.

Mais je crus cet homme.

Il n'était pas comme les autres Initiés, bien qu'il portât leur costume.

— Es-tu vraiment de la Caste des Initiés ? insistai-je.

— Je suis celui qui transmet la volonté des Prêtres-Rois aux Mortels, déclara l'homme, sans répondre à ma question.

Je gardai le silence.

— Dorénavant, reprit-il, tu es Tarl sans cité.

— Je suis Tarl de Ko-ro-ba ! répliquai-je fièrement.

— Ko-ro-ba a été détruite, dit-il. C'est comme si elle n'avait jamais existé. Ses pierres et ses habitants ont été dispersés aux quatre coins du monde et il n'y a pas deux pierres ou deux hommes de Ko-ro-ba qui puissent se réunir.

— Pourquoi Ko-ro-ba a-t-elle été détruite ?

— C'était la volonté des Prêtres-Rois, rétorqua-t-il.

— Mais *pourquoi* était-ce la volonté des Prêtres-Rois ? m'écriai-je.

— Parce que telle elle fut, dit-il, et rien au monde ne peut faire que la volonté des Prêtres-Rois soit influencée ou contestée.

— Je n'accepte pas leur décision !

— Soumets-toi.

— Non ! dis-je.

— Alors, déclara-t-il, voici donc que tu es désormais condamné à errer dans le monde, seul et sans amis, sans cité, sans murs que tu puisses dire tiens, sans Pierre du Foyer à chérir. Tu es dorénavant un homme sans cité, tu sers à tous d'avertissement qu'il ne faut pas faire fi de la volonté des Prêtres-Rois. En dehors de cela, tu n'es rien !

— Et Talena ? m'écriai-je. Et mon père, mes amis, les gens de ma Cité ?

— Dispersés aux quatre coins du monde, dit la silhouette drapée, et pas une pierre ne reposera sur une autre pierre.

— N'ai-je pas servi les Prêtres-Rois au siège d'Ar ?

— Les Prêtres-Rois t'ont utilisé à leurs fins, selon leur bon plaisir.

Je levai ma lance et me sentis prêt à tuer la silhouette drapée, si calme et si terrible devant moi.

— Tue-moi si tu veux, dit l'homme.

J'abaissai ma lance. Mes yeux étaient pleins de larmes. J'étais désorienté. Est-ce par ma faute qu'une cité avait péri ? Est-ce moi qui avais attiré ce désastre sur ses habitants, sur mon père, sur mes amis et sur Talena ? Avais-je été trop stupide pour comprendre que je n'étais rien devant la puissance des Prêtres-Rois ? Devais-je maintenant errer par les routes et les plaines désertes de Gor comme un coupable et dans l'angoisse, misérable exemple du destin que les Prêtres-Rois peuvent assigner aux insensés et aux orgueilleux ?

Puis, tout à coup, je cessai de m'apitoyer sur moi-même et je fus bouleversé car, en regardant les yeux de la silhouette drapée, j'y vis une chaleur humaine, des larmes pour moi. C'était de la pitié, sentiment interdit, et pourtant il ne pouvait s'en empêcher. Le pouvoir que j'avais senti en sa présence semblait en quelque sorte s'être évanoui. Maintenant, je n'étais plus que devant un homme, un être semblable à moi, même s'il portait le sublime costume de la fière Caste des Initiés.

Il paraissait lutter avec lui-même, comme s'il voulait dire ses mots à lui et non ceux des Prêtres-Rois. Il tremblait, de souffrance apparemment, les mains pressées contre sa tête, en essayant de me parler, de me dire quelque chose. Il tendit une main vers moi et les mots, ses mots à lui, loin d'avoir l'autorité vibrante de ses précédents accents, étaient rauques et presque inaudibles.

— Tarl de Ko-ro-ba, dit-il enfin, jette-toi sur ton épée !

Il semblait prêt à tomber et je le soutins.

Il me regarda dans les yeux.

— Jette-toi sur ton épée, supplia-t-il.

— Ne serait-ce pas frustrer le vouloir des Prêtres-Rois ? demandai-je.

— Si.

— Pourquoi me dis-tu de faire cela ?

— Je t'ai suivi au siège d'Ar, répliqua-t-il. J'ai combattu avec toi sur le Cylindre de Justice contre Pa-Kur et ses Assassins.

— Un Initié ?

Il secoua la tête.

— Non. J'étais l'un des gardes d'Ar et je luttais pour sauver ma Cité.

— Ar la Glorieuse, dis-je doucement.

Il se mourait.

— Ar la Glorieuse, répéta-t-il d'une voix faible, mais avec fierté. (Il me regarda de nouveau.) Meurs maintenant, Tarl de Ko-ro-ba, Héros d'Ar ! (J'eus l'impression que ses yeux prenaient feu dans sa tête.) Ne t'humilie pas !

Tout à coup, il hurla comme un chien torturé et ce qui se produisit alors, je ne peux pas me résoudre à le décrire en détail. On aurait dit que tout l'intérieur de sa tête se dilatait et brûlait, bouillonnait comme une horrible lave visqueuse dans le cratère de son crâne.

Ce fut une mort affreuse que la sienne — pour avoir tenté de me parler, pour avoir tenté de me dire ce qu'il avait dans le cœur.

L'aube pointait au milieu des douces collines qui avaient abrité Ko-ro-ba et il commençait maintenant à faire clair. J'ôtai au cadavre le costume détesté des Initiés et portai son corps nu à l'écart de la route.

Comme je me mettais à le couvrir de pierres, je remarquai les restes du crâne, à présent guère plus qu'une poignée d'esquilles. Le cerveau avait été littéralement dissous. La lumière matinale brilla fugitivement sur quelque chose de doré parmi les fragments blanchâtres. Je le ramassai. C'était une toile de fin fil métallique doré. Je ne compris pas ce que c'était et la jetai.

J'entassai des pierres sur le corps, suffisamment pour marquer la tombe et éloigner les prédateurs.

Je plaçai une large pierre plate près de la tête du tumulus et, avec la pointe de ma lance, je gravai dessus cette inscription :

Je suis un homme de la Glorieuse Ar.

C'est tout ce que je savais de lui.

Debout près de la tombe, je tirai mon épée. Il m'avait dit de me jeter dessus pour éviter la honte, pour frustrer, une fois au moins, la volonté des puissants Prêtres-Rois de Gor.

— Non, Ami, dis-je aux restes de l'ancien guerrier d'Ar. Non, je ne me jetterai pas sur mon épée. Je ne m'abaisserai pas non plus devant les Prêtres-Rois ni ne vivrai la vie de honte qu'ils m'ont assignée !

Je levai l'épée vers la vallée où avait été Ko-ro-ba.

— Il y a longtemps, j'ai voué cette épée au service de Ko-ro-ba. Elle lui reste vouée !

Comme tous les hommes de Gor, je connaissais la direction des Monts Sardar, résidence des Prêtres-Rois, immense étendue interdite dans laquelle aucun Homme d'en Bas des Montagnes, aucun Mortel ne peut pénétrer. La rumeur courait que la Pierre de Foyer suprême de tout Gor se trouvait dans ces montagnes et était la source de la puissance des Prêtres-Rois. On rapportait que nul n'était revenu vivant de ces monts, que nul ne vivait après avoir posé son regard sur un Prêtre-Roi.

Je rengainai mon épée, fixai à nouveau mon casque sur mon épaule, ramassai ma lance et mon bouclier et me mis en route dans la direction des Monts Sardar.

6

VERA

Les Monts Sardar, que je n'avais jamais vus, se trouvent à plus d'un millier de pasangs de Ko-ro-ba. Alors que les Hommes d'en Bas des Montagnes, comme on appelle les Mortels, y pénètrent rarement et n'en reviennent pas quand ils le font, beaucoup s'aventurent souvent dans leurs parages, ne serait-ce que pour se tenir dans l'ombre de ces falaises qui cachent les secrets des Prêtres-Rois. En fait, tout Goréen est censé faire ce voyage au moins une fois dans sa vie.

Quatre fois par an, en corrélation avec les solstices et les équinoxes, des foires ont lieu dans les plaines au pied des montagnes, présidées par des comités d'Initiés, foires où des hommes de nombreuses cités se mêlent sans effusion de sang, périodes de trêve, périodes de concours et de jeux, de marchandages et de transactions.

Torm, mon ami de la Caste des Scribes, était allé à ces foires pour échanger des manuscrits avec des érudits d'autres villes, des hommes qu'il n'aurait jamais vus sans ces foires, des hommes de cités hostiles qui aimaient cependant plus les idées qu'ils ne haïssaient leurs ennemis, des hommes comme Torm, si avides d'apprendre qu'ils risquaient le périlleux voyage aux Monts Sardar pour discuter un texte ou marchander un rouleau convoité. De même des hommes de castes telles que celles des Médecins et des Constructeurs utilisent les foires pour communiquer ou échanger des renseignements concernant leurs professions respectives.

Les foires font beaucoup pour unir intellectuellement les cités de Gor qui, sinon, seraient très isolées. Et je présume que les foires contribuent également à stabiliser les dialectes de Gor qui, sans cela, après quelques générations, auraient divergé au point de devenir mutuellement inintelligibles. Car les Goréens ont ceci en commun : leur langue-mère dans sa centaine de permutations qu'ils appellent simplement la Lange. Et tous ceux qui ne la parlent pas, quels que soient leur ascendance ou leurs antécédents, leurs critères ou niveau de civilisation, sont presque considérés comme au ban de l'humanité. Contrairement aux habitants de la Terre, les Goréens ne tiennent pas grand compte de la race mais sont très pointilleux sur les questions de langage et de cité. De même que nous, ils trouvent des raisons de détester leurs semblables, mais ce sont des raisons différentes.

J'aurais donné beaucoup pour voyager avec un tarn, tout en sachant qu'aucun tarn ne pénétrerait dans les montagnes. Il y a quelque chose qui fait que ni les audacieux tarns pareils à des faucons ni les tharlarions à l'esprit lent, ces lézards de Gor utilisés pour le trait ou la monte, ne veulent pénétrer dans les montagnes. Les tharlarions se montrent indociles et, bien que le tarn tente de voler, il devient presque aussitôt désorienté, sans coordination, et retombe vers les plaines en criant.

Gor, peu peuplée d'êtres humains, regorge de vie animale et, au cours des semaines qui suivirent, je n'eus aucune difficulté à vivre de la chasse. Je complétai mon alimentation avec des fruits frais cueillis sur les buissons et les arbres, et du poisson harponné dans les cours d'eau rapides et froids de Gor. Une fois, j'ai apporté à la hutte d'un couple de paysans la carcasse d'un tabuck, une de ces antilopes unicornes de Gor au pelage jaune, que j'avais abattu dans un bosquet d'arbres Ka-la-na. Sans poser de questions, comme il seyait en l'absence d'insigne sur mes vêtements, ils me régalèrent de mon gibier et me donnèrent de la fibre, du silex et une outre de vin.

Le paysan de Gor ne craint pas le hors-la-loi, car il a rarement quelque chose qui vaille la peine d'être volé, sauf s'il a une fille. En fait, paysan et hors-la-loi vivent sur Gor en accord quasi tacite, le paysan porté à protéger le hors-la-loi et celui-ci, en retour, partageant le produit de ses pillages ou de ses aubaines avec le paysan. Ce dernier n'estime pas cela malhonnête de sa part, ni cupide. C'est simplement un mode de vie auquel il est habitué. Bien entendu, les choses se passent différemment quand le hors-la-loi est explicitement connu comme étant d'une autre cité. En ce cas, il est généralement considéré comme un ennemi, à signaler aux patrouilles le plus tôt possible. Somme toute, *il n'est pas* de la Cité.

Sagement, j'évitai les villes pendant mon long voyage, bien que je sois passé près de plusieurs, car entrer dans une cité sans autorisation ou motif valable équivaut à un crime capital et le châtiment est, en général, un rapide et brutal empalement. Les lances d'empalement, sur les murs des cités goréennes, sont souvent surmontées des restes d'hôtes indésirables. Le Goréen est soupçonneux à l'égard des étrangers, en particulier dans le voisinage des remparts de sa cité natale. En fait, le même mot sert en goréen pour désigner l'étranger et l'ennemi.

Il passait pour exister une exception à cette attitude générale d'hostilité envers les étrangers, la Cité de Tharna qui, selon la rumeur, était disposée à tenter ce qui pourrait s'appeler sur Gor l'aventure de l'hospitalité. Il y avait beaucoup de choses présumées étranges concernant Tharna, notamment qu'elle était, à ce qu'on disait, gouvernée par une reine, ou Tatrix, et que la situation des femmes dans cette cité, ce qui est assez normal dans ces conditions, comportait des privilèges et des possibilités d'avenir, contrairement aux coutumes généralement en vigueur sur Gor.

Je me réjouissais qu'au moins dans une cité de Gor les femmes libres ne soient pas tenues de porter un Costume de Dissimulation, de limiter le champ de leurs activités à leur seule demeure et de ne parler qu'à leurs parents ou, éventuellement, à leur Libre Compagnon.

Je pense qu'une grande partie de la barbarie de Gor vient peut-être de ce stupide étouffement du beau sexe, dont la douceur et l'intelligence auraient pu contribuer à amender ses mœurs rudes. Assurément, dans certaines cités, comme c'était le cas à Ko-ro-ba, les femmes avaient un statut légal dans le système des castes et jouissaient d'une relative liberté.

En fait, à Ko-ro-ba, une femme pouvait même quitter son habitation sans obtenir au préalable l'autorisation d'un parent mâle ou du Libre Compagnon, liberté qui est inhabituelle sur Gor. On pouvait même voir des femmes de Ko-ro-ba aller sans escorte au théâtre ou à des récitals de poèmes épiques.

A l'exception peut-être de Tharna, les femmes avaient été plus libres à Ko-ro-ba que dans les autres cités de Gor que je connaissais, mais Ko-ro-ba n'existait plus.

Je me suis demandé s'il ne me serait pas possible de me procurer un tarn dans cette Cité mystérieuse de Tharna. Cela raccourcirait de plusieurs semaines le voyage jusqu'aux Monts Sardar. Je n'avais pas d'argent pour acheter un tarn, mais je me disais que, si je louais mon épée, mon salaire pourrait suffire à acheter une monture. En effet, bien que je n'en aie pas sérieusement envisagé la possibilité, j'étais libre, d'après la mentalité goréenne, de me procurer l'oiseau ou son prix d'achat comme je le jugerais bon puisque j'étais sans cité, un hors-la-loi.

Comme j'y réfléchissais, je remarquai au loin, venant vers moi mais sans me voir, une silhouette sombre, une silhouette de femme qui traversait une prairie verdoyante. Bien que jeune, elle marchait avec lenteur, tristement, sans faire attention où elle allait, sans but.

Il est inhabituel de trouver une femme sans escorte à l'extérieur des murs d'une cité — et même près de ces murs. Je fus stupéfait de la voir seule dans cet endroit sauvage, désert, loin des routes et des cités.

Je décidai d'attendre qu'elle approche.

J'étais intrigué.

Sur Gor, les femmes ne voyagent normalement que sous bonne escorte de gardes armés. En ce monde barbare, les femmes ne sont souvent considérées, malheureusement, guère mieux que des prises de guerre, des fruits de conquête et de capture. Trop souvent, on les voit moins comme des personnes, des êtres humains possédant des droits, des individus dignes de sollicitude et d'égards, que comme de virtuelles Esclaves de Plaisir, des prisonnières vêtues de soie et parées de bracelets, des ornements à placer dans les Jardins de Plaisir de leur ravisseur. Un proverbe de Gor dit que les lois d'une cité n'ont plus de pouvoir au-delà de ses murs.

Elle ne m'avait pas encore vu. Je m'appuyai sur ma lance et attendis.

La rude institution exogame de la capture est liée à la structure même de la vie goréenne. Enlever ses femmes à une cité étrangère, de préférence hostile, est considéré comme méritoire. Peut-être cette institution qui, à première vue, paraît si déplorable, est-elle bénéfique pour la race puisqu'elle évite la consanguinité graduelle dans les cités très isolées qui vivent repliées sur elles-mêmes. Il n'y a pas grand monde, semble-t-il, pour s'insurger contre ce rite de la capture, même chez les femmes qui sont apparemment ses victimes. Au contraire, ce qui est assez extraordinaire, leur vanité est terriblement offensée si l'on estime qu'elles n'en valent pas le risque, en général la mutilation et l'empalement. Une cruelle courtisane de la grande Cité d'Ar, à présent sorcière édentée et ridée, s'est vantée que plus de quatre cents hommes étaient morts à cause de sa beauté.

Pourquoi cette jeune femme était-elle seule ?

Ses protecteurs avaient-ils été tués ? Etait-ce une

esclave évadée qui fuyait un maître détesté ? Serait-elle comme moi une exilée de Ko-ro-ba ? Ses habitants ont été dispersés, me répétai-je, et il n'y a pas deux pierres ni deux hommes de Ko-ro-ba qui puissent se réunir. Je serrai les dents. Nulle pierre ne peut se poser sur une autre pierre, cette phrase me traversa l'esprit.

Si elle était de Ko-ro-ba, je savais qu'il m'était impossible, dans mon propre intérêt, de rester avec elle ou de l'aider. Ce serait attirer la Mort par le Feu des Prêtres-Rois sur l'un de nous, sinon sur nous deux. J'avais vu un homme mourir ainsi, le Suprême Initié d'Ar, sur le sommet du Cylindre de Justice d'Ar, consumé dans le jaillissement soudain de feu bleuâtre qui annonçait le mécontentement des Prêtres-Rois. Si minces que soient les chances qu'avait cette jeune femme d'échapper aux bêtes sauvages ou aux marchands d'esclaves, elles étaient plus grandes que celles d'échapper au courroux des Prêtres-Rois.

S'il s'agissait d'une femme libre et qui ne soit pas dans le malheur, se trouver seule en ce lieu était imprudent et insensé.

Elle devait le savoir ; pourtant, elle ne semblait pas s'en soucier.

On comprend mieux la nature de l'institution de la capture et l'attitude des Goréens à cet égard quand on sait qu'une des premières missions d'un jeune tarnier est souvent de s'emparer d'une esclave pour sa propre maison. Lorsqu'il ramène chez lui sa captive, liée nue en travers de la selle de son tarn, il la remet joyeusement à ses sœurs pour qu'elle soit baignée, parfumée et revêtue de la courte livrée des esclaves de Gor.

Ce soir-là, au cours d'un grand festin, il exhibe la captive, maintenant habillée comme il se doit par ses sœurs du costume de danse de Gor en soie écarlate et diaphane. Des clochettes ont été attachées à ses chevilles et elle a les poignets pris dans les bracelets d'esclave. Fièrement, il la présente à ses parents, à ses amis et à ses compagnons d'armes.

Puis, au son jeux des flûtes et des tambours, elle s'agenouille. Le jeune homme s'approche, portant un collier d'esclave où sont gravés son nom et celui de sa ville. La musique se fait plus intense et atteint un crescendo barbare accablant qui s'arrête avec soudaineté, tout à coup. Le silence règne dans la salle, un silence total à l'exception du cliquetis décisif de la serrure du collier.

C'est un bruit que la jeune fille n'oubliera jamais.

Aussitôt la serrure fermée, une formidable acclamation s'élève pour congratuler et fêter le jeune homme. Il retourne à sa place parmi les tables qui bordent la salle au plafond bas où sont suspendues des lampes de cuivre allumées. Il se place au milieu de sa famille, de ses intimes, de ses camarades de combat, assis sur le sol en tailleur à la manière goréenne derrière la longue table basse en bois, chargée de vivres, qui se trouve au haut de la salle.

Tous les yeux sont maintenant braqués sur la jeune fille.

On enlève les bracelets d'esclave qui lui relient les poignets. Elle se lève. Ses pieds sont nus sur l'épais tapis ouvragé qui recouvre le sol de la salle. Les clochettes fixées à ses chevilles tintent légèrement. Elle est irritée, provocante. Bien qu'elle ne porte que les soies de danse écarlates de Gor, presque transparentes, son dos est droit, sa tête haute. Elle est décidée à ne pas se laisser dompter, à ne pas se soumettre, et sa fière attitude en témoigne. Les spectateurs paraissent amusés. Elle les regarde d'un air indigné. Elle les dévisage avec colère l'un après l'autre. Il n'y en a aucun qu'elle connaisse ou puisse connaître puisqu'elle a été enlevée d'une cité hostile ; c'est une femme de l'ennemi. Les poings serrés, elle est debout au milieu de la pièce, seule, tous les yeux fixés sur elle, très belle sous la lumière des lampes suspendues.

Elle fait face au jeune homme dont elle porte le collier.

— Tu ne me dompteras jamais ! s'écrie-t-elle.

Cette sortie provoque des rires, des remarques sceptiques, des lazzi bon enfant.

— Je te dompterai quand je voudrai ! réplique le jeune homme, qui fait signe aux musiciens.

La musique recommence. Peut-être la jeune fille hésite-t-elle. Il y a un fouet d'esclave au mur. Alors, au son de la musique barbare, enivrante, de la flûte et des tambours, elle danse pour son ravisseur ; les clochettes de ses chevilles ponctuent chacun de ses mouvements, ceux d'une jeune fille arrachée à son foyer qui doit vivre désormais pour satisfaire l'audacieux étranger dont elle a senti les liens, dont elle porte le collier.

A la fin de la danse, on lui donne une coupe de vin, mais elle ne doit pas boire. Elle s'approche du jeune homme et s'agenouille devant lui, dans la posture exigée de l'Esclave de Plaisir et, tête baissée, elle lui présente le vin. Il boit. Il y a une nouvelle clameur de louanges et de vœux et le festin commence, car personne ne doit toucher à la nourriture avant le jeune homme en pareille occasion. A partir de ce moment, les sœurs du garçon ne le servent plus jamais, car c'est la tâche de la jeune fille. Elle est *son* esclave.

Tandis qu'elle le sert sans arrêt au cours de la longue fête, elle lui jette des regards furtifs et voit qu'il est encore mieux de sa personne qu'elle ne l'avait pensé. De son courage et de sa force, elle a déjà eu un ample témoignage. Pendant qu'il mange et boit avec entrain en ce jour de triomphe pour lui, elle le regarde à la dérobée avec un bizarre mélange de crainte et de satisfaction.

— Il n'y a qu'un homme comme celui-là, se dit-elle, qui puisse me dompter.

Peut-être faut-il ajouter que le maître goréen, bien que souvent sévère, est rarement cruel. La jeune fille sait que, si elle le contente, la vie lui sera facile. Elle ne rencontre presque jamais de sadisme ou de cruauté gratuite, car l'environnement psychologique qui tend à les engendrer est pratiquement absent de Gor. Cela ne veut pas dire qu'elle ne s'attend pas à être battue si elle désobéit ou ne réussit pas à plaire à son maître. D'autre part, il n'est pas tellement rare sur Gor de voir des cas où c'est le maître qui porte de bon cœur le collier — moralement du moins — et sa ravissante esclave qui, par la pratique des agréables artifices de son sexe, se passe triomphalement une fantaisie après l'autre avec un succès scandaleux.

Je me demandais si la jeune femme qui approchait était belle.

Je souris en moi-même.

Paradoxalement, les Goréens, qui semblent faire si peu de cas des femmes à certains égards, les glorifient de façon extravagante à d'autres. Les Goréens sont très sensibles à la beauté. Elle leur réjouit le cœur, et leurs chants et leur art sont souvent des péans à sa gloire. Les femmes goréennes, qu'elles soient esclaves ou libres, savent que leur seule présence apporte de la joie aux hommes et je ne peux m'empêcher de penser que cela leur plaît.

Je conclus que la jeune femme était belle. Peut-être à cause de quelque chose dans son maintien, quelque chose de subtil et de gracieux, quelque chose que ne pouvaient masquer l'affaissement de ses épaules, sa démarche lente et son apparent épuisement, non, pas même les lourds vêtements grossiers qu'elle portait. Une femme pareille, pensai-je, a sûrement un maître ou, je le souhaitais pour son bien, un protecteur et compagnon.

Le mariage tel que nous le concevons n'existe pas sur Gor, mais il y a l'institution du Libre Compagnonnage, qui lui correspond de très près. Fait assez surprenant, une femme qui est achetée à ses parents contre des tarns ou de l'or est considérée comme Libre Compagne même si elle n'a pas été consultée lors de la transaction. Ce qui est mieux, c'est qu'une femme libre peut, de sa propre volonté, accepter d'être une Libre Compagne. Et il n'est pas rare qu'un maître affranchisse une de ses esclaves afin qu'elle jouisse de tous les privilèges du Libre Compagnonnage. On peut avoir, à un moment donné, un nombre illimité d'esclaves, mais seulement une Libre Compagne. On ne contracte pas de tels liens à la légère et ils ne sont rompus ordinairement que par la mort. Parfois le Goréen, comme ses frères de notre monde, et peut-être même plus souvent, apprend à aimer.

La jeune femme était maintenant près de moi et pourtant ne m'avait pas vu. Elle avait la tête baissée. Elle portait un Costume de Dissimulation mais dont la texture et la couleur étaient loin de la coquetterie magnifique que traduisent souvent ces vêtements, des soies pourpres, jaunes, écarlates qui font les délices des jeunes Goréennes. Ses habits étaient en grosse toile marron, déchirés, maculés de boue. Tout en elle exprimait la détresse et l'accablement.

— Tal, dis-je, à mi-voix afin de ne pas trop l'effrayer, en levant le bras en un geste de salut amical.

Elle ne s'était pas aperçue de ma présence, néanmoins elle ne sembla guère surprise. C'était un moment auquel elle s'attendait apparemment depuis bien des jours et voici qu'il était arrivé. Elle leva la tête et ses yeux, de beaux yeux gris ternis par le chagrin et peut-être la faim, me regardèrent. Elle ne paraissait s'intéresser ni à moi ni à son sort. Je compris que j'aurais pu être n'importe qui.

Nous restâmes face à face sans parler pendant un instant.

— Tal, Guerrier, dit-elle doucement, d'une voix indifférente.

Puis elle fit une chose incroyable pour une Goréenne.

Sans un mot, elle enleva lentement le voile qui entourait son visage et le laissa tomber sur ses épaules. Elle se tenait devant moi, nu-visage comme on dit, et cela de son propre chef. Elle me regarda franchement, bien en face, pas effrontément mais sans peur. Ses cheveux étaient châtains et fins, les splendides yeux gris semblaient encore plus clairs et je vis que son visage était beau, même plus beau que je ne l'avais imaginé.

— Est-ce que je te plais ? demanda-t-elle.

— Oui, dis-je, tu me plais beaucoup.

Je savais que c'était peut-être la première fois qu'un homme contemplait son visage, excepté peut-être un membre de sa famille si elle en avait une.

— Suis-je belle ? questionna-t-elle.

— Oui, tu es belle.

Délibérément, des deux mains, elle fit glisser son vêtement à quelques centimètres au-dessous de ses épaules, découvrant complètement son cou blanc. Il était nu et non pas encerclé par un des minces et gracieux colliers d'esclave de Gor. Elle était libre.

— Désires-tu que je m'agenouille pour recevoir le collier ? demanda-t-elle.

— Non, répliquai-je.

— Veux-tu me voir entièrement ?

— Non.

— Je n'ai jamais encore été à quelqu'un, reprit-elle. Je ne sais pas comment agir et que faire, je sais seulement que je dois faire tout ce que tu désires.

— Tu étais libre avant, répondis-je, et tu es libre maintenant.

Pour la première fois, elle parut émue.

— N'es-tu pas l'un d'eux ?

— Un de qui ? questionnai-je, en alerte à présent car, s'il y avait des marchands d'esclaves sur la piste de cette jeune femme, cela signifiait des ennuis, peut-être même une effusion de sang.

— Des quatre hommes qui me suivent, des hommes de Tharna.

— De Tharna ? (J'étais sincèrement surpris.) Je croyais que les hommes de Tharna respectaient les femmes, seuls peut-être parmi les hommes de Gor.

Elle eut un rire amer.

— Ils ne sont pas à Tharna, en ce moment.

— Ils ne pourraient pas t'emmener à Tharna

comme esclave, objectai-je. La Tatrix ne te libérerait-elle pas ?

— Ils ne m'emmèneraient pas à Tharna, rétorqua-t-elle, ils se serviraient de moi et me vendraient à un marchand de passage, ou bien dans la Rue des Marques, à Ar.

— Comment t'appelles-tu ?

— Vera.

— De quelle cité ?

Avant qu'elle ait pu répondre, si toutefois elle l'avait fait, ses yeux s'agrandirent soudain d'effroi, et je me retournai. Venant à travers la prairie, enfonçant jusqu'à la cheville dans l'herbe humide, il y avait quatre guerriers casqués portant lance et bouclier. D'après l'insigne sur leurs boucliers et leurs casques bleus, je sus que c'étaient des hommes de Tharna.

— Sauve-toi ! s'écria-t-elle et elle fit demi-tour pour s'enfuir.

Je la retins par le bras.

Elle se raidit de haine.

— Je comprends, dit-elle d'une voix sifflante. Tu veux me garder pour eux, tu réclameras le droit de capture et tu exigeras une partie de mon prix de vente !

Elle me cracha au visage.

J'étais heureux de sa fougue.

— Reste tranquille, dis-je. Tu n'irais pas loin.

— Je fuis ces hommes depuis six jours, riposta la jeune femme en pleurant. Je me suis nourrie de baies et d'insectes, j'ai dormi dans les fossés, je me suis cachée, j'ai couru.

Elle aurait bien été incapable de courir maintenant, même si elle l'avait voulu. Ses jambes tremblaient sous elle. Je l'entourai de mon bras pour la soutenir.

Les guerriers s'approchèrent de moi déployés en éventail, selon la tactique de leur métier. L'un d'eux, pas l'officier, vint droit à moi, un autre le suivant à quelques pas derrière et sur la gauche. Le premier, si nécessaire, m'attaquerait et le second interviendrait sur ma droite avec sa lance. L'officier était le troisième de la formation, et le dernier guerrier se tenait à plusieurs mètres en arrière. Son rôle était d'observer les lieux, car il se pouvait que je ne sois pas seul, et de couvrir la retraite de ses compagnons avec sa lance si le besoin s'en faisait sentir. J'admirai la manœuvre simple, exécutée sans qu'un ordre ait été donné, presque par réflexe, et je compris pourquoi Tharna, bien que gouvernée par une femme, avait survécu au milieu des cités hostiles de Gor.

— Nous voulons cette femme ! dit l'officier.

Je lâchai doucement la jeune femme que je poussai derrière moi. La signification de mon geste ne fut pas perdue pour les guerriers.

Les yeux de l'officier s'étrécirent dans l'ouverture en Y de son casque.

— Je suis Thorn, Capitaine de Tharna, dit-il.

— Pourquoi veux-tu cette femme ? demandai-je d'un ton sarcastique. Les hommes de Tharna ne révèrent-ils pas les femmes ?

— Ce n'est pas ici le sol de Tharna ! dit l'officier, contrarié.

— Pourquoi te la donnerais-je ?

— Parce que je suis un Capitaine de Tharna !

— Mais ce sol *n'est pas* celui de Tharna, lui rappelai-je.

Derrière moi, la jeune femme chuchota dans un murmure pitoyable :

— Guerrier, ne meurs pas à cause de moi. En fin de compte, cela ne changera rien. (Puis, élevant la voix, elle s'adressa à l'officier :) Ne le tue pas, Thorn de Tharna, je vais te suivre.

Elle s'avança, fière mais résignée à son sort, prête à se rendre à ces misérables pour porter le collier et être enchaînée, dévêtue et vendue sur les marchés de Gor.

Je ris.

— Elle est à moi, dis-je, et il ne t'est pas possible de l'avoir.

La jeune femme eut un hoquet de surprise et me regarda d'un air interrogateur.

— A moins que tu ne paies son prix, ajoutai-je.

La jeune femme ferma les yeux, accablée.

— Et son prix ? questionna Thorn.

— Son prix est l'épée.

Une expression de gratitude s'esquissa sur le visage de la jeune femme.

— Tuez-le ! lança Thorn à ses hommes.

7

THORN, CAPITAINE DE THARNA

Dans un même cliquetis, trois lames jaillirent de leur fourreau, la mienne, celle de l'officier, et celle du guerrier qui devait m'affronter le premier. L'homme à droite ne tirerait pas sa lame, il attendrait que le premier guerrier ait attaqué ; il frapperait alors de côté avec sa lance. Le guerrier de l'arrière-garde leva seulement sa lance, prêt à la projeter si une occasion favorable se présentait.

Mais c'est moi qui attaquai le premier.

Je pivotai brusquement vers le guerrier à la lance sur ma droite et, avec la rapidité du larl des montagnes, je bondis sur lui, évitai l'estocade que, surpris, il décochait maladroitement et plongeai ma lame entre ses côtes, l'en arrachai et me tournai juste à temps pour faire face à l'épée de son compagnon. Nos lames ne s'étaient pas croisées six fois que lui aussi gisait à mes pieds, cramponné aux herbes, ramassé en un nœud de souffrance.

L'officier s'était précipité en avant mais s'arrêta

maintenant. Comme ses hommes, il avait été surpris. Bien qu'ils aient été quatre et moi seul, j'avais porté le combat chez eux. L'officier avait eu un instant de retard. Mon épée était à présent entre lui et mon corps. L'autre guerrier, derrière lui, la lance en arrêt, s'était approché à moins de dix mètres. A cette distance, il ne risquait guère de manquer son but. En fait, au cas où le projectile atteindrait et transpercerait mon bouclier, je serais obligé de jeter celui-ci et me trouverais sérieusement désavantagé. Cependant, les chances étaient à présent plus égales.

— Allons, Thorn de Tharna, dis-je l'appelant d'un mouvement de tête. Essayons notre habileté !

Mais Thorn recula et fit signe à l'autre guerrier d'abaisser sa lance. Il enleva son casque et s'assit sur ses talons dans l'herbe, le guerrier derrière lui.

Thorn, Capitaine de Tharna, me regarda, et moi je fis de même.

Il éprouvait pour moi une considération nouvelle, ce qui signifiait qu'il serait plus dangereux. Il avait vu le rapide engagement avec ses hommes et il se demandait sans doute s'il pourrait ou non égaler mes exploits. Je sentais qu'il ne croiserait pas l'épée avec moi à moins d'être sûr de gagner, et qu'il n'en était pas tout à fait convaincu, du moins pas encore.

— Parlons, dit Thorn de Tharna.

Je m'accroupis sur mes talons comme lui.

— Parlons, consentis-je.

Nous remîmes nos épées au fourreau.

Thorn était grand, fortement charpenté, puissant, avec une tendance à l'embonpoint. Son visage était lourd et jaunâtre de teint, mais marbré de points pourpres aux endroits où de petites veines avaient éclaté sous la peau. Il n'avait pas de barbe, si ce n'est la trace d'une minuscule touffe de poils qui marquait chaque côté de son menton, presque comme une raie de poussière. Ses cheveux étaient longs et attachés en nœud derrière sa tête à la manière mongole. Ses yeux, semblables à ceux d'un urt, ce petit rongeur cornu de Gor, étaient plantés obliquement dans son crâne. Ils n'étaient pas clairs ; leur rougeur et leurs ombres témoignaient de longues nuits de jouissance et de dissipation. Il était évident que Thorn, contrairement à mon vieil ennemi Pa-Kur qui avait probablement péri pendant le siège d'Ar, n'était pas un homme à l'abri des vices sensuels, un homme qui, avec une pureté fanatique et un dévouement total, se sacrifie lui-même et sacrifie un peuple aux fins de son ambition et de sa puissance. Thorn ne serait jamais un Ubar. Il resterait toujours un exécutant.

— Rends-moi mon guerrier, dit Thorn en désignant le corps qui gisait sur l'herbe et qui remuait encore.

Je conclus que Thorn, quoi qu'il puisse être ou ne pas être par ailleurs, était un bon officier.

— Prends-le, répliquai-je.

Le lancier qui était près de Thorn alla vers l'homme à terre et examina sa blessure. L'autre guerrier était manifestement mort.

— Il survivra peut-être, dit le lancier.

Thorn hocha la tête.

— Panse sa blessure.

Il se tourna de nouveau vers moi.

— Je veux toujours la femme.

— Tu ne peux pas la prendre, déclarai-je.

— Ce n'est qu'une femme, fit-il remarquer.

— Alors, renonce à elle ! rétorquai-je.

— L'un de mes hommes est mort. Tu auras sa part du prix de la vente.

— Tu es généreux.

— Alors, c'est d'accord ? demanda-t-il.

— Non !

— Je pense que nous pouvons te tuer, reprit Thorn.

Il ramassa un brin d'herbe qu'il mâchonna pensivement, sans cesser de me regarder.

— Peut-être, admis-je.

— D'autre part, je ne veux pas perdre un autre homme.

— Alors, renonce à la femme.

Thorn me regarda avec attention, perplexe, en continuant à mâchonner son herbe.

— Qui es-tu ? questionna-t-il.

Je gardai le silence.

— Tu es un hors-la-loi, dit-il. Je m'en aperçois bien à l'absence d'insigne sur ton bouclier et ta tunique.

Je ne vis aucune raison de contester cette conclusion.

— Hors-la-loi, quel est ton nom ?

— Tarl, répondis-je.

— De quelle cité ?

C'était l'inévitable question.

— Ko-ro-ba, dis-je.

L'effet fut instantané. La jeune femme, qui se trouvait derrière nous, étouffa un cri. Thorn et son guerrier se redressèrent d'un bond. Mon épée était déjà hors du fourreau.

— Revenu des Cités de Poussière ! s'exclama le guerrier d'une voix étranglée.

— Non, je suis un homme vivant, comme toi.

— Mieux aurait valu pour toi d'être allé aux Cités

de Poussière, reprit Thorn. Tu es maudit par les Prêtres-Rois !

Je regardai la jeune femme.

— Ton nom est le plus détesté de Gor, dit-elle d'une voix morne, ses yeux détournés des miens.

Nous restâmes tous les quatre debout, sans parler. Le moment s'éternisait. Je sentais sur mes chevilles l'herbe encore humide de la rosée matinale. J'entendis un cri d'oiseau dans le lointain.

Thorn haussa les épaules.

— J'ai besoin de temps pour enterrer mon guerrier.

— Accordé, dis-je.

En silence, Thorn et l'autre guerrier creusèrent une tranchée étroite et enterrèrent leur camarade. Puis, roulant autour de deux lances un manteau qu'ils assujettirent avec des liens de fibres, ils en firent une civière improvisée. Thorn et son soldat déposèrent dessus leur compagnon blessé.

Thorn se tourna vers la jeune fille et, à ma stupeur, elle s'approcha de lui et tendit ses poignets. Il fit claquer dessus des bracelets d'esclave.

— Tu n'es pas obligée d'aller avec eux, lui dis-je.

— Je ne te procurerais aucun plaisir, répondit-elle amèrement.

— Je t'affranchirais.

— Je n'accepte rien des mains de Tarl de Ko-ro-ba.

J'allongeai le bras pour la toucher ; elle frissonna et se recula.

Thorn eut un rire sans joie.

— Mieux vaudrait se trouver dans les Cités de Poussière que d'être Tarl de Ko-ro-ba ! déclara-t-il.

Je regardai la jeune femme, maintenant captive, après ses longues journées de souffrances et de fuite, ses minces poignets encerclés finalement par les bracelets détestés de Thorn, des bracelets magnifiquement travaillés comme beaucoup, avec un art exquis, étincelants de couleur, ornés même de pierres précieuses, mais en acier impossible à rompre.

Ces bracelets contrastaient avec la pauvreté de ses vêtements grossiers marron. Thorn tâta le tissu.

— Nous nous débarrasserons de ça, lui dit-il. Bientôt, quand tu auras été préparée convenablement, tu seras vêtue de coûteuses soies de plaisir, on te donnera peut-être aussi des sandales, des écharpes, des voiles et des bijoux, des vêtements faits pour réjouir le cœur d'une jeune fille.

— D'une esclave, rectifia-t-elle.

Thorn lui releva le menton du bout du doigt.

— Tu as un cou superbe, commenta-t-il.

Elle lui jeta un regard courroucé, comprenant ce qu'il sous-entendait.

— Il portera sous peu le collier, reprit-il.

— De qui ? questionna-t-elle avec hauteur.

Thorn la dévisagea attentivement. A ses yeux, la poursuite en avait valu apparemment la peine.

— Le mien, précisa-t-il.

La jeune femme était prête à défaillir.

Mes poings se crispèrent.

— Eh bien, Tarl de Ko-ro-ba, dit Thorn, voilà comment cela finit. Je prends cette femme et je te laisse aux Prêtres-Rois.

— Si tu l'emmènes à Tharna, objectai-je, la Tatrix la libérera.

— Je ne l'emmènerai pas à Tharna, répliqua Thorn, mais à ma villa qui se trouve en dehors de la cité. (Il eut un rire déplaisant.) Et là, comme le doit un brave homme de Tharna, je la révérerai tout mon soûl.

Je sentis ma main se crisper sur la garde de mon épée.

— Tiens-toi en repos, Guerrier ! lança Thorn. (Il se tourna vers la jeune femme.) A qui appartiens-tu ? demanda-t-il.

— J'appartiens à Thorn, Capitaine de Tharna, répondit-elle.

Je remis mon épée au fourreau, vaincu, impuissant. Je pouvais peut-être tuer Thorn et son soldat, la libérer. Mais après ? la rendre libre pour la livrer aux animaux sauvages de Gor, à un autre marchand ? Elle n'accepterait jamais ma protection et, d'après sa manière d'agir, elle préférait Thorn et l'esclavage à une faveur venant d'un homme qui s'appelait Tarl de Ko-ro-ba.

Je la regardai.

— Es-tu de Ko-ro-ba ?

Elle se raidit et me dévisagea avec haine.

— Je l'étais.

— Je suis navré, dis-je.

Elle me dévisagea, de brûlantes larmes de haine dans les yeux.

— Comment as-tu osé survivre à ta Cité ? cria-t-elle.

— Pour la venger ! rétorquai-je.

Elle me fixa un long moment. Puis, comme Thorn et le guerrier ramassaient la civière où était étendu leur compagnon blessé et s'éloignaient, elle me dit doucement :

— Au revoir, Tarl de Ko-ro-ba.

— Je te souhaite bonne chance, Vera des Tours du Matin, répondis-je.

Elle se détourna vivement pour suivre son maître, et je restai seul, debout dans la prairie.

8

LA CITÉ DE THARNA

Les rues de Tharna étaient bondées et pourtant étrangement silencieuses. La porte avait été ouverte et, bien que les gardes, de grands lanciers au casque bleu, m'aient examiné minutieusement, personne ne s'était opposé à mon entrée. Ce devait être, comme je l'avais entendu dire, parce que les rues de Tharna étaient ouvertes à tous ceux qui venaient avec des intentions pacifiques, quelle que soit leur cité.

J'observai la foule avec curiosité, des passants apparemment tous absorbés par leurs affaires et pourtant, chose bizarre, les lèvres serrées, préoccupés, très différents des masses animées que l'on voit habituellement dans les cités goréennes. La plupart des hommes portaient des tuniques grises, signe peut-être de leur insensibilité au plaisir, de leur détermination d'être sérieux et responsables, de se montrer les dignes descendants de cette cité industrieuse et sobre.

Dans l'ensemble, ils me semblaient pâles et déprimés, mais j'étais persuadé qu'ils pouvaient accomplir ce qu'ils désiraient de faire, qu'ils étaient capables de réussir des tâches que le Goréen moyen, avec son impatience et sa légèreté d'esprit, abandonnerait tout simplement comme désagréables ou ne valant pas l'effort, car le Goréen moyen, il faut le reconnaître, a tendance à placer les joies de la vie plus haut que ses devoirs.

Seule une petite bande de couleur, sur les épaules de leur tunique grise, indiquait leur caste. Normalement, les couleurs des castes de Gor foisonnent ouvertement, égayant les rues et les ponts de la cité, spectacle superbe dans l'air lumineux et clair de Gor.

Je me demandai si les hommes de cette cité étaient dépourvus de la fierté de leur caste qu'éprouvent en général les autres Goréens, y compris ceux des castes dites inférieures. Même des hommes d'une caste aussi basse que celle des Eleveurs de Tarns sont intolérablement orgueilleux de leur métier, puisque qui d'autre qu'eux est capable d'élever et de dresser ces monstrueux oiseaux de proie ? Je suppose que Zosk le Bûcheron était fier de savoir qu'avec sa grande cognée au large fer il pouvait abattre un petit arbre d'un seul coup alors que, sans doute, même un Ubar n'en ferait pas autant. Il n'est pas jusqu'à la Caste des Paysans qui ne se considère comme « le Bœuf sur lequel repose la Pierre du Foyer » et dont on réussit rarement à inciter les membres à quitter leurs étroites bandes de terre qu'eux, et leurs pères avant eux, ont possédées et fait fructifier.

Je regrettais l'absence, dans la foule, de ces esclaves que l'on voit couramment dans les autres cités, en général des jeunes femmes ravissantes vêtues seulement de la livrée rayée en diagonale des esclaves de Gor, une tunique sans manches, à jupe courte se terminant à quelques centimètres au-dessus du genou, tenue qui contraste violemment avec les lourds et encombrants Costumes de Dissimulation portés par les femmes libres. En fait, certaines femmes libres, on le sait, envient leurs sœurs en servitude légèrement vêtues et ayant la faculté, bien que portant le collier, d'aller et venir à leur guise, de sentir le vent sur les hauts ponts, les bras d'un maître qui célèbre leur beauté et les proclame comme son bien. Je m'avisai qu'à Tharna, gouvernée par une Tatrix, il devait y avoir peu ou pas de femmes esclaves. Je ne pouvais pas juger s'il y avait des esclaves hommes parce que leur collier aurait été caché par les tuniques grises. Il n'y a pas de costume d'esclave distinctif pour les hommes sur Gor car, dit-on, il n'est pas bon qu'ils découvrent combien ils sont nombreux.

Soit dit en passant, le but du vêtement réduit de la femme esclave n'est pas simplement de proclamer la condition de celle qui le porte mais, en exposant ses charmes, de faire d'elle, plutôt que de sa sœur libre, l'objet favori des raids des tarniers pillards. La capture d'une femme libre donne une certaine gloire, mais la capture d'une esclave offre moins de dangers ; la poursuite n'est jamais menée avec autant de vigueur dans son cas et l'on ne risque pas sa vie pour une femme qui, une fois le Costume de Dissimulation ôté, peut se révéler avoir une face d'urt et un caractère de sleen.

Ce sont peut-être les femmes libres qui m'ont le plus surpris dans les rues silencieuses de Tharna.

Elles circulaient dans cette cité sans chaperon, d'un pas impérieux ; les hommes de Tharna s'écartaient pour les laisser passer, de façon à ne jamais les toucher. Toutes ces femmes portaient des Costumes de Dissimulation resplendissants, riches de couleurs et de façon, contrastant avec les vêtements ternes des hommes mais, au lieu du voile habituel avec ce genre de costume, les traits des femmes disparaissaient derrière un masque d'argent. Ces masques étaient d'un modèle identique, travaillés à la ressemblance d'un visage beau mais froid. Certaines de ces porteuses de masque s'étaient retournées pour me regarder quand je les avais croisées, leurs yeux ayant été attirés par ma tunique écarlate de guerrier. Cela me mettait mal à l'aise d'être l'objet de cette attention, d'être dévisagé par de brillants masques d'argent impassibles.

En marchant au hasard dans la cité, je me retrouvai sur la place du marché de Tharna. Encore que ce fût apparemment jour de marché, à en juger d'après les nombreux éventaires de légumes, les étals de viande sous des tentes, les tonneaux de poisson salé, les tissus et colifichets exposés sur des tapis devant les marchands assis en tailleur, eh bien, il n'y avait pas le bruyant brouhaha qui règne habituellement sur les marchés goréens. Il me manquait les appels tous différents, aigus, interminables, des vendeurs ; le badinage bon enfant d'amis venus au marché qui échangent des potins et des invitations à dîner ; les exclamations des robustes porteurs qui se fraient un chemin dans le tumulte ; les cris d'enfants échappés à leurs accompagnateurs qui jouent à chat autour des éventaires ; les rires des jeunes filles voilées taquinant les jeunes gens et taquinées par eux, des jeunes filles qui, en principe, font des courses pour leur famille mais trouvent le temps de provoquer des jeunes gens de la cité, ne serait-ce que par un éclair de leurs yeux noirs et un geste peut-être un peu trop désinvolte pour rajuster leur voile.

Bien que, selon la coutume, la jeune fille libre de Gor doive ne voir son futur compagnon qu'après que ses parents l'ont choisi, on sait bien que c'est souvent un jeune homme qu'elle a rencontré sur la place du marché. Celui qui sollicite sa main, surtout quand elle est d'une Basse Caste, est rarement inconnu d'elle, quoique parents aussi bien que jeunes gens se conduisent gravement comme si c'était le cas. La même jeune fille à qui son père doit ordonner sévèrement de venir en présence de son prétendant, cette timide jeune fille qui se montre incapable de lever les yeux devant lui tant elle est délicate, ce que ses parents remarquent avec satisfaction, est probablement la même qui a souffleté le jeune homme la veille avec un poisson et lui a décoché un tel torrent d'invectives qu'il en a encore les oreilles qui lui tintent. Et tout cela parce qu'il s'est trouvé regarder par hasard dans sa direction lorsqu'un coup de vent imprévu a, en dépit de tous les efforts de la jeune fille, dérangé momentanément les plis de son voile.

Mais ce marché ne ressemblait pas à ceux que j'avais connus sur Gor. C'était simplement un morne endroit où acheter des provisions et échanger des marchandises. Même le marchandage qui s'y faisait, car il n'y a pas de prix fixés dans un marché goréen, paraissait maussade, lugubre, dépourvu de l'entrain et de la compétition des autres marchés que j'avais vus, des glorieux explétifs et des insultes superlatives échangées entre acheteur et vendeur avec un brio et un style vraiment incomparables. Il arrive même parfois, dans certains marchés, qu'un acheteur, ayant obtenu par son marchandage le prix souhaité, tende au vendeur cinq fois plus de pièces que demandé et l'humilie en déclarant avec suffisance :

— Parce que je veux te donner ce que cela vaut !

Alors, si le vendeur est assez indigné, il se peut qu'il rende les pièces à l'acheteur, sans même retenir une partie de ce que celui-ci avait accepté de payer, en disant d'un air de contrition comique :

— Je ne veux pas te voler !

S'ensuit une nouvelle série d'injures et, finalement, les deux parties satisfaites, un compromis ayant été atteint, la transaction est conclue. Acheteur et vendeur se séparent, chacun convaincu qu'il a fait la bonne affaire.

Par contre, sur ce marché, un commissionnaire s'approchait simplement d'un marchand et désignait un article, puis levait un certain nombre de doigts. L'autre en levait alors davantage et parfois repliait une phalange pour indiquer une fraction de l'unité de prix qui était probablement un tarnet de cuivre. Le commissionnaire augmentait alors son offre ou se disposait à partir. Le marchand le laissait aller ou bien rabattait son prix en levant d'un air impassible moins de doigts qu'auparavant. Quand l'un ou l'autre interrompait le marchandage, il fermait les poings. Si la vente était conclue, l'acheteur faisait couler un certain nombre de pièces enfilées sur une ficelle suspendue à son épaule gauche, les tendait au marchand, prenait son acquisition et s'éloignait. Lorsque des paroles étaient échangées, elles étaient dites brièvement et à voix basse.

Comme je quittais la place du marché, je remarquai deux hommes courbés dans leur morne costume gris qui me suivaient furtivement. Leurs visages disparaissaient sous les pans de leur vêtement qui avaient été rabattus par-dessus leur tête à la manière d'un capuchon. Des espions, pensai-je. Que Tharna surveille les étrangers afin qu'on n'abuse pas de son hospitalité était une précaution intelligente. Je ne fis aucun effort pour me soustraire à leur filature, car cela aurait pu être interprété comme une incorrection de ma part, peut-être même comme un aveu d'intentions scélérates. De plus, comme ils ignoraient que je me savais suivi, cela me donnait un certain avantage. Ils pouvaient aussi être simplement curieux. Somme toute, les mornes rues de Tharna étaient-elles si souvent fréquentées par des guerriers vêtus d'écarlate ?

Je montai sur un des cylindres, car je voulais jeter un coup d'œil sur la cité. Je débouchai sur le plus haut pont que je pus trouver. Il comportait un garde-fou, ce que n'ont pas la plupart des ponts goréens, élevés ou non. Je laissai mon regard errer lentement sur la cité, à coup sûr l'une des plus insolites de Gor quant à ses habitants et à leurs coutumes.

Tharna, bien qu'une Cité des Cylindres, ne me parut pas aussi belle que nombre d'autres que j'avais vues. Peut-être parce que ses cylindres étaient, dans l'ensemble, moins hauts que ceux de ces cités et beaucoup plus larges, ce qui donnait l'impression d'un amas de disques épais, à l'opposé des hautes forêts de tours gratte-ciel et de remparts de la plupart des cités goréennes. De plus, contrastant avec la majorité des cités, les cylindres de Tharna semblaient extrêmement solennels, comme accablés par leur propre poids. Ils se distinguaient à peine les uns des autres, masses de gris et de bruns bien différents des mille couleurs vives qui égaient presque toutes les cités où chaque cylindre se veut le plus pimpant et le plus beau de tous dans sa merveilleuse hauteur.

Même les plaines plates autour de Tharna, piquetées çà et là d'affleurements de rocs rongés par les intempéries, semblaient être grises, plutôt froides et mornes, pour ne pas dire tristes. Tharna n'était pas une cité qui exalte le cœur d'un homme. Je savais pourtant qu'elle était, à mon point de vue, une des plus éclairées et civilisées de Gor. En dépit de cette conviction, sans comprendre pourquoi, j'étais déprimé par Tharna et je me demandai si, à sa manière, elle n'était pas en quelque sorte, subtilement, plus barbare, plus dure, moins humaine que ses sœurs plus belles, plus rudes et moins nobles. Je décidai de tenter de me procurer un tarn et de partir le plus vite possible vers les Monts Sardar pour aller à mon rendez-vous avec les Prêtres-Rois.

— Etranger, dit une voix.

Je me retournai.

L'un des deux hommes ternes qui m'avaient suivi s'était approché. Son visage était dissimulé dans les pans de son capuchon. D'une main, il en tenait les plis pour empêcher que le vent ne soulève le tissu et révèle sa figure et, de l'autre, il agrippait le garde-fou du pont comme si la hauteur l'incommodait, lui donnait le vertige.

Une pluie légère avait commencé à tomber.

— Tal, dis-je à l'homme en levant le bras pour le salut goréen habituel.

— Tal, répondit-il, sans enlever sa main du garde-fou. (Il s'approcha, plus près que je ne l'aurais voulu.) Tu es étranger à cette Cité, dit-il.

— Oui.

— Qui es-tu, Etranger ?

— Je suis un homme de nulle part, répliquai-je, dont le nom est Tarl.

Je ne voulais pas renouveler la catastrophe que j'avais déclenchée plus tôt par la simple mention du nom de Ko-ro-ba.

— Que viens-tu faire à Tharna ?

— Je désire me procurer un tarn, expliquai-je, pour un voyage que j'ai l'intention de faire.

Je lui avais répondu avec assez de franchise. Je supposais que c'était un espion chargé de découvrir mes raisons de venir à Tharna. Peu m'importait de les révéler ; néanmoins, je gardai pour moi le but de mon voyage. Il n'avait pas besoin d'apprendre que j'étais décidé à gagner les Monts Sardar. Que j'aie un compte à régler avec les Prêtres-Rois ne le regardait pas.

— Un tarn coûte cher, dit-il.

— Je sais.

— As-tu de l'argent ?

— Non.

— Alors, comment comptes-tu te procurer ton tarn ?

— Je ne suis pas un hors-la-loi, déclarai-je, bien

que je ne porte pas d'insigne sur ma tunique ni sur mon bouclier.

— Bien sûr, répliqua-t-il vivement. Il n'y a pas de place à Tharna pour un hors-la-loi. Nous sommes une population dure au travail et honnête.

Je voyais bien qu'il ne me croyait pas et, je ne sais pourquoi, je ne le croyais pas non plus. Sans raison précise, je commençai à le prendre en défiance. Des deux mains, je saisis son capuchon et l'écartai de son visage. Il rattrapa l'étoffe et la remit aussitôt en place. J'avais eu un rapide coup d'œil sur une figure jaunâtre, à la peau pareille à du citron séché et aux yeux bleu pâle. Son compagnon, qui avait observé jusque-là furtivement de loin, esquissa un pas en avant, puis s'arrêta. L'homme au visage jaunâtre, serrant les pans de son capuchon autour de sa tête, tordit le cou vers la gauche puis la droite pour voir si personne n'était proche, si personne n'avait rien remarqué.

— J'aime voir à qui je parle, dis-je.

— Naturellement, répliqua l'homme d'une voix pateline, un peu tremblante, en ramenant encore davantage le capuchon sur ses traits.

— Je veux me procurer un tarn, repris-je. Peux-tu m'aider ?

Sinon, j'étais décidé à mettre fin à cet entretien.

— Oui, dit l'individu.

Cela m'intéressait.

— Je peux t'aider à te procurer non seulement un tarn, reprit-il, mais mille tarnets d'or et des provisions pour un voyage aussi long que tu voudrais.

— Je ne suis pas un Assassin ! déclarai-je.

— Ah ! s'exclama-t-il.

Depuis le siège d'Ar, pendant lequel Pa-Kur, Maître Assassin, avait outrepassé les limites de sa caste en osant — contrairement aux traditions de Gor — mener une horde à l'assaut de la ville avec l'intention de se proclamer Ubar, la Caste des Assassins était haïe et traquée, les Assassins n'étaient plus considérés comme des mercenaires estimés dont les services étaient recherchés par les cités et, aussi bien, par des factions à l'intérieur des cités. A présent, de nombreux Assassins erraient sur Gor, n'osant plus porter la grave tenue noire de leur Caste, déguisés en membres d'autres castes et, ce qui n'était pas rare, en Guerriers.

— Je ne suis pas un Assassin ! répétai-je.

— Bien entendu, acquiesça l'homme. La Caste des Assassins n'existe plus.

J'en doutais.

— Mais n'es-tu pas intrigué, Etranger, demanda l'homme, dont les yeux pâles louchaient vers moi par-dessous les plis de son vêtement gris, par l'offre d'un tarn, d'or et de provisions ?

— Que dois-je faire pour les gagner ?

— Tu n'as pas besoin de tuer qui que ce soit.

— Quoi alors ?

— Tu es audacieux et fort.

— Que dois-je faire ?

— Tu as certainement de l'expérience dans des affaires de ce genre, avança-t-il.

— Que voudrais-tu que je fasse ?

— Enlever une femme.

La petite pluie fine et pénétrante, presque une brume grisâtre accordée à la solennité lamentable de Tharna, n'avait pas cessé et mes vêtements étaient maintenant trempés. Le vent, que je n'avais pas remarqué jusque-là, semblait à présent froid.

— Quelle femme ? questionnai-je.

— Lara.

— Et qui est Lara ?

— La Tatrix de Tharna.

9

LE DÉBIT DE KAL-DA

Debout sur le pont, dans la pluie, en face de ce conspirateur encapuchonné obséquieux, j'éprouvai une subite tristesse. Même ici, dans la noble Cité de Tharna, régnaient l'intrigue, la lutte politique, l'ambition qui ne veulent pas supporter de restrictions. J'avais été pris pour un assassin, ou un hors-la-loi, assimilé à un instrument susceptible de servir les machinations perfides d'une faction mécontente de Tharna.

— Je refuse ! dis-je.

Le petit homme à face de citron recula comme s'il avait été frappé.

— Je représente un puissant personnage de cette Cité, répliqua-t-il.

— Je ne veux pas de mal à Lara, Tatrix de Tharna.

— Qu'est-elle pour toi ? demanda-t-il.

— Rien !

— Et pourtant tu refuses ?

— Oui, je refuse !

— Tu as peur.

— Non, je n'ai pas peur !

— Tu n'auras jamais ton tarn ! riposta l'homme d'une voix sifflante.

Il tourna sur ses talons et, toujours se tenant au garde-fou du pont, il se hâta vers l'entrée du cylindre, précédé de son camarade.

Sur le seuil, il cria :

— Tu ne sortiras pas vivant des murs de Tharna !

— Tant pis, dis-je. Je ne veux pas faire ce que tu me demandes !

La mince silhouette vêtue de gris, presque aussi immatérielle que la brume, parut prête à partir mais, soudain, hésita. L'homme semblait indécis, puis il conféra brièvement avec son compagnon. Ils eurent l'air de se mettre d'accord. Avec circonspection, tandis que l'autre restait en arrière, il revint sur le pont.

— J'ai parlé à la légère, dit-il. Tu ne cours aucun risque à Tharna. Nous sommes des gens laborieux et honnêtes.

— Je suis heureux de l'entendre, dis-je.

Alors, à ma grande surprise, il me fourra dans la main un lourd petit sac en cuir contenant des pièces de monnaie. Il me sourit, d'un sourire retors que je distinguai malgré l'écran des pans du vêtement gris.

— Sois le bienvenu à Tharna ! dit-il, et, franchissant le pont en courant, il s'engouffra dans le cylindre.

— Reviens ! criai-je en lui tendant la bourse. Reviens !

Mais il avait disparu.

Cette nuit au moins, cette nuit pluvieuse, je ne dormirais pas encore dans les champs car, grâce au cadeau déconcertant du conspirateur encapuchonné, j'avais les moyens de me payer un logis. Je quittai le pont et descendis l'escalier en spirale du cylindre pour me retrouver bientôt dans les rues.

Les auberges ne sont pas nombreuses sur Gor, étant donné l'hostilité régnant entre les cités mais, d'ordinaire, on en trouve plusieurs dans chaque cité. Somme toute, il faut bien prévoir la réception de marchands, de délégations d'autres villes, de visiteurs autorisés d'une sorte ou de l'autre et, à franchement parler, l'aubergiste n'est pas toujours scrupuleux en ce qui concerne l'identité de ses hôtes et pose peu de questions s'il reçoit une pleine poignée de tarnets de cuivre. Pourtant à Tharna, renommée pour son hospitalité, j'étais persuadé que les auberges sont chose courante. Il était donc surprenant que je n'en découvre aucune.

Je conclus que, au pire, je pourrais toujours aller dans une simple taverne de Paga où, si celles de Tharna ressemblaient à celles de Ko-ro-ba et d'Ar, on peut, roulé dans une couverture derrière les tables basses, passer discrètement la nuit pour le prix d'un pot de paga, forte boisson fermentée préparée avec les grains jaunes de la principale céréale de Gor, la Sa-Tarna ou Fille-de-la-Vie. L'expression se rattache à Sa-Tassna, le mot pour viande, ou nourriture en général, qui signifie Mère-de-la-Vie. Paga est une corruption de Pagar-Sa-Tarna qui veut dire Plaisir de la Fille-de-la-Vie. On trouvait habituellement d'autres distractions dans les tavernes de Paga mais, dans la morne Tharna, les cymbales, les tambours et les flûtes des musiciens, le tintement des bracelets de cheville des danseuses ne devaient pas être des bruits familiers.

J'arrêtai une des silhouettes anonymes vêtues de

gris qui se hâtaient dans le crépuscule humide et froid.

— Homme de Tharna, où puis-je trouver une auberge ? demandai-je.

— Il n'y a pas d'auberge à Tharna, dit l'homme en me dévisageant. Tu es étranger, ajouta-t-il.

— Un voyageur fatigué qui cherche un logis.

— Fuis, Etranger !

— J'ai reçu la bienvenue de Tharna.

— Pars pendant que tu en as encore le temps, insista-t-il en regardant autour de lui pour voir si personne n'écoutait.

— N'y a-t-il pas de taverne de Paga près d'ici, demandai-je, où je puisse me reposer ?

— Il n'y a pas de taverne de Paga à Tharna, répliqua-t-il avec ce qui me parut un peu d'amusement.

— Où puis-je passer la nuit ?

— Tu peux la passer en dehors des murs, dans les champs, ou tu peux la passer dans le Palais de la Tatrix.

— Il me semble que le Palais de la Tatrix serait plus confortable, dis-je.

L'homme eut un rire amer.

— Depuis combien d'heures es-tu dans les murs de Tharna, Guerrier ?

— Je suis arrivé à Tharna à la sixième heure.

— Alors il est trop tard, dit l'homme avec une nuance de tristesse, car tu es dans les murs depuis plus de dix heures.

— Que veux-tu dire ?

— Bienvenue à Tharna ! répliqua-t-il, et il s'éloigna précipitamment dans le crépuscule.

J'avais été troublé par cette conversation et, sans en avoir vraiment l'intention, je m'étais dirigé vers les remparts. Je me retrouvai devant la grande porte de Tharna. Les deux poutres géantes qui la fermaient étaient en place — des poutres qui ne pouvaient être bougées que par un attelage de gros tharlarions, ces lézards de trait de Gor, ou par une centaine d'esclaves. Les portes, assemblées avec leurs bandes d'acier, garnies de plaques de cuivre que ternissait la bruine, bois noir dressé au-dessus de moi dans le crépuscule, étaient fermées.

— Bienvenue à Tharna ! lança un garde appuyé sur sa lance dans l'ombre de la porte.

— Merci, Guerrier ! dis-je, et je retournai vers la cité.

Derrière moi, je l'entendis rire, à peu près du même rire amer que l'autre habitant de Tharna.

A force d'errer dans les rues, je finis par arriver à un portail surbaissé dans le mur d'un cylindre. De chaque côté de la porte, dans une petite niche à l'abri de la pluie, grésillait la flamme jaunâtre d'une petite lampe à huile de tharlarion. A cette lueur clignotante, je pus lire l'inscription pâlie sur la porte : *Kal-da en vente ici.*

Le Kal-da est une boisson chaude, presque bouillante, faite d'un mélange de vin de Ka-la-na dilué additionné de jus de citron et d'épices piquantes. Je ne tenais guère à cette concoction « brûle-gueule », mais elle était populaire dans certaines Basses Castes, notamment celles qui se livraient à des travaux manuels pénibles. Je présume que sa popularité est due davantage à ce que le Kal-da réchauffe, tient au corps et est bon marché (on utilise un vin de Ka-la-na médiocre pour sa fabrication) qu'à l'excellence de son goût. Mais je réfléchis que, pour cette nuit entre toutes, cette nuit humide, froide, déprimante, une tasse de Kal-da serait vraiment bienvenue. De plus, où l'on trouve du Kal-da, il y a du pain et de la viande. Je pensai à ce pain blond goréen, pétri en forme de miches rondes et plates, tendres et chaudes ; l'eau me vint à la bouche à l'idée d'un steak de tabuk ou, peut-être si j'avais de la chance, une tranche de tarsk rôti, ce formidable sanglier aux six défenses des forêts tempérées de Gor. Je souris, tâtai le sac de pièces dans ma tunique, me penchai et poussai la porte.

Je descendis trois marches et me retrouvai dans une salle chaude, faiblement éclairée, au plafond bas, remplie de ces tables basses communes sur Gor, autour desquelles s'entassaient des groupes de cinq ou six hommes vêtus du costume gris de Tharna. A mon entrée, le murmure des conversations se tut. Les hommes me regardèrent. Il ne semblait pas y avoir de guerriers dans la salle. Aucun des consommateurs n'avait l'air armé.

J'ai dû leur faire un effet bizarre, guerrier vêtu d'écarlate, tout armé, qui entrait ainsi soudainement, homme d'une autre cité tombant au milieu d'eux.

— Que viens-tu faire ici ? demanda le propriétaire de la maison, un petit homme mince, chauve, portant une tunique grise à manches courtes et un tablier en toile cirée noire.

Il ne s'approcha pas mais resta derrière le comptoir de bois à essuyer lentement, posément, les petites flaques de Kal-da renversé qui tachaient le dessus.

— Je passe par Tharna, expliquai-je, et j'aimerais acheter un tarn pour continuer mon voyage. Ce soir, je veux de quoi manger et me coucher.

— Ici, ce n'est pas un endroit pour quelqu'un de Haute Caste, déclara le patron.

Je jetai un coup d'œil autour de moi aux hommes présents, à leurs visages mornes, hâves. Etant donné l'éclairage, il était difficile de reconnaître leur caste, car tous portaient les vêtements gris de Tharna et seule une bande de couleur sur l'épaule indiquait leur place dans l'échelle sociale. Ce qui me frappait le plus en eux n'avait rien à voir avec la caste, c'était leur manque d'entrain. Je ne savais pas s'ils étaient faibles ou s'ils avaient simplement piètre opinion d'eux-mêmes. Ils me semblaient sans énergie, sans fierté — des hommes desséchés, accablés, déprimés, des hommes sans amour-propre.

— Tu es de Haute Caste, de la Caste des Guerriers, insista le patron. Il n'est pas convenable que tu restes ici.

La perspective ne me souriait guère de sortir de nouveau dans la nuit froide et pluvieuse, de déambuler une fois de plus dans les rues, mal à l'aise, glacé jusqu'aux os, à la recherche d'un endroit où manger et dormir. Je pris une pièce dans la bourse de cuir et la lançai au patron. Il l'attrapa au vol adroitement avec un air de cormoran sceptique. Il examina la pièce. C'était un ternet d'argent. Il mordit le métal et les muscles de sa mâchoire saillirent sous la lumière de la lampe. Une lueur de plaisir d'avare apparut dans ses yeux. Je compris qu'il ne tiendrait pas à la rendre.

— De quelle caste est-elle ? demandai-je.

L'homme sourit.

— L'argent n'a pas de caste, répliqua-t-il.

— Apporte-moi à boire et à manger !

Je me dirigeai vers une table libre peu éclairée au

fond de la salle, d'où je pouvais voir la porte. J'appuyai mon bouclier et ma lance contre le mur, posai le casque à côté de la table, détachai le ceinturon et le baudrier, mis l'épée en travers de la table devant moi et me disposai à attendre.

Je m'étais à peine installé que le tenancier plaçait devant moi un grand pot rebondi de Kal-da fumant. Je me brûlai presque les mains en soulevant le pot. Je bus une longue lampée du breuvage bouillant et peut-être qu'à un autre moment je l'aurais jugé infect mais, ce soir-là, il enchanta mon corps comme le feu pétillant qu'il était, stimulant brutal et grésillant qui avait très mauvais goût et me charma pourtant à tel point que je fus pris d'une envie de rire.

Et je ris.

Les hommes de Tharna entassés dans la salle me regardèrent comme si j'étais fou. L'incrédulité, l'incompréhension étaient peintes sur leurs traits. Cet homme avait ri ! Je me demandais si les hommes riaient souvent à Tharna.

L'endroit était lugubre, mais le Kal-da l'avait déjà fait paraître plus engageant.

— Parlez, riez, dis-je aux hommes de Tharna, qui n'avaient pas prononcé un mot depuis mon arrivée.

Je les regardai d'un œil indigné.

Je pris une autre lampée de Kal-da et secouai la tête pour me dégager la vue et le cerveau de ce feu tourbillonnant. Je saisis ma lance contre le mur et tapai avec sur la table.

— Si vous ne pouvez pas parler, lançai-je, si vous ne pouvez pas rire, alors chantez !

Ils furent convaincus d'avoir affaire à un dément. Le Kal-da en était responsable, je suppose, mais j'aime à croire aussi que c'était une légitime impatience provoquée par les citoyens mâles de Tharna, l'expression violente de l'exaspération que m'inspiraient cet endroit gris et morne et ses habitants renfrognés, solennels, apathiques. Les hommes de Tharna se refusèrent à sortir de leur silence.

— Ne parlons-nous pas la Langue ? demandai-je, me référant à la belle langue maternelle parlée par la plupart des cités goréennes. La Langue n'est-elle pas la vôtre ?

— Si, marmonna un des hommes.

— Alors, pourquoi ne la parlez-vous pas ?

L'homme resta silencieux.

Le patron survint avec du pain chaud, du miel, du sel et, à ma joie, un énorme morceau de rôti fumant de tarsk. Je remplis ma bouche de nourriture que je fis descendre avec une autre gorgée de fulminant Kal-da.

— Patron ! criai-je en tapant sur la table avec ma lance.

— Oui, Guerrier ! cria-t-il en retour.

— Où sont les Esclaves de Plaisir ?

Le patron sembla abasourdi.

— Je voudrais voir une femme danser, dis-je.

Les hommes de Tharna eurent l'air horrifiés. L'un d'eux chuchota :

— Il n'y a pas d'Esclaves de Plaisir à Tharna.

— Las ! m'écriai-je. Pas un bracelet d'esclave dans tout Tharna !

Deux ou trois hommes rirent. Je les avais enfin touchés.

— Ces créatures qui naviguent dans la rue sous des masques d'argent, est-ce que ce sont vraiment des femmes ? questionnai-je.

— Vraiment, dit un des hommes en se retenant de rire.

— J'en doute ! criai-je. Vais-je en chercher une pour voir si elle veut danser pour nous ?

Les hommes rirent.

J'avais feint de vouloir me mettre debout et le patron, horrifié, m'avait fait rasseoir et avait couru chercher d'autre Kal-da. Sa stratégie consistait à me bourrer de tant de Kal-da que je serais incapable d'autre chose que de rouler sous la table et dormir. Plusieurs hommes s'étaient maintenant rassemblés autour de ma table.

— D'où es-tu ? demanda l'un d'eux avec intérêt.

— J'ai vécu toute ma vie à Tharna, répliquai-je.

Il y eut une explosion de rires.

Bientôt, ponctuant le rythme sur la table avec le bout de ma lance, je dirigeai une série de chants rauques, pour la plupart des chansons à boire échevelées, des chants guerriers, de campement et de marche, mais je leur enseignai aussi des chants que j'avais appris dans la caravane de Mintar le Marchand, voilà bien longtemps, quand j'avais commencé à aimer Talena, des chansons d'amour, de solitude, des chansons vantant les beautés de la ville natale et des champs de Gor.

Cette nuit-là, le Kal-da coula à flots et, par trois fois, l'huile de tharlarion dut être renouvelée dans les lampes par le patron joyeux, en sueur, du débit de Kal-da. Des passants, ébahis par les bruits qui venaient de l'intérieur, se pressèrent sur le seuil bas et ne tardèrent pas à se joindre à nous. Quelques guerriers entrèrent aussi et, au lieu de rétablir l'ordre, enlevèrent, chose ahurissante, leurs casques, les remplirent de Kal-da et s'assirent en tailleur avec nous pour chanter et boire leur content.

Finalement, les lumières des lampes à huile de tharlarion avaient vacillé puis s'étaient éteintes, et la froide clarté de l'aube avait enfin tristement éclairé la salle. Beaucoup de clients étaient partis, davantage peut-être s'étaient allongés sur les tables ou s'étaient couchés le long des murs. Même le patron dormait, la tête dans les bras sur le comptoir, derrière lequel se trouvaient les grands pots où se préparait le Kal-da, maintenant vides et froids. Je me frottai les yeux pour chasser le sommeil. Une main pesait sur mon épaule.

— Réveille-toi ! ordonna une voix.

— C'est bien lui, dit une autre voix, une voix qu'il me sembla reconnaître.

Je me mis péniblement debout et me trouvai nez à nez avec le petit conspirateur au visage de citron.

— Nous te cherchions, reprit l'autre voix et je vis alors qu'elle appartenait à un robuste soldat de la Garde de Tharna.

Derrière lui se tenaient trois autres gardes à casque bleu.

— C'est le voleur ! déclara l'homme au visage de citron en me désignant.

Sa main plongea vers la table où était posé le sac de pièces qui s'était vidé à moitié dans les éclaboussures de Kal-da maintenant séchées.

— Ce sont mes pièces ! ajouta le conspirateur. Mon nom est cousu dans le cuir du sac.

Il fourra la bourse sous le nez du garde.

— Ost, lut celui-ci.

C'est aussi le nom d'une espèce de minuscule reptile orange vif, le plus venimeux de Gor.

— Je ne suis pas un voleur, affirmai-je. Il m'a donné ces pièces.

— Il ment ! assura Ost.

— Je ne suis pas un voleur ! répétai-je.

— Tu es en état d'arrestation, déclara le garde.

— Au nom de qui ?

— Au nom de Lara, répliqua-t-il, Tatrix de Tharna !

10

LE PALAIS DE LA TATRIX

Toute résistance aurait été inutile.

Mes armes m'avaient été enlevées pendant que je dormais, naïf et confiant dans l'hospitalité de Tharna. J'affrontai les gardes les mains nues. Cependant, l'officier avait dû lire du défi dans mes yeux, car il fit signe à ses hommes, et trois lances s'abaissèrent pour menacer ma poitrine.

— Je n'ai rien volé, dis-je.

— Tu pourras plaider ta cause devant la Tatrix, déclara l'officier.

— Entrave-le, insista Ost.

— Es-tu un Guerrier ?

— Oui, répondis-je.

— Ai-je ta parole que tu vas m'accompagner tranquillement jusqu'au Palais de la Tatrix ? questionna l'officier.

— Oui, acquiesçai-je.

L'officier s'adressa à ses hommes :

— Les fers ne sont pas nécessaires !

— Je suis innocent, dis-je à l'officier.

Il me dévisagea, un regard franc dans ses yeux gris qui me fixaient par la fente en Y de son casque bleu foncé de Tharnien.

— C'est à la Tatrix d'en décider, répliqua-t-il.

— Tu dois l'entraver ! lança Ost d'une voix sifflante.

— Du calme, ver de terre ! intima l'officier, et le conspirateur s'enferma dans un silence crispé.

Je suivis l'officier, dont les hommes m'entouraient toutefois, jusqu'au Palais de la Tatrix. Ost se hâtait derrière nous, haletant et soufflant, ses petites jambes arquées luttant pour se maintenir à l'allure des guerriers.

Je sentais que même si j'avais choisi de ne pas tenir ma promesse — ce qu'en bon Guerrier de Gor je n'aurais pas fait — mes chances de fuite auraient été vraiment faibles. Selon toute probabilité, trois lances m'auraient transpercé le corps dès mes premiers pas vers la liberté. Je respectais le calme et le savoir-faire des gardes de Tharna et j'avais déjà mesuré l'expérience de ses guerriers dans la prairie, là-bas dans la campagne. Je me demandai si Thorn se trouvait dans la cité et si Vera portait maintenant ses soies de plaisir dans sa villa.

Je savais que si justice était rendue à Tharna je serais acquitté, cependant j'étais mal à l'aise car comment savoir si mon cas serait loyalement exposé et jugé ? Que j'aie été en possession de la bourse d'Ost paraîtrait certainement un solide commencement de preuve de culpabilité et cela pourrait bien influencer la décision de la Tatrix. Que vaudrait ma parole, celle d'un étranger, contre les déclarations d'Ost, citoyen de Tharna — et peut-être citoyen important ?

Cependant, ce qui est peut-être difficile à croire, j'envisageais avec plaisir la perspective de voir le palais et la Tatrix, de rencontrer la femme exceptionnelle qui pouvait gouverner, et bien gouverner, une cité de Gor. Si je n'avais pas été arrêté, je crois que, de ma propre initiative, j'aurais rendu visite à la Tatrix de Tharna et, comme l'avait dit un citoyen, passé ma nuit dans son palais.

Après avoir marché pendant peut-être vingt minutes à travers les mornes rues de Tharna, tortueuses et recouvertes de gravier, où les citoyens gris s'écartaient pour nous faire place et regardaient d'un air impassible le prisonnier vêtu d'écarlate, nous sommes arrivés dans une large avenue sinueuse, montant raide, pavée en cailloutis noir qui brillait encore des pluies de la nuit. De chaque côté de l'avenue, il y avait un mur de brique qui s'élevait graduellement et, au fur et à mesure que nous montions péniblement, les murs de chaque côté devenaient plus hauts et l'avenue plus étroite.

Enfin, à une centaine de mètres devant nous, froid dans la clarté matinale, je vis le palais, en fait une forteresse ronde en brique, noire, lourde, nue, formidable. A l'entrée du palais, la sombre avenue humide se rétrécissait en un passage juste suffisant pour un seul homme et, en même temps, les murs atteignaient une hauteur d'une bonne dizaine de mètres.

L'entrée proprement dite n'était rien d'autre qu'une simple petite porte de fer d'environ cinquante centimètres de large et un mètre cinquante de haut. On n'entrait au Palais de Tharna ou n'en sortait qu'à une personne à la fois. C'était sans commune mesure avec les cylindres centraux aux larges portails de nombreuses cités de Gor que franchissait à l'aise un attelage de deux tharlarions aux harnais dorés. Je me suis demandé si, dans cette forteresse sévère, barbare, ce Palais de la Tatrix de Tharna, justice pouvait être rendue.

L'officier fit un geste vers la porte et s'effaça derrière moi. Je me trouvai face à la porte, le premier dans l'étroit passage.

— Nous n'entrons pas, dit l'officier. Seulement toi et Ost.

Je me retournai pour les regarder et trois lances s'abaissèrent au niveau de ma poitrine.

Il y eut un bruit de verrous tirés et la porte de fer s'ouvrit, ne laissant rien voir d'autre que de l'obscurité.

— Entre ! ordonna l'officier.

Je jetai encore un coup d'œil sur les lances, eus un sourire sardonique à l'adresse de l'officier, me tournai et, baissant la tête, je franchis la petite porte.

Tout à coup, je proférai un cri d'effroi en me débattant dans le vide, car je tombais comme une pierre. J'entendis Ost hurler de terreur et de surprise quand on le poussa par la porte après moi.

A quelque six mètres au-dessous du niveau de la porte, dans l'obscurité absolue, je heurtai brutalement le fond, un sol de pierre couvert de paille humide. Le corps d'Ost atterrit sur le mien presque en même temps. Je luttai pour reprendre ma respiration. J'eus l'impression de voir des taches pourpres et dorées. J'eus vaguement conscience d'être saisi par la gueule d'un grand animal et d'être tiré à travers une ouverture ronde ressemblant à une bouche de tunnel. Je tentai de résister, mais ce fut en vain. Je n'avais plus de souffle et le tunnel ne me laissait aucun espace pour bouger. Je sentais le fumet humide de l'animal, un rongeur quelconque, l'odeur de sa tanière, la paille souillée. J'avais conscience, au loin, des cris hystériques d'Ost.

L'animal, qui progressait à reculons, sa proie entre les dents, trottina pendant un moment dans le tunnel. Il me halait par une série de secousses rapides, sèches, me frottant contre les parois de pierre, me lacérant, déchirant ma tunique.

Finalement, il me traîna dans un espace rond ressemblant à un globe, éclairé par deux torches fichées dans des râteliers de fer accrochés aux murs en pierre de taille. J'entendis une voix impérieuse, forte, rude. L'animal poussa des cris aigus de colère. Je perçus le claquement d'un fouet et le même ordre, lancé plus énergiquement. A contrecœur, la bête lâcha prise et recula, se tapit en m'observant de ses longs yeux obliques flamboyants qui semblaient, à la lueur des torches, des lames d'or en fusion.

C'était un urt géant blanc, gras, luisant. Il découvrait à mon intention ses trois rangées de dents blanches pareilles à des aiguilles et poussait des cris de colère ; deux cornes, des défenses pareilles à des croissants plats, sortaient de ses mâchoires ; deux autres cornes semblables aux premières (modification du tissu osseux formant l'arête supérieure de l'orbite) saillaient au-dessus de ses yeux luisants qui avaient l'air de me dévorer comme si l'urt attendait la permission de son gardien pour se ruer sur sa nourriture. Son corps gras tremblait d'anticipation.

Le fouet claqua de nouveau ; un autre ordre fut lancé et l'animal, sa longue queue sans poils battant le sol dans sa frustration, se glissa dans un autre tunnel. Une grille de fer retomba derrière lui.

Plusieurs paires de mains puissantes m'empoignèrent et j'entrevis un lourd objet courbé argenté. J'essayai de me relever mais je fus maintenu à terre, le visage contre la dalle. Un objet pesant, épais comme une poutre à charnière, fut passé sous et sur mon cou. Mes poignets furent dressés en position et le dispositif se referma sur mon cou et mes poignets. Mon cœur se serra quand j'entendis claquer une lourde serrure.

— Le joug est en place, annonça une voix.

— Debout, Esclave ! ajouta une autre voix.

J'essayai de me relever, mais le poids était trop grand. J'entendis siffler un fouet et serrai les dents quand la lanière de cuir entra dans ma chair. Elle s'abattit sans relâche comme les éclairs d'une foudre de cuir. Je parvins à me mettre à genoux puis, avec peine, soulevai la cangue et me dressai en chancelant.

— Bravo, Esclave ! dit une voix.

Les lacérations du fouet me brûlaient mais je sentis aussi sur mon dos le froid du cachot. Le fouet avait fendu ma tunique. Je devais saigner. Je me tournai pour voir l'homme qui avait parlé. C'est lui qui maniait le fouet. Je remarquai avec amertume que la lanière était humide de mon sang.

— Je ne suis pas un esclave ! déclarai-je.

L'homme était nu jusqu'à la taille. C'était un gaillard musclé qui portait des bracelets de force en cuir fermés par des boucles aux poignets. Ses cheveux étaient plaqués sur son crâne par une bande de toile grise.

— A Tharna, riposta-t-il, un homme comme toi ne peut pas être autre chose !

Je jetai un coup d'œil sur la salle qui s'incurvait en dôme à près de huit mètres au-dessus du sol. Elle avait plusieurs issues, presque toutes petites et munies de barreaux. De certaines j'entendais venir des gémissements. D'autres parvenaient des bruits de piétinement et des cris aigus d'animaux ; peut-être étaient-ce d'autres urts géants. Près d'une paroi, il y avait un grand récipient rond contenant des charbons enflammés d'où émergeaient les manches de plusieurs fers. Une sorte de chevalet était placé près du brasero. Il était assez grand pour accueillir un être humain. Des chaînes étaient fixées dans certains murs et, çà et là, d'autres chaînes pendaient du plafond. Sur les murs, comme dans un atelier, étaient suspendus des instruments de diverses sortes, que je ne décrirai pas, sinon pour dire qu'ils étaient ingénieusement conçus pour la torture d'êtres humains.

C'était un endroit affreux.

— Ici, déclara fièrement l'homme, on veille sur la paix à Tharna !

— J'exige d'être conduit à la Tatrix ! dis-je.

— Bien sûr, répliqua-t-il. (Il rit de façon déplaisante.) Je te mènerai moi-même à la Tatrix !

J'entendis une chaîne s'enrouler sur un treuil et vis l'une des grilles de la salle se lever lentement. L'homme fit un geste avec son fouet. Je compris que je devais passer par l'ouverture.

— La Tatrix de Tharna t'attend ! annonça-t-il.

11

LARA, TATRIX DE THARNA

Je franchis l'ouverture et commençai à monter avec peine un petit couloir circulaire, chancelant à chaque pas sous le poids du lourd joug de métal. L'homme au fouet m'intimait en jurant d'aller plus vite. Il m'enfonçait sauvagement le fouet dans les côtes, l'étroitesse du couloir ne lui permettant pas de l'utiliser comme il l'aurait voulu.

Mes jambes et mes épaules ressentaient déjà douloureusement le poids de la cangue.

Nous avons abouti dans une salle vaste mais obscure. Plusieurs portes ouvraient sur cette salle. Me poussant du bout du fouet avec mépris, l'homme aux bracelets de force me fit franchir une de ces portes. Elle donnait aussi dans un couloir d'où partaient encore d'autres portes, et ainsi de suite. Cela donnait l'impression d'être dirigé dans un labyrinthe ou un égout. Les salles étaient parfois éclairées par des lampes à huile de tharlarion placées dans des montures en fer fixées au mur. L'intérieur du palais me sembla abandonné. Il était dépourvu de couleur, d'ornementation. J'avançai en titubant, les blessures du fouet me cuisaient, j'étais presque accablé sous le poids de la cangue. Je doutai de pouvoir retrouver sans aide mon chemin pour sortir de ce sinistre labyrinthe.

J'arrivai enfin dans une vaste pièce voûtée, éclairée par des torches fixées aux murs. En dépit de sa hauteur, elle était — comme les autres salles et couloirs que j'avais vus — sombre, oppressante. Un seul ornement allégeait l'aspect mélancolique des murs, un gigantesque masque doré, sculpté à la ressemblance d'une femme très belle. Sous ce masque, sur une haute estrade, il y avait un trône d'or monumental.

Sur les larges marches menant au trône étaient disposées des chaises curules où avaient pris place, ai-je supposé, les membres du Grand Conseil de Tharna. Leurs masques d'argent luisant, tous sculptés à l'image de la même femme ravissante, étaient tournés vers moi, impassibles.

Dans la salle, çà et là, se tenaient de sévères guerriers de Tharna, sinistres sous leurs casques bleus, portant chacun à la tempe gauche un minuscule masque d'argent — des membres de la Garde du Palais. Un de ces guerriers casqués était au pied du trône. Il me parut avoir quelque chose de familier.

Sur le trône siégeait une femme à l'allure orgueilleuse, condescendante dans sa dignité altière, habillée royalement d'un costume majestueux en étoffe d'or, portant un masque non d'argent mais d'or pur, sculpté comme les autres à l'image d'une femme très belle. Les yeux, derrière le brillant masque d'or, m'examinaient. Nul n'avait besoin de me dire que j'étais en présence de Lara, Tatrix de Tharna.

Le guerrier au pied du trône enleva son casque. C'était Thorn, Capitaine de Tharna, que j'avais rencontré dans la campagne à bonne distance de la cité. Ses yeux étroits comme ceux d'un urt me regardaient avec dédain.

Il vint vers moi à grandes enjambées.

— A genoux ! commanda-t-il. Tu es devant Lara, Tatrix de Tharna !

Je ne voulus pas m'agenouiller.

D'un coup de pied dans les jambes, Thorn me déséquilibra et, entraîné par le poids de la cangue, je m'effondrai sur le sol, incapable de bouger.

— Le fouet ! ordonna Thorn en tendant la main.

Le colosse aux bracelets de cuir le plaça dans sa paume. Thorn leva l'instrument, prêt à me lacérer le dos.

— Ne le frappe pas ! lança une voix impérieuse, et le bras de Thorn retomba comme si les muscles avaient été tranchés.

La voix était celle de la femme au masque d'or, Lara en personne. Je lui en fus reconnaissant.

Couvert de sueur, chaque fibre de mon corps en proie à des douleurs atroces, je parvins à me redresser sur les genoux. La main de Thorn ne me laissa pas me relever davantage. J'étais à genoux, enjugué, devant la Tatrix de Tharna.

Les yeux derrière le masque jaune me regardaient, curieusement.

— Est-ce ainsi, Etranger, demanda-t-elle d'un ton froid, que tu comptais emporter de la Cité la richesse de Tharna ?

Je restai interdit, le corps torturé par la douleur, la vue brouillée par la sueur.

— Ta cangue est en argent, reprit-elle, en argent des Mines de Tharna !

Je fus stupéfait car, si cette cangue était vraiment en argent, le métal que je portais sur le dos aurait pu payer la rançon d'un Ubar.

— Nous autres à Tharna, déclara-t-elle, faisons si peu de cas des richesses que nous nous en servons pour mettre les esclaves sous le joug !

Mon regard furieux lui dit que je ne me considérais pas comme un esclave.

De la chaise curule proche du trône se leva une autre femme qui portait un masque d'argent extrêmement ouvragé et un magnifique costume en riche tissu d'argent. Elle se dressa avec un maintien altier à côté de la Tatrix, son masque d'argent impassible luisant dans ma direction, hideux à la lueur des torches qu'il réfléchissait. S'adressant à la Tatrix, mais sans détourner de moi son masque, elle dit :

— Détruisez l'animal !

La voix était froide, vibrante, claire, décisive, autoritaire.

— La Loi de Tharna ne lui donne-t-elle pas le droit de parler, Dorna la Fière, Seconde à Tharna ? répliqua la Tatrix dont la voix aussi était impérieuse et froide, et pourtant me plaisait plus que le ton de celle qui portait le masque d'argent.

— La Loi reconnaît-elle des droits aux bêtes ? questionna la femme dont le nom était Dorna la Fière.

C'était presque comme si elle défiait sa Tatrix, et je me demandai si Dorna la Fière était satisfaite d'être Seconde à Tharna. Le sarcasme dans sa voix était mal contenu.

La Tatrix ne jugea pas devoir répondre à Dorna la Fière.

— A-t-il encore sa langue ? demanda la Tatrix à l'homme aux bracelets de cuir qui se tenait derrière moi.

— Oui, Tatrix, dit-il.

J'eus l'impression que la femme au masque d'argent qu'on avait appelée Seconde à Tharna se raidissait d'appréhension à cette révélation. Le masque d'argent se tourna vers l'homme aux bracelets de force. Il parlait d'une voix bégayante et je me demandai si, derrière moi, son corps trapu ne tremblait pas.

— C'était le désir de la Tatrix que l'esclave soit enjugué et amené dans la Salle du Masque d'Or aussitôt que possible et indemne.

Je souris intérieurement en pensant aux dents de l'urt et au fouet qui avaient l'un et l'autre tâté ma chair.

— Pourquoi ne t'es-tu pas agenouillé, Etranger ? demanda la Tatrix de Tharna.

— Je suis un Guerrier ! répondis-je.

— Tu es un esclave ! s'écria d'une voix sifflante Dorna la Fière derrière ce masque sans expression. (Puis elle se tourna vers la Tatrix.) Arrache-lui la langue ! lui enjoignit-elle.

— Donnes-tu des ordres à celle qui est la Première à Tharna ? questionna la Tatrix.

— Non, Bien-Aimée Tatrix, répondit Dorna la Fière.

— Esclave, dit la Tatrix.

Je ne répondis pas à cette forme d'adresse.

— Guerrier, reprit-elle.

Pris dans mon joug, je levai les yeux vers son masque. Dans sa main couverte d'un gant d'or, elle tenait un petit sac de cuir sombre, à demi plein. Je présumai que c'étaient les pièces d'Ost et me demandai où pouvait être le conspirateur.

— Avoue que tu as volé ces pièces à Ost de Tharna, dit la Tatrix.

— Je n'ai rien volé. Relâche-moi.

Thorn eut un rire déplaisant derrière moi.

— Je te conseille d'avouer, reprit la Tatrix.

Je compris que, pour une raison quelconque, elle désirait vivement que je plaide coupable du crime mais, puisque j'étais innocent, je m'y refusai.

— Je n'ai pas volé les pièces, affirmai-je.

— Alors, Etranger, je le regrette pour toi !

Je ne compris pas ce qu'elle voulait dire et je sentis mon dos prêt à se rompre sous la charge de la cangue. Mon cou était douloureux de supporter son poids. La sueur m'inondait et mon dos brûlait encore des coups de fouet.

— Qu'on amène Ost ! ordonna la Tatrix.

Il me sembla que Dorna la Fière s'agitait, mal à l'aise, sur sa chaise curule. Elle lissa les plis d'argent de son costume d'une main nerveuse gantée d'argent.

Des petits cris plaintifs et des pas traînants résonnèrent derrière moi et, à ma stupéfaction, un des officiers du palais, le minuscule masque d'argent étincelant sur la tempe gauche de son casque, projeta au pied du trône Ost le conspirateur, enjugué et reniflant. La cangue d'Ost était beaucoup plus légère que la mienne mais, comme il était plus petit, la charge devait lui être aussi pénible qu'à moi.

— A genoux devant la Tatrix ! ordonna Thorn qui tenait toujours le fouet.

Ost, qui piaillait de peur, tenta de se redresser mais ne put soulever sa cangue.

La main de Thorn qui tenait le fouet se dressa.

Je m'attendais que la Tatrix intervienne en sa faveur comme elle l'avait fait pour moi, mais elle ne dit rien. Elle avait l'air de m'observer. Je me demandai quelles pensées fulguraient derrière ce placide masque d'or.

— Ne le frappe pas, dis-je.

Sans me quitter des yeux, Lara s'adressa à Thorn.

— Prépare-toi à frapper ! lui enjoignit-elle.

Le visage jaunâtre, tacheté de pourpre, se plissa en un rictus et le poing de Thorn se resserra autour du fouet. Il gardait les yeux sur la Tatrix, voulant frapper dès l'instant où elle permettrait le coup.

— Lève-toi, ordonna la Tatrix à Ost, ou tu mourras sur le ventre comme le serpent que tu es !

— Je ne peux pas, sanglota Ost. Je ne peux pas.

Froidement, la Tatrix leva sa main gantée. Quand la main s'abattrait, le fouet en ferait autant.

— Non ! criai-je.

Lentement, chaque muscle tendu pour maintenir mon équilibre, toutes les fibres de mes jambes et de mon dos semblables à des câbles soumis à une tension extrême, j'allongeai la main vers Ost et, souffrant un véritable martyre pour rester debout, j'ajoutai le poids de sa cangue au mien en le hissant sur ses genoux.

Dans la salle, les femmes au masque d'argent émirent un « Ah ! » de stupeur. Un ou deux guerriers, sans souci des règles de bienséance de Tharna, saluèrent mon exploit en frappant sur leur bouclier avec la pointe en bronze de leur lance.

Thorn, de colère, relança le fouet à l'homme aux bracelets de cuir.

— Tu es fort, commenta la Tatrix de Tharna.

— La force est l'attribut des bêtes ! déclara Dorna la Fière.

— Exact, approuva la Tatrix.

— Toutefois, c'est une belle bête, n'est-ce pas ? intervint l'une des femmes masquées d'argent.

— Qu'on l'utilise dans les Divertissements de Tharna, demanda une autre.

Lara leva sa main gantée pour ordonner le silence.

— Comment se fait-il, questionnai-je, que tu épargnes le fouet à un guerrier et sois prête à l'utiliser sur un pauvre diable aussi pitoyable qu'Ost ?

— Je t'avais espéré innocent, Etranger, dit-elle. La culpabilité d'Ost, je la connais.

— Je *suis* innocent !

— Pourtant, reprit-elle, tu maintiens que tu n'as pas volé les pièces.

La tête me tournait.

— C'est exact, je n'ai pas volé ces pièces.

— Alors, tu es coupable, conclut la voix de Lara avec ce qui me sembla être de la tristesse.

— De quoi ? voulus-je savoir.

— De conspiration contre le trône de Tharna ! déclara la Tatrix.

Je fus suffoqué.

— Ost, dit la Tatrix d'un ton glacial, tu es coupable de trahison envers Tharna. Il est notoire que tu conspires contre le trône.

Un des gardes, celui qui avait amené Ost, parla.

— C'est comme tes espions te l'ont rapporté, Tatrix. Chez lui, on a trouvé des documents séditieux, des lettres d'instructions concernant l'usurpation du trône, des sacs d'or destinés à acheter des complicités.

— A-t-il avoué cela aussi ? demanda Lara.

Ost implora miséricorde en pleurnichant, son cou mince se tortillant dans la cangue.

L'officier rit.

— Dès qu'il a vu l'urt blanc, il a tout reconnu !

— Qui a fourni l'or, Serpent ? demanda la Tatrix. De qui venaient les lettres d'instructions ?

— Je ne sais pas, Bien-Aimée Tatrix, gémit Ost. Les lettres et l'or ont été apportés par un guerrier casqué.

— Qu'on le mène à l'urt ! lança d'un ton sarcastique Dorna la Fière.

Ost se tortilla en criant grâce d'une voix pleurarde. Thorn lui décocha des coups de pied pour le faire taire.

— Que sais-tu d'autre sur ce complot contre le trône ? demanda Lara à Ost larmoyant.

— Rien, Bien-Aimée Tatrix, dit-il d'une voix geignarde.

— Parfait, déclara Lara qui tourna son masque scintillant vers l'officier qui avait jeté à ses pieds Ost emprisonné dans la cangue. Emmène-le dans la Salle des Urts !

— Non ! non ! non ! cria Ost plaintivement. Je sais encore des choses, *plein* de choses !

Les femmes masquées d'argent se penchèrent en avant. Seules la Tatrix et Dorna la Fière restèrent assises très droites. Bien que la pièce fût fraîche, je remarquai que Thorn, Capitaine de Tharna, transpirait. Ses mains étaient agitées de mouvements spasmodiques.

— Que sais-tu de plus ? s'enquit la Tatrix.

Ost regarda autour de lui autant que faire se pouvait, les yeux exorbités par la peur.

— Connais-tu le guerrier qui t'a apporté les lettres et l'or ?

— Lui, je ne le connais pas.

— Laisse-moi ensanglanter la cangue, pria Thorn. (Il tira son épée.) Laisse-moi achever sur place ce scélérat !

— Non ! dit Lara. Alors, que sais-tu d'autre, Serpent ? demanda-t-elle au pitoyable conspirateur.

— Je sais, dit Ost, que le chef de la conspiration est une haute personnalité de Tharna — quelqu'un qui porte le masque d'argent, une femme.

— Impensable ! s'écria Lara en se levant. Aucune de celles qui portent le masque d'argent ne pourrait être déloyale envers Tharna !

— C'est pourtant comme ça, dit Ost en reniflant.

— Qui est la traîtresse ?

— Je ne sais pas son nom.

Thorn rit.

— Mais j'ai causé un jour avec elle et je pourrais reconnaître sa voix si seulement on me laissait vivre, reprit Ost avec espoir.

Thorn rit de nouveau.

— C'est une manœuvre pour sauver sa vie !

— Qu'en penses-tu, Dorna la Fière ? demanda Lara à celle qui était la Seconde à Tharna.

Mais au lieu de répondre, Dorna la Fière resta étrangement silencieuse. Elle étendit sa main gantée d'argent, la paume face à son corps, et l'abattit brutalement comme si c'était une lame.

— Miséricorde, Grande Dorna ! hurla Ost.

Dorna répéta le geste lentement, cruellement.

Mais les mains de Lara étaient étendues, la paume dessus, et elle les leva légèrement ; c'était un geste gracieux qui évoquait la pitié.

— Merci, Bien-Aimée Tatrix, pleurnicha Ost, les yeux débordant de larmes. Merci !

— Dis-moi, Serpent, interrogea Lara, est-ce que le guerrier t'a volé les pièces ?

— Non, non, dit Ost en pleurant bruyamment.

— Est-ce que tu les lui as données ?

— Oui, oui.

— Et il les a acceptées ?

— Oui, dit Ost.

— Tu m'as fourré la bourse dans la main et tu t'es enfui ! m'exclamai-je. Je n'ai pas eu le choix.

— Il a accepté la bourse, marmonna Ost en me jetant un coup d'œil malveillant, décidé visiblement à me faire partager le sort qui lui était réservé.

— Je n'ai pas eu le choix, répétai-je avec calme.

Ost lança dans ma direction un regard venimeux.

— Si j'étais un conspirateur, ajoutai-je, si j'étais de mèche avec cet homme, pourquoi m'aurait-il accusé du vol de cette bourse, pourquoi m'aurait-il fait arrêter ?

Ost blêmit. Son petit cerveau de rongeur galopait d'une idée à l'autre, mais sa bouche remua seulement d'un tremblement irrépressible, sans émettre un son.

Thorn déclara :

— Ost se savait soupçonné de comploter contre le trône.

Ost eut l'air perplexe.

— Alors, poursuivit Thorn, pour ne pas paraître avoir donné l'argent à ce guerrier, ou peut-être cet assassin, il a prétendu avoir été volé. De toute façon, il pouvait, si besoin était, avoir l'air exempt de culpabilité et supprimer celui qui était au courant de sa culpabilité.

— C'est ça ! s'exclama Ost avec reconnaissance, avide d'emboîter le pas à une personnalité aussi puissante que Thorn.

— Comment se fait-il qu'Ost t'ait donné ces pièces, Guerrier ? questionna la Tatrix.

— Ost me les a données... en cadeau, dis-je.

Thorn rejeta la tête en arrière et rit à gorge déployée.

— Ost n'a jamais rien donné de sa vie, déclara Thorn en s'essuyant la bouche et en s'efforçant de se calmer.

Il y eut même un léger mouvement de gaieté chez les masques d'argent siégeant sur les marches du trône.

Ost lui-même ricana.

Mais le masque de la Tatrix scintilla en direction d'Ost et son ricanement mourut dans son cou étroit. La Tatrix se leva de son trône et pointa un doigt vers le minable conspirateur. Sa voix était froide quand elle s'adressa à l'officier qui avait amené Ost dans la salle.

— Conduis-le aux Mines ! ordonna-t-elle.

— Non, Bien-Aimée Tatrix, non ! cria Ost.

La terreur, comme un chat pris au piège, semblait se débattre au fond de ses yeux ; il se mit à trembler dans sa cangue comme un animal malade. Avec mépris, l'officier le mit debout et l'entraîna, trébuchant et pleurnichant, hors de la salle. Je compris que la condamnation aux Mines équivalait à une condamnation à mort.

— Tu es cruelle, dis-je à la Tatrix.

— Une Tatrix *doit* être cruelle, commenta Dorna.

— Cela, répliquai-je, je voudrais l'entendre de la bouche même de la Tatrix.

Dorna se raidit sous cette rebuffade.

Au bout d'un moment, la Tatrix, qui avait regagné son trône, prit la parole. Sa voix était calme.

— Il est parfois dur, Etranger, d'être la Première à Tharna.

Je ne m'attendais pas à cette réponse.

Je me demandais quelle sorte de femme était la Tatrix de Tharna, ce qui se cachait derrière ce masque d'or. Un instant, je plaignis la créature dorée devant le trône de qui j'étais agenouillé.

— Quant à toi, dit Lara dont le masque luisant s'était abaissé vers moi, tu déclares que tu n'as pas volé les pièces d'Ost et en même temps, tu déclares qu'il te les a données.

— Il m'a fourré la bourse dans la main, dis-je, et s'est enfui en courant. (Je regardai la Tatrix.) Je suis venu à Tharna pour me procurer un tarn. Je n'avais pas d'argent. Avec les pièces d'Ost, j'aurais pu en acheter un et continuer mon voyage. Aurais-je dû les jeter ?

— Ces pièces, dit Lara qui tenait le petit sac dans sa main gantée d'or, étaient destinées à acheter ma mort.

— Si peu de pièces ? demandai-je, sceptique.

— Visiblement, le complément de la somme devait suivre l'accomplissement de l'acte.

— Ces pièces étaient un cadeau, répétai-je. Ou, du moins, je l'ai pensé.

— Je ne te crois pas.

Je ne dis rien.

— Quel est le total de la somme qu'Ost t'a offerte ?

— J'ai refusé de participer à son complot.

— Quel est le total de la somme qu'Ost t'a offerte ? répéta-t-elle.

— Il a parlé d'un tarn, répliquai-je, de mille tarnets d'or et de provisions pour un long voyage.

— Les tarnets d'or, contrairement à ceux d'argent, sont rares à Tharna, dit la Tatrix. Apparemment, quelqu'un est décidé à payer cher pour ma mort.

— Pas ta mort, dis-je.

— Alors quoi ?

— Ton enlèvement.

La Tatrix se raidit soudain, tout son corps trembla de fureur. Elle se leva, l'air hors d'elle.

— Ensanglante la cangue ! lança Dorna.

Thorn s'avança, l'épée haute.

— Non ! cria la Tatrix et, à l'étonnement de tous, elle descendit les larges degrés de l'estrade.

Frémissante de colère, elle s'arrêta devant moi, au-dessus de moi, droite dans son costume doré et son masque d'or.

— Donne-moi le fouet ! cria-t-elle. Donne !

L'homme aux bracelets de cuir s'agenouilla précipitamment devant elle et le leva jusqu'à la hauteur de sa main. Elle en cingla l'air avec cruauté et il claqua, aigu et rageur.

— Ainsi, me dit-elle, les deux mains crispées sur le manche du fouet, tu voudrais me voir devant toi sur le tapis écarlate, liée avec des cordes jaunes, hein ?

Je ne compris pas ce qu'elle voulait dire.

— Tu voudrais me voir en camisk et collier, hein ?

Elle parlait d'une voix sifflante, hystérique.

Les femmes au masque d'argent eurent un mouvement de recul et frissonnèrent. Des exclamations de colère, d'horreur, fusèrent.

— Je suis une femme de Tharna ! hurla-t-elle. La Première dans Tharna ! La Première !

Alors, hors d'elle-même de rage, tenant le fouet à deux mains, elle me cingla follement.

— C'est le baiser du fouet que tu auras ! hurla-t-elle.

Elle me frappa sans relâche. Je réussis pourtant, sous cette grêle de coups, à rester sur les genoux, à ne pas tomber.

J'avais le vertige. Mon corps torturé par le poids de la cangue d'argent, maintenant enveloppé dans les flammes du fouet, tremblait de souffrance de façon irrépressible. Puis, quand la Tatrix fut exténuée, dans un sursaut d'énergie que je ne m'explique pas, je parvins à me mettre debout, tout sanglant sous ma cangue, la chair déchirée — et je la toisai de mon haut.

Elle pivota sur elle-même et s'enfuit vers l'estrade. Elle gravit les marches en courant et ne se retourna que lorsqu'elle fut enfin devant son trône.

Elle pointa impérieusement la main vers moi, cette main qui portait un gant d'or maintenant éclaboussé de mon sang, humide et sombre de la sueur de sa main.

— Qu'on s'en serve dans les Divertissements de Tharna ! ordonna-t-elle.

12

ANDREAS DE LA CASTE DES POÈTES

On m'avait encapuchonné et mené par les rues, trébuchant sous le poids de la cangue. Enfin j'étais entré dans un bâtiment et j'avais descendu une longue rampe tournante, suivi des couloirs humides. Lorsque je fus décapuchonné, ma cangue avait été enchaînée à la paroi d'un cachot.

L'endroit était éclairé par une petite lampe puante, emplie d'huile de tharlarion, fixée à la paroi près du plafond. Je n'avais aucune idée à quelle profondeur j'étais sous terre. Les murs et le sol étaient en pierre noire, taillée en blocs géants de peut-être une tonne chacun. La lampe séchait la pierre dans son voisinage, mais le sol et la majeure partie des murs étaient humides et l'air sentait le moisi. De la paille était éparpillée par terre. D'où j'étais enchaîné, je pouvais atteindre une citerne. Une écuelle de nourriture était posée près de mon pied.

Epuisé, le corps douloureux du poids de la cangue et du cinglement du fouet, je m'étendis sur les pierres et m'endormis. Combien de temps dura mon sommeil, je l'ignore. Quand je me suis réveillé, je souffrais dans chacun de mes muscles mais, à présent, c'était une souffrance calme, froide. Quand j'ai essayé de bouger, mes blessures me mirent au supplice.

Malgré la cangue, je réussis, avec de grands efforts, à m'asseoir en tailleur et je secouai la tête. Dans l'écuelle, je vis la moitié d'un pain grossier. Enjugué comme je l'étais, il n'y avait pas moyen de le ramasser et de le porter à ma bouche. Je pouvais ramper sur le ventre jusqu'à lui et, si ma faim était trop grande, je savais qu'il le faudrait mais cette idée m'irrita. La cangue n'était pas seulement un système pour immobiliser un homme mais aussi pour l'humilier, le traiter comme s'il était une bête.

— Laisse-moi t'aider, dit une voix féminine.

Je me retournai et, entraîné par la cangue, faillis me heurter au mur. Deux petites mains saisirent la cangue et, avec peine, réussirent à la renvoyer en arrière, rétablissant mon équilibre.

Je regardai la jeune femme. Peut-être était-elle quelconque, mais je la trouvai séduisante. Il y avait en elle une chaleur que je n'aurais pas pensé trouver à Tharna. Ses yeux noirs m'examinèrent avec sollicitude. Ses cheveux, qui étaient brun-roux, étaient attachés derrière sa tête par une ficelle grossière.

Comme je la dévisageais, elle baissa timidement les yeux. Elle portait pour tout vêtement un long rectangle étroit d'un rude tissu brun, de peut-être quarante-cinq centimètres de large, avec une fente par où passait la tête à la façon d'un poncho, et qui descendait devant et derrière un peu au-dessous du genou, ceinturé à la taille par une chaîne.

— Oui, dit-elle, honteuse, je porte la camisk.

— Tu es charmante, dis-je.

Elle me regarda, surprise mais touchée.

Nous étions face à face dans la demi-obscurité du cachot, sans parler. Il n'y avait aucun bruit dans cet endroit sombre et froid. Les ombres projetées par la petite lampe à huile de tharlarion, placée très haut, oscillaient sur les murs, sur le visage de la jeune femme.

Elle étendit la main et toucha la cangue d'argent que je portais.

— Elles sont cruelles, dit-elle.

Puis, sans un mot de plus, elle ramassa le pain dans l'écuelle et le tint pour moi. Je mordis voracement deux ou trois bouchées du pain grossier, le mâchai et l'avalai.

Je remarquai que son cou était encerclé par un collier de métal gris. Je supposai que cela indiquait qu'elle était une Esclave d'Etat de Tharna.

Elle alla vers la citerne, racla d'abord la surface pour la débarrasser de l'écume verdâtre qui flottait dessus puis, dans la paume de ses mains réunies, elle apporta de l'eau jusqu'à mes lèvres desséchées.

— Merci, dis-je.

Elle me sourit.

— On ne remercie pas une esclave.

— Je croyais que les femmes étaient libres à Tharna, fis-je observer en désignant de la tête le collier de métal gris qu'elle portait.

— On ne me gardera pas à Tharna, répondit-elle. Je serai envoyée aux Grandes Fermes, où je porterai l'eau aux Esclaves des Champs.

— Quel est ton crime ? demandai-je.

— J'ai trahi Tharna.

— Tu as conspiré contre le trône ?

— Non, expliqua la jeune femme. J'ai aimé un homme.

Je restai interdit.

— J'ai porté naguère le masque d'argent, Guerrier. Mais maintenant je ne suis qu'une Femme Avilie, car je me suis permis d'aimer.

— Ce n'est pas un crime ! protestai-je.

La jeune fille rit gaiement. J'aime entendre soudain fuser la musique joyeuse d'un rire de femme, ce rire qui réjouit tant les hommes, qui agit sur leurs sens comme le vin de Ka-la-na.

Il me sembla tout à coup que je ne sentais plus le poids de la cangue.

— Parle-moi de lui, demandai-je, mais dis-moi d'abord ton nom.

— Je suis Linna de Tharna. Quel est ton nom ?

— Tarl.

— De quelle cité ?

— D'aucune cité.

— Ah ! dit la jeune femme en souriant, et elle ne s'enquit pas davantage.

Elle avait dû conclure qu'elle partageait sa cellule avec un hors-la-loi. Elle se rassit sur ses talons, une lueur heureuse dans les yeux.

— Il n'était même pas de la Cité.

J'émis un sifflement. C'était grave à des yeux goréens.

— Pis que cela, dit-elle en riant et claquant des mains, il était de la Caste des Chanteurs.

Cela aurait pu être pire, pensai-je. Somme toute, bien que la Caste des Chanteurs — ou Poètes — ne soit pas une Haute Caste, elle a plus de prestige que, par exemple, la Caste des Potiers ou celle des Selliers avec lesquelles on la compare parfois. Sur Gor, le chanteur, ou poète, est considéré comme un artisan qui produit des phrases durables tout comme un potier fabrique un bon pot ou un sellier fait une selle solide. Le rôle qui lui est dévolu dans la structure sociale est de célébrer les batailles et les histoires, de chanter les héros et les cités, mais on attend aussi de lui qu'il chante la vie, l'amour et la joie, pas seulement les armes et la gloire, et c'est encore son travail de rappeler de temps à autre aux Goréens la solitude et la mort afin qu'ils n'oublient pas qu'ils sont des hommes.

Le chanteur est censé avoir un talent particulier, mais il en est de même pour le tarnier ou le bûcheron. Sur Gor comme sur ma planète natale, les poètes sont regardés avec un certain scepticisme et tenus pour un peu fous, mais l'idée n'est venue à personne qu'ils puissent souffrir de folie divine ni qu'ils reçoivent périodiquement l'inspiration des dieux. Les Prêtres-Rois de Gor, qui font office de divinités sur cette rude planète, n'inspirent guère que du respect mêlé de crainte, et parfois de la terreur. Les hommes vivent en état de trêve avec les Prêtres-Rois, ils observent leurs lois et leurs fêtes, font les sacrifices et les libations prescrits mais, en général, les oublient autant que possible. Si l'on suggérait à un poète qu'il a été inspiré par un Prêtre-Roi, il serait scandalisé.

— C'est moi, Un Tel de telle Cité, qui ai créé ce chant, et non pas un Prêtre-Roi !

Malgré quelques réserves, le Poète ou Chanteur est aimé sur Gor. Il ne s'est pas avisé qu'il doit sa misère et ses épreuves à sa profession et, dans l'ensemble, la Caste des Poètes passe pour un très heureux groupe d'hommes. « Un morceau de pain pour une chanson » est l'invitation goréenne couramment adressée aux membres de la caste ; elle naît sur les lèvres d'un paysan comme sur celles d'un Ubar, et le poète tire une grande fierté de chanter la même chanson dans la hutte du paysan et les salons de l'Ubar bien que cela ne lui vaille qu'une croûte de pain dans un endroit au lieu d'une bourse d'or dans l'autre, de l'or souvent dilapidé pour une belle femme qui ne lui laissera peut-être que ses chansons.

Dans l'ensemble, les poètes ne vivent pas comme des princes sur Gor, mais ils ne meurent jamais de faim, ne sont jamais obligés de brûler le costume de leur caste. Certains sont même allés chantant de cité en cité, leur pauvreté les protégeant des hors-la-loi et leur chance des animaux prédateurs de Gor. Longtemps après sa mort, neuf cités ont revendiqué celui qui, des siècles plus tôt, avait appelé Ko-ro-ba : « les Tours du Matin ».

— Ce n'est pas si mal, la Caste des Poètes, dis-je à Linna.

— Certes non, mais ils sont bannis de Tharna.

— Oh ! m'exclamai-je.

— Néanmoins, reprit-elle, le regard joyeux, cet homme, Andreas de la Cité du Désert de Tor, s'est faufilé dans la Cité, à la recherche d'un thème de chant, à ce qu'il disait. (Elle rit.) Mais je crois qu'en réalité il voulait regarder sous les masques d'argent de nos femmes ! (Elle tapa gaiement dans ses mains.) C'est moi, poursuivit-elle, qui l'ai arrêté et l'ai interpellé, moi qui ai vu la lyre sous son costume gris et ai reconnu en lui un Chanteur. Sous mon masque d'argent, je l'avais suivi et j'avais vérifié qu'il était à l'intérieur de la Cité depuis plus de dix heures.

— Qu'est-ce que cela signifie ? demandai-je car je me rappelai avoir déjà entendu cette formule.

— Cela signifie que quelqu'un devient le bienvenu à Tharna, expliqua la jeune femme, c'est-à-dire qu'il est envoyé dans les Grandes Fermes comme Esclave des Champs pour cultiver la terre de Tharna, enchaîné jusqu'à sa mort.

— Pourquoi ne prévient-on pas les étrangers quand ils franchissent les portes ?

— Ce serait vraiment stupide, non ? dit-elle en riant. Comment regarnirait-on alors les rangs des Esclaves des Champs ?

— Je vois, acquiesçai-je, entrevoyant pour la première fois ce qui motivait l'hospitalité de Tharna.

— En tant que porteuse du masque d'argent, reprit la jeune femme, c'était mon devoir de signaler cet homme aux autorités. Mais j'étais curieuse, car je n'avais jamais vu d'homme qui ne fût pas de Tharna. Je l'ai suivi jusqu'à ce que nous soyons seuls et je l'ai abordé en lui expliquant le sort qui l'attendait.

— Qu'a-t-il fait alors ?

Elle baissa la tête avec embarras.

— Il a arraché mon masque d'argent et m'a embrassée, si bien que je n'ai même pas pu appeler au secours !

Je lui souris.

— Je n'avais encore jamais été dans les bras d'un homme, car ceux de Tharna ne peuvent pas toucher une femme.

J'ai dû paraître interloqué.

— C'est la Caste des Médecins qui dispose de ces choses, sous la direction du Grand Conseil de Tharna, expliqua-t-elle.

— Je vois.

— Pourtant, bien que portant le masque d'argent et étant moi-même femme de Tharna, je n'ai pas trouvé la sensation déplaisante quand il m'a prise dans ses bras. (Elle me regarda, un peu tristement.) J'ai compris alors que je ne valais pas mieux que lui, pas plus qu'une bête, que j'étais seulement digne d'être une esclave.

— Tu ne crois pas cela ? demandai-je.

— Si, mais cela m'est égal, car je préfère porter la camisk et avoir goûté son baiser plutôt que de vivre à jamais derrière un masque d'argent. (Ses épaules tremblèrent. J'aurais aimé pouvoir la prendre dans mes bras pour la réconforter.) Je suis une créature avilie, ajouta-t-elle, couverte d'opprobre, une traîtresse à tout ce qu'il y a de plus élevé à Tharna, conclut-elle.

— Cet homme, qu'est-il devenu ?

— Je l'ai hébergé et me suis arrangée pour qu'il sorte en fraude de la Cité. (Elle soupira.) Il a voulu que je lui promette de le suivre, mais je savais que je ne le pourrais pas.

— Qu'as-tu fait ?

— Lorsqu'il a été en sécurité, j'ai accompli mon devoir. Je me suis livrée au Grand Conseil de Tharna et j'ai tout avoué. Il a été décrété que je perdrais mon masque d'argent, porterais la camisk et le collier et que je serais envoyée dans les Grandes Fermes pour porter de l'eau aux Esclaves des Champs.

Elle se mit à pleurer.

— Tu n'aurais pas dû te livrer au Grand Conseil de Tharna, dis-je.

— Pourquoi ? N'étais-je pas coupable ?

— Tu n'étais pas coupable.

— L'amour n'est-il pas un crime ?

— A Tharna seulement, affirmai-je.

Elle rit.

— Tu es bizarre, toi aussi, comme Andreas de Tor.

— Et Andreas ? demandai-je. Si tu ne le rejoins pas, ne viendra-t-il pas te chercher, ne pénétrera-t-il pas de nouveau dans la Cité ?

— Non, il pensera que je ne l'aime plus. (Elle baissa la tête.) Il s'en ira et se trouvera une autre femme, plus belle qu'une femme de Tharna.

— Tu crois cela ?

— Oui. Et il n'entrera pas dans la Cité. Il sait qu'il serait pris et qu'étant donné son crime il serait envoyé dans les mines. (Elle frissonna.) Peut-être même utilisé dans les Divertissements de Tharna.

— Ainsi tu penses qu'il aura peur d'entrer dans la Cité ?

— Oui, il n'y entrera pas. Il n'est pas fou !

Une voix jeune, joyeuse, espiègle et bon enfant, s'écria :

— Qu'est-ce qu'une jeune femme comme toi peut savoir des fous, de la Caste des Chanteurs, des Poètes ?

Linna se leva d'un bond.

Par la porte du cachot, une silhouette enjuguée fut poussée en avant par les hampes de deux lances. Elle traversa toute la pièce en trébuchant et alla heurter le mur opposé avec sa cangue. Elle parvint à la tourner et à glisser le long du mur en position assise.

C'était un solide garçon hirsute aux yeux bleus rieurs, avec une toison de cheveux semblable à la crinière d'un larl noir. Il s'assit sur la paille et nous sourit, d'un sourire enjoué, malicieux, penaud. Il allongea le cou dans la cangue et fit jouer ses doigts.

— Eh bien, Linna, dit-il, je suis revenu t'enlever !

— Andreas ! s'écria-t-elle en se précipitant vers lui.

13

LES DIVERTISSEMENTS DE THARNA

Le soleil me blessait les yeux. Le sable blanc parfumé, mêlé de mica et de minium, me brûlait les pieds. Je ne cessais de cligner des paupières pour tenter d'atténuer la torture de la lumière éblouissante. Je sentais déjà la chaleur du soleil pénétrer le joug d'argent que je portais.

Je sentais des coups de lance m'aiguillonner le dos tandis que j'avançais en trébuchant et chancelant sous le poids de la cangue, enfonçant jusqu'à la cheville dans le sable brûlant. J'étais encadré par d'autres malheureux enjugués de la même façon, dont certains gémissaient et d'autres juraient, aiguillonnés eux aussi comme des animaux. Il y en avait un qui restait silencieux à ma gauche ; je savais que c'était Andreas de la Cité du Désert de Tor.

Je cessai enfin de sentir le fer de lance dans mon dos.

— A genoux devant la Tatrix de Tharna ! ordonna

une voix impérieuse qui parlait à travers une espèce de mégaphone.

J'entendis Andreas dire près de moi :

— Bizarre, d'habitude la Tatrix n'assiste pas aux Divertissements de Tharna.

Je me demandai si ce n'était pas à cause de moi que la Tatrix était présente.

— A genoux devant la Tatrix de Tharna ! répéta la voix impérieuse.

Nos compagnons s'agenouillèrent. Seuls Andreas et moi restâmes debout.

— Pourquoi ne te mets-tu pas à genoux ? demandai-je.

— Crois-tu que seuls les Guerriers sont braves ? rétorqua-t-il.

Il fut tout à coup frappé par-derrière, d'un coup brutal assené dans le dos par une hampe de lance et il s'affaissa en gémissant. La lance me frappa moi aussi à maintes reprises dans le dos, en travers des épaules, mais je restai debout, droit sous le joug, pour ainsi dire comme un bœuf. Puis, avec un claquement sec, une mèche de fouet cingla soudain mes jambes et s'enroula autour comme un serpent brûlant. Mes jambes furent tirées de dessous moi et je tombai lourdement dans le sable.

Je regardai autour de moi.

Comme je m'y attendais, mes compagnons de misère et moi étions agenouillés dans le sable d'une arène.

C'était un enclos ovale, d'une centaine de mètres de diamètre dans son axe le plus long et fermé par des murs d'environ trois mètres cinquante de haut. Les murs étaient divisés en sections brillamment teintées d'or, de pourpre, de rouge, d'orange, de jaune et de bleu.

La surface du terrain — du sable blanc parfumé, étincelant de mica et de minium — ajoutait à l'aspect coloré du lieu. De gigantesques vélums rayés en soie rouge et jaune ondoyante étaient tendus au-dessus des portions privilégiées des tribunes qui s'élevaient de tous côtés.

On aurait dit que toutes les glorieuses couleurs de Gor qui avaient été refusées aux bâtiments de Tharna étaient répandues à profusion en ce lieu de ses divertissements.

Dans les tribunes, à l'ombre des vélums, je voyais des centaines de masques d'argent, les hautaines femmes de Tharna, à demi couchées sur des bancs rembourrés de coussins en soie de couleur — venues voir les Divertissements.

Je remarquai aussi le gris des vêtements d'hommes dans les tribunes. Plusieurs étaient des guerriers armés, placés là sans doute pour assurer l'ordre, mais beaucoup devaient être des citoyens ordinaires de Tharna. Certains paraissaient bavarder entre eux, pariant peut-être d'une manière quelconque, mais la plupart étaient assis immobiles sur les gradins de pierre, renfrognés et silencieux dans leurs vêtements gris, sans qu'il soit possible de deviner à quoi ils pensaient. Dans le cachot, Linna nous avait dit — à Andreas et à moi — que les hommes de Tharna doivent assister aux Divertissements de Tharna au moins quatre fois par an, faute de quoi ils doivent y prendre part en personne.

Des exclamations d'impatience partaient des tribunes, des cris féminins perçants qui contrastaient singulièrement avec la placidité des masques d'argent. Tous les yeux semblaient tournés vers une partie des tribunes, celle devant laquelle nous étions agenouillés, une partie qui étincelait d'or.

Je regardai au-dessus du mur et vis, vêtue de la toilette d'or, souveraine sur un trône d'or, celle qui seule pouvait porter un masque d'or, celle qui était la Première dans Tharna — Lara, la Tatrix.

La Tatrix se mit debout et leva la main. Parfaite dans son gant d'or, cette main tenait une écharpe d'or.

Les tribunes firent silence.

Alors, à ma surprise, les hommes de Tharna qui étaient enjugués dans l'arène, à genoux, rejetés par leur cité, condamnés, entonnèrent un étrange péan. Andreas et moi, qui n'étions pas de Tharna, restâmes seuls silencieux — et je présume qu'il était aussi surpris que moi.

Bien que nous soyons d'abjects animaux
Juste bons à vivre pour votre satisfaction,
Juste bons à mourir pour votre plaisir,
Nous chantons les louanges des Masques de Tharna,
Salut, Masques de Tharna,
Salut, Tatrix de notre Cité.

L'écharpe d'or tomba en voltigeant sur le sable de l'arène et la Tatrix se rassit sur son trône, appuyée sur des coussins.

La voix qui parlait à travers l'amplificateur lança :

— Que les Divertissements de Tharna commencent !

Des petits cris de plaisir anticipé accueillirent cette annonce, mais j'eus peu de temps pour les écouter, car je fus mis brutalement debout.

— Tout d'abord, reprit la voix, il y aura les Concours de Bœufs !

Nous étions environ quarante malheureux enjugués dans l'arène. En quelques instants, les gardes nous répartirent par équipes de quatre, attelant nos cangues ensemble par des chaînes. Puis ils nous dirigèrent à coups de fouet vers une série de gros blocs de granit pesant peut-être une tonne chacun, sur les côtés desquels saillaient de lourds anneaux de fer. D'autres chaînes fixèrent chaque équipe à son bloc.

On nous indiqua le parcours. La course commencerait et finirait devant le mur doré derrière lequel, dans sa hautaine splendeur, siégeait la Tatrix de Tharna. Chaque équipe aurait son conducteur qui porterait un fouet et serait monté sur le bloc. Nous tirâmes péniblement les lourds blocs jusqu'au mur doré. La cangue d'argent, chauffée par le soleil, me brûlait le cou et les épaules.

Quand nous fûmes devant le mur, j'entendis le rire de la Tatrix et la rage m'aveugla.

Notre conducteur était l'homme aux bracelets de force, celui de la Salle des Urts, qui m'avait amené au début en présence de la Tatrix. Il s'approcha de chacun de nous pour vérifier les chaînes d'attelage. Comme il examinait ma cangue et sa chaîne, il dit :

— Dorna la Fière a parié cent tarnets d'or sur ce bloc. Veille à ce qu'il ne perde pas.

— Et s'il perd ?

— Elle vous fera tous bouillir vivants dans l'huile de tharlarion ! dit-il en riant.

La main de la Tatrix se leva légèrement, presque langoureusement, de l'accoudoir de son trône. Et la course commença.

Notre bloc ne perdit point.

Furieusement, le dos prêt à se briser, cuisant sous les coups de fouet effrénés de notre conducteur, maudissant le sable coloré de l'arène qui se soulevait devant le bloc que nous tirions pied à pied sur le parcours, nous avons réussi à arriver les premiers dans la zone du mur doré. Lorsqu'on nous détacha, nous découvrîmes que nous avions traîné un homme qui était mort dans les chaînes.

Sans vergogne, nous nous sommes laissés tomber dans le sable.

— Les Combats de Bœufs ! cria l'un des masques d'argent, et son cri fut repris par dix, puis cent autres.

Bientôt les tribunes même parurent répéter le cri.

— Les Combats de Bœufs ! hurlaient les femmes de Tharna. Qu'ils commencent !

Nous fûmes de nouveau remis brutalement debout et, à mon horreur, nos cangues furent garnies de cornes d'acier de quarante-cinq centimètres de long, pointues comme des clous.

Pendant que sa cangue était de même nantie des piques mortelles, Andreas s'adressa à moi :

— C'est peut-être un adieu, Guerrier. J'espère seulement que nous ne serons pas opposés l'un à l'autre.

— Je ne te tuerais pas, dis-je.

Il me regarda bizarrement.

— Moi non plus, je ne te tuerais pas, reprit-il au bout d'un instant. Mais si nous sommes opposés et que nous ne luttions pas, nous serons abattus tous les deux.

— Eh bien, tant pis ! répliquai-je.

Andreas me sourit.

— Tant pis, Guerrier ! approuva-t-il.

Bien qu'enjugués, nous nous sommes regardés en hommes dont chacun savait qu'il avait trouvé un ami sur le sable de l'arène de Tharna.

Mon adversaire n'était pas Andreas mais un homme trapu, taillé en force, aux cheveux blonds coupés court — Kron de Tharna, de la Caste des Forgerons. Ses yeux étaient d'un bleu d'acier. Une oreille lui avait été arrachée de la tête.

— J'ai survécu trois fois aux Divertissements de Tharna, dit-il en se plaçant en face de moi.

Je l'observai avec attention. Ce serait un adversaire dangereux.

L'homme aux bracelets de cuir tourna autour de nous avec le fouet, l'œil sur le trône de la Tatrix. Quand le gant d'or se lèverait de nouveau, la lutte redoutable commencerait.

— Soyons des hommes, dis-je à mon adversaire, et refusons de nous massacrer mutuellement pour le divertissement de ces masques d'argent.

Mon adversaire aux cheveux blonds ras me regarda presque sans comprendre. Puis ce que j'avais dit parut avoir frappé au fond de lui-même une corde sensible. Les pâles yeux bleus eurent une brève étincelle, puis s'assombrirent.

— Nous serions abattus tous les deux, dit-il.

— Oui.

— Etranger, je compte survivre une fois de plus aux Divertissements de Tharna.

— Très bien, répliquai-je.

Et je me carrai devant lui.

La main de la Tatrix avait dû se lever. Je ne l'avais pas vue, car je ne tenais pas à quitter des yeux mon adversaire.

— Commencez ! ordonna l'homme aux bracelets de cuir.

Nous nous sommes donc mis, Kron et moi, à tourner l'un autour de l'autre, courbés légèrement afin d'utiliser au mieux les pointes fixées à la cangue.

Une fois, deux fois, il chargea mais en s'arrêtant court, dans l'intention de m'inciter à avancer, à me mettre en position de déséquilibre pour parer son attaque. Nous nous déplacions avec prudence, en feintant de temps à autre avec les terribles cangues. Les tribunes commencèrent à s'agiter. L'homme aux bracelets de cuir fit claquer son fouet.

— Qu'il y ait du sang ! gronda-t-il.

Tout à coup, le pied de Kron plongea dans le sable blanc parfumé, étincelant de mica et de minium, et me projeta dans les yeux une large giclée de particules qui arriva comme un ouragan pourpre et argenté, me prit par surprise et m'aveugla.

Je me jetai presque aussitôt à genoux et les cornes de Kron qui chargeait passèrent au-dessus de moi. Je me redressai sous son corps, le soulevant sur mon épaule, et le basculai à la renverse sur le sable. Je l'entendis retomber lourdement derrière moi et perçus le grognement de colère et de peur de Kron. Je ne pouvais pas faire demi-tour pour l'embrocher sur les cornes parce que je ne voulais pas risquer de manquer mon coup.

Je secouai la tête avec frénésie ; mes mains prises dans la cangue tentèrent en vain d'atteindre mes yeux, de dégager ma vision de ces particules aveuglantes. Inondé de sueur, aveugle, vacillant sous la cangue qui oscillait avec violence, j'entendis les cris aigus de la foule en délire.

Incapable de rien voir, j'entendis Kron se remettre

sur pied en soulevant la lourde cangue qui l'entravait. J'entendis son souffle rauque semblable au reniflement d'un animal. J'entendis ses pas brefs, rapides, courir sur le sable, avancer sur moi dans un martèlement sourd comme la charge d'un taureau.

Je tournai de biais ma cangue, glissai entre les cornes, bloquai le coup. Cela fit un bruit d'enclumes lancées l'une contre l'autre avec violence. Mes mains cherchèrent les siennes, mais il gardait ses poings serrés et aussi loin qu'il le pouvait dans le trou de la cangue. Ma main agrippa le haut de son poing mais glissa, la sueur — la sienne et la mienne — l'empêchant de maintenir sa prise.

Une fois, deux fois encore, il chargea et chaque fois je réussis à bloquer le coup, à supporter le choc des cangues qui se heurtaient, à éviter l'assaut des cornes meurtrières. Une fois, je ne fus pas aussi heureux et une pointe d'acier me laboura le flanc, laissant une rigole de sang. La foule hurla de joie.

Tout à coup, je parvins à passer les mains sous son joug.

Le soleil l'avait chauffé, comme le mien, et le métal me brûla les doigts. Kron était massif mais petit, et je soulevai sa cangue avec la mienne, à la stupeur des tribunes devenues silencieuses.

Kron jura en sentant ses pieds quitter le sol. Avec peine, car il se contorsionnait, suspendu à la cangue, je le portai jusqu'au mur doré contre lequel je le lançai. Le choc que reçut Kron, immobilisé dans la cangue, aurait tué un homme moins robuste en lui brisant la nuque.

Kron, toujours captif du joug, maintenant inconscient, glissa en bas du mur, le poids de la cangue faisant retomber de côté dans le sable son corps inerte.

Ma sueur et les larmes causées par l'irritation brûlante du sable avaient à présent éclairci ma vue.

Je levai les yeux vers le masque brillant de la Tatrix. Près d'elle, je vis le masque d'argent de Dorna la Fière.

— Tue-le ! lança Dorna la Fière en désignant Kron inanimé.

Je jetai un coup d'œil vers les tribunes.

Partout je voyais les masques d'argent et entendais l'ordre strident :

— Tue-le !

De tous les côtés, je voyais le geste impitoyable, la main droite tendue paume tournée à l'intérieur, le mouvement cruel vers le bas comme pour hacher. Les porteuses de masques d'argent s'étaient levées et leurs clameurs étaient si fortes qu'elles s'enfonçaient en moi comme des couteaux. L'air même semblait empli du tintamarre de leur ordre :

— Tue-le !

Je me détournai et allai lentement vers le centre de l'arène.

Je m'y postai, enfonçant dans le sable jusqu'à la cheville, couvert de sueur et de sable, le dos lacéré par les coups de fouet reçus pendant la course, le côté fendu par la corne de la cangue de Kron. Je restai immobile.

Les tribunes étaient en furie.

Comme je me tenais là au milieu de l'arène, seul, silencieux, distant, ne paraissant pas les entendre, ces centaines, ou plutôt ces milliers de femmes au masque d'argent, comprirent que leur volonté était bafouée, que cette créature solitaire dans l'arène au-dessous d'elles les frustrait de leur plaisir. Debout, hurlant, me menaçant de leurs poings gantés d'argent, elles me jetaient à la tête leur frustration, leurs invectives et leurs injures. La fureur glapissante de ces masques semblait ne pas connaître de bornes, toucher à l'hystérie, à la folie.

Calmement, j'attendis les guerriers au milieu de l'arène.

Le premier qui arriva était l'homme aux bracelets de cuir, le visage livide de rage. Il me frappa férocement en pleine face avec son fouet replié.

— Sleen, s'écria-t-il, tu as gâché les Divertissements de Tharna !

Deux guerriers dévissèrent en hâte les cornes de la cangue et m'entraînèrent vers le mur doré.

Une fois de plus, je me trouvai au-dessous du masque d'or de la Tatrix.

Je me demandai si ma mort serait rapide.

Les tribunes se turent. Une tension s'établit dans l'air pendant que tous attendaient les paroles de la Tatrix. Son masque d'or et son costume doré étincelaient au-dessus de moi. Ses paroles furent claires, ne laissant aucune place au doute.

— Qu'on lui enlève la cangue, dit-elle.

Je n'en croyais pas mes oreilles.

Avais-je gagné ma liberté ? Est-ce ainsi que cela se passait dans les Divertissements de Tharna ? Ou la féroce, l'orgueilleuse Tatrix se rendait-elle compte maintenant de la cruauté des jeux ? Ce cœur caché sous ces froids atours scintillants d'or, insensible, se laissait-il enfin attendrir, se montrait-il capable de compassion ? Ou bien la voix de la justice avait-elle enfin triomphé dans son cœur, si bien que mon innocence allait être reconnue, mon bon droit justifié et que je pourrais dès lors quitter honorablement la grise Tharna et reprendre mon voyage ?

Un sentiment emplit mon cœur — la gratitude.

— Merci, Tatrix, dis-je.

Elle rit.

— ... afin qu'il soit livré en pâture au tarn ! ajouta-t-elle.

14

LE TARN NOIR

J'étais débarrassé de la cangue.

Les autres prisonniers, toujours enjugués, avaient été ramenés à coups de fouet de l'arène dans les cachots au-dessous pour servir à nouveau dans les Divertissements de Tharna ou bien être envoyés dans les mines. Andreas de Tor tenta de rester près de moi pour partager mon sort, mais il fut frappé et traîné inanimé hors de l'arène.

La foule semblait avide de voir ce qui allait arriver ensuite. Elle s'agitait impatiemment sous la soie ondoyante des vélums, arrangeait ses coussins de soie, croquait machinalement bonbons et sucreries distribués par des silhouettes vêtues de gris. Mêlés à des cris réclamant le tarn, des quolibets et sarcasmes fusaient de temps à autre au-dessus de l'arène.

Peut-être les Divertissements de Tharna n'étaient-ils nullement gâchés, peut-être le meilleur était-il encore à venir ? Certainement, ma mort sous le bec et les serres d'un tarn procurerait aux masques insatiables de Tharna un spectacle agréable, une compensation adéquate pour le désappointement de l'après-midi, pour la désobéissance à leur volonté, pour le défi dont ils avaient été témoins ?

Je comprenais que j'allais mourir, mais n'étais pas mécontent de la manière. Si cette mort paraissait hideuse aux masques d'argent, ils ignoraient que j'étais un tarnier et que je connaissais ces oiseaux, leur puissance, leur férocité ; que, à ma façon, je les aimais et, qu'étant un Guerrier, je ne trouverais pas ignoble une mort par tarn.

J'eus un sourire sarcastique.

Comme la plupart des membres de ma Caste, plus que les monstrueux tarns, ces géants carnivores de Gor qui ressemblent à des faucons, je redoutais des créatures comme le minuscule ost, ce reptile orange venimeux long d'à peine quelques centimètres qui s'approche de votre sandale puis frappe sans provocation ni avertissement, et dont la morsure des crochets microscopiques prélude à d'atroces souffrances se terminant uniquement par une mort inéluctable. Chez les guerriers, la morsure de l'ost est considérée comme l'une des plus cruelles morts ouvrant les portes des Cités de Poussière. Le bec du tarn qui déchiquette, ses serres terribles sont de beaucoup préférables.

Je n'étais plus entravé.

J'étais libre de me promener dans l'arène, captif seulement de ses murs. Je me réjouissais de cette liberté nouvelle, de l'absence de la cangue, tout en sachant que cela ne m'était accordé que pour agrémenter le spectacle. Que je me mette à courir, à crier et à supplier, que je tente de m'enfouir dans le sable, réjouirait certainement les masques d'argent de Tharna.

Je remuai les mains et les épaules, le dos. Depuis longtemps, tout le haut de ma tunique était déchiré. J'en arrachai les lambeaux jusqu'à ma ceinture, agacé par le tissu en loques. Mes muscles roulaient avec enthousiasme sous ma peau, heureux de leur liberté.

Je me dirigeai lentement vers le pied du mur doré, où gisait l'écharpe d'or de la Tatrix, cette écharpe dont la chute avait donné le signal de l'ouverture des Divertissements.

Je la ramassai.

— Je t'en fais cadeau ! déclara une voix hautaine au-dessus de moi.

Je levai les yeux vers le masque d'or brillant de la Tatrix.

— En souvenir de la Tatrix de Tharna, ajouta la voix avec un accent amusé derrière le masque d'or.

Je souris au masque d'or et, prenant l'écharpe, j'essuyai lentement le sable et la sueur sur mon visage.

Au-dessus de moi, la Tatrix poussa une exclamation de rage.

J'enroulai l'écharpe sur mes épaules et me dirigeai vers le centre de l'arène.

A peine y étais-je arrivé qu'une des sections du mur roula sur un côté, découvrant un portail presque aussi haut que le mur et qui avait bien dix mètres de large. Par ce portail, en deux longues files, fouettés par les surveillants, des esclaves attelés avec des chaînes tiraient une grande plate-forme de bois montée sur de lourdes roues également en bois. J'attendis que la plate-forme apparaisse au soleil.

Les masques d'argent de Tharna, électrisés, poussèrent des cris de terreur, d'admiration, de plaisir.

A mesure que la plate-forme grinçante avançait sur l'arène, tirée péniblement par les esclaves attelés à un joug comme des bœufs, je vis apparaître peu à peu un tarn, un géant noir encapuchonné, le bec ceinturé, une grande barre d'argent fixée à une de ses pattes par une chaîne. Il était incapable de voler, mais il pouvait bouger en traînant la barre d'argent. Lui aussi, à Tharna, portait son joug.

La plate-forme approchait et, à la stupéfaction de la foule, j'allai à sa rencontre.

Mon cœur battait follement.

Je regardai attentivement le tarn.

Sa silhouette ne m'était pas inconnue. J'examinai le plumage noir brillant, le bec jaune monstrueux pour l'instant cruellement attaché. Je vis claquer les grandes ailes qui battirent l'air, provoquant une tempête qui renversa les esclaves sur le sable et emmêla leurs chaînes quand l'énorme animal leva la tête et, humant l'air libre, déploya ses ailes.

Il ne tenterait pas de prendre son essor étant encapuchonné ; en vérité, je doutais que l'oiseau essaie de voler alors qu'il traînait cette barre d'argent. Si cet oiseau était celui auquel je pensais, il ne lutterait pas inutilement contre le poids de la dégradante entrave, il n'offrirait pas à ses ravisseurs le spectacle de son impuissance. Cela peut paraître étrange, je le sais, mais je suis persuadé que certains animaux ont de la fierté et, assurément, si jamais il y a des animaux dans ce cas, ce monstre était l'un d'eux.

— Recule ! cria un des hommes armés d'un fouet.

Je lui arrachai le fouet de la main et, avec mon bras, je le frappai pour l'écarter. Il culbuta dans le sable. Je lançai dédaigneusement le fouet dans sa direction.

J'étais maintenant près de la plate-forme. Je voulais voir la bague que l'oiseau portait à la patte. Je remarquai avec satisfaction que ses serres étaient ferrées d'acier. C'était un tarn de guerre, sélectionné pour le courage, l'endurance, la bataille dans les cieux de Gor. Mes narines humèrent la forte odeur sauvage du tarn, si déplaisante pour certains mais semblable à l'ambroisie pour les narines du tarnier. Elle me rappelait les tarneries de Ko-ro-ba et d'Ar, le camp de Mintar dans la Cité des Tentes de Pa-Kur sur le Vosk, le campement de proscrits de Marlenus dans les pics de la Chaîne des Voltaï.

Debout près de l'oiseau, je me sentis heureux, bien qu'il fût destiné à être mon bourreau. C'était peut-être l'affection insensée qu'éprouve le tarnier pour ces montures féroces et dangereuses, presque aussi menaçantes pour lui que pour les autres. C'était peut-être davantage car, là, près de l'oiseau, j'eus presque la sensation d'être de retour chez moi à Ko-ro-ba, d'être maintenant dans cette grise cité hostile avec quelque chose qui me connaissait et qui connaissait les miens, qui avait vu les Tours du Matin et avait déployé ses ailes au-dessus des cylindres étincelants de la Glorieuse Ar, qui m'avait porté dans le combat et avait ramené Talena, ma bien-aimée, du siège d'Ar à la Fête de notre Libre Compagnonnage à Ko-ro-ba. Je saisis la bague et remarquai, comme je m'y attendais, que le nom de la cité avait été limé.

— Cet oiseau, dis-je à l'un des esclaves attelés, vient de Ko-ro-ba.

L'esclave tressaillit sous son joug à la mention de ce nom. Il se détourna, impatient d'être délivré et conduit comme un animal dans la sécurité des cachots.

Si la plupart des assistants avaient l'impression que le tarn était exceptionnellement calme, je sentais qu'il tremblait comme moi d'excitation. Il paraissait inquiet. Sa tête était dressée, en éveil dans l'obscurité de son capuchon de cuir. De façon presque inaudible, il aspirait l'air par les fentes de son bec. Je me demandai s'il avait capté mon odeur. C'est alors que le grand bec jaune, recourbé pour déchirer les proies, en ce moment fermé par une courroie, se tourna avec curiosité, lentement, vers moi.

L'homme aux bracelets de cuir, le solide gaillard qui avait pris tant de plaisir à me frapper, le porteur de bandeau gris autour du front, s'approcha de moi, le fouet levé.

— Va-t'en de là ! cria-t-il.

Je me retournai pour lui faire face.

— Je ne suis plus à présent un esclave entravé, dis-je. Tu as un Guerrier devant toi.

Sa main se resserra sur le fouet.

Je lui ris au nez.

— Frappe-moi maintenant et je te tue.

— Tu ne m'impressionnes pas, répliqua-t-il, le visage blême, en reculant.

Le bras qui tenait le fouet s'abaissa. Ce bras tremblait.

Je ris de nouveau.

— Tu mourras bien assez tôt, reprit-il en butant sur les mots. Une centaine de tarniers ont essayé de monter cet animal et une centaine sont morts. La Tatrix a décrété qu'on ne doit l'utiliser que dans les Divertissements, pour qu'il se nourrisse de sleens comme toi !

— Décapuchonne-le, ordonnai-je. Libère-le !

L'homme me regarda comme si j'étais fou. Certes, mon exubérance m'étonnait moi-même. Des guerriers armés de lances accoururent et me forcèrent à reculer, à m'écarter du tarn. Planté dans le sable de l'arène, à distance de la plate-forme, j'observai la tâche périlleuse que représentait le décapuchonnage de l'oiseau.

Aucun bruit ne venait des tribunes.

Je me demandais quelles pensées s'agitaient derrière le masque d'or de Lara, Tatrix de Tharna.

Sans perdre de temps, un esclave agile, perché sur les épaules d'un camarade, déboucla les courroies qui maintenaient le bec du tarn et le capuchon qui lui enserrait la tête. Il ne les enleva pas, il se borna à desserrer leurs attaches et, aussitôt fait, son camarade et lui coururent se mettre à l'abri dans l'ouverture de la paroi qui se referma alors en glissant silencieusement.

Le tarn ouvrit son bec et les courroies qui le retenaient mollement se séparèrent. Il secoua la tête comme pour s'ébrouer au sortir d'un bain et le capuchon de cuir fut projeté au loin, derrière l'oiseau. Il déploya alors ses ailes, battit l'air, leva le bec et poussa le cri de défi terrifiant de son espèce. Sa crête noire, à présent libérée du capuchon, se dressa avec un ronflement de flammes et le vent parut soulever et lisser chaque plume.

Je le trouvai superbe.

Je savais que j'avais devant moi l'un des grands et terribles prédateurs de Gor.

Mais je le trouvais magnifique.

Les yeux ronds brillants, les pupilles semblables à des étoiles noires, luirent dans ma direction.

— Ô Ubar des Cieux ! m'écriai-je en tendant les bras. (Mes yeux étaient pleins de larmes.) Ne me reconnais-tu pas ? Je suis Tarl ! Tarl de Ko-ro-ba !

Je ne sais pas l'effet que ce cri eut sur les tribunes de l'arène, car je les avais oubliées. Je m'adressais au tarn géant comme si c'était un Guerrier, un membre de ma Caste.

— Toi au moins, dis-je, tu n'as pas peur des accents de ma Cité !

Sans me soucier du danger, je courus vers l'oiseau. J'escaladai d'un bond la lourde plate-forme de bois sur laquelle il se tenait. Je jetai mes bras autour de son cou en pleurant. Le grand bec m'effleura, interrogateur. Il ne pouvait, bien sûr, y avoir aucune émotion chez cet animal. Pourtant, comme ses grands yeux ronds me regardaient, je me demandai quelles pensées pouvaient courir dans sa cervelle d'oiseau. Je me demandai s'il se rappelait lui aussi le bruit de tonnerre du vent, le fracas des armes lorsque les tarniers se battaient en duel en plein ciel, le spectacle des formations de tarns de Gor tournant au son des tambours ou les longs vols solitaires que nous avions vécus ensemble au-dessus des champs verdoyants de Gor. Pouvait-il se rappeler le Vosk, pareil à un ruban d'argent sous ses ailes ; pouvait-il se rappeler sa lutte contre les rafales et les vents contraires de la Chaîne accidentée des Voltaï ; pouvait-il se rappeler Thentis, célèbre pour ses volées de tarns, les tours brillantes de Ko-ro-ba ou les lumières d'Ar comme elles flamboyaient en cette nuit de la Fête des Plantations de Sa-Tarna, lorsque nous avions osé nous attaquer ensemble à la Pierre du Foyer de la plus grande cité de tout Gor ? Non, je suppose qu'aucun de ces souvenirs, à moi si chers, ne trouvait place dans le cerveau élémentaire de ce géant emplumé. D'un mouvement plein de douceur, le grand oiseau mit son bec sous mon bras.

Je compris à ce moment que les guerriers de Tharna devraient alors nous tuer tous les deux, car le tarn me défendrait jusqu'à la mort.

Il leva son énorme et terrible tête pour scruter les tribunes. Il secoua la patte qui était enchaînée à la grande barre d'argent. Il serait capable de bouger en tirant ce poids, mais non de voler.

Je m'agenouillai pour examiner l'entrave. Elle n'avait pas été soudée en place puisqu'elle devait être enlevée à l'intérieur de la tarnerie afin de permettre à l'oiseau de se percher et de prendre de l'exercice. Heureusement, elle n'avait pas été bloquée par un cadenas. Cependant elle était maintenue par un boulon assujetti par un lourd écrou à tête carrée, semblable à un énorme écrou de mécanique, dont la tige avait peut-être près de quatre centimètres de diamètre.

Mes mains essayèrent de mouvoir l'écrou. Il était serré. Il avait été vissé avec une clef. Mes doigts se nouèrent dessus, tentèrent de le faire tourner. Il tint bon. Je luttai. Je le maudis. Intérieurement, je lui criais de se défaire. Il résistait.

Je pris alors conscience de clameurs dans les tribunes. Ce n'étaient pas simplement des clameurs d'impatience mais aussi des cris de consternation.

Les masques d'argent de Tharna n'étaient pas seulement frustrés d'un spectacle mais stupéfiés, déroutés. Ils ne mirent pas longtemps à comprendre que le tarn, pour quelque étrange raison, ne m'attaquerait pas et, quelle que fût leur opinion de ma chance, il ne leur fallut qu'un instant de plus pour se rendre compte que mon intention était de libérer l'oiseau.

La voix de la Tatrix résonna dans l'arène.

— Tuez-le ! cria-t-elle.

J'entendis aussi Dorna la Fière enjoindre aux guerriers d'accomplir leur tâche. Les lanciers de Tharna ne tarderaient pas à nous assaillir. Déjà un ou deux avaient sauté par-dessus le mur des tribunes et s'approchaient. La grande porte par laquelle avait été amené le tarn s'ouvrait aussi et une file de guerriers en sortait en toute hâte.

Mes mains empoignèrent avec encore plus de force l'écrou. Il était maintenant taché de mon sang. Je sentais les muscles de mon bras et de mon dos opposer toutes leurs forces au métal obstiné. Une lance s'enfonça dans le bois de la plate-forme. La sueur jaillissait de tous les pores de ma peau. Une autre lance frappa le bois, plus près que la première. J'avais l'impression que le métal allait arracher la chair de mes mains, briser les os de mes doigts. Une autre lance se planta dans le bois après m'avoir éraflé la jambe. Le tarn dressa sa tête au-dessus de moi, et poussa un cri perçant, farouche, un terrible cri de rage qui dut ébranler le cœur de tous ceux qui étaient dans l'arène. Les lanciers semblèrent saisis et reculèrent comme si le grand oiseau avait pu librement les attaquer.

— Imbéciles ! cria la voix de l'homme aux bracelets de cuir. L'oiseau est enchaîné ! Allez-y ! Tuez-les tous les deux !

A cet instant l'écrou céda et tourna autour de la tige !

Comme s'il comprenait qu'il était libre, le tarn débarrassa sa patte du métal détesté en la secouant, leva le bec vers le ciel et poussa un cri tel qu'il dut être entendu dans tout Tharna, un cri qu'on entend rarement en dehors des montagnes de Thentis ou des pics des Voltaï, le cri du tarn sauvage victorieux qui revendique comme son domaine la terre et tout ce qu'il y a dessus.

Un instant, instant dont je dois peut-être avoir honte, je craignis que l'oiseau ne prenne aussitôt son essor mais, bien que sa patte fût dégagée de l'entrave de métal, bien qu'il fût libre, bien que les soldats armés de lances aient recommencé à approcher, il ne broncha pas.

Je sautai sur son dos et me cramponnai aux solides plumes de son cou. Que n'aurais-je donné pour une selle de tarn et la large courroie pourpre qui maintient le guerrier sur sa selle !

Dès qu'il sentit mon poids, le tarn jeta de nouveau son cri et, dans une explosion de ses vastes ailes, s'élança dans les airs, s'élevant par cercles vertigineux. Quelques lances tardives filèrent vers nous sans nous atteindre et retombèrent en décrivant nonchalamment des arcs, achevant leur course dans le sable gaiement coloré de l'arène. Des cris de rage montèrent jusqu'à nous lorsque les masques d'argent commencèrent à comprendre qu'ils avaient été frustrés de leur proie et que les Divertissements de Tharna tournaient court.

Je n'avais aucun moyen de diriger le tarn. En

temps normal, le tarn est guidé par un harnais. Il y a une bride de cou à laquelle, en général, six rênes sont attachées, dans le sens des aiguilles d'une montre. Elles vont de la bride du cou à l'anneau principal qui est fixé à la selle. En exerçant une pression sur ces rênes, on dirige l'oiseau. Mais je n'avais ni selle ni harnais. En fait, je n'avais même pas d'aiguillon, sans lequel la plupart des tarniers ne voudraient même pas approcher leur féroce monture.

Je n'avais guère de crainte à cet égard, car j'avais rarement utilisé l'aiguillon sur cet oiseau. Au début, je m'étais retenu de m'en servir souvent parce que je redoutais que l'effet de ce cruel stimulant ne soit diminué par suite d'un emploi trop fréquent mais, finalement, j'en avais abandonné complètement l'usage, le réservant pour me protéger au cas où l'oiseau, notamment s'il était affamé, se tournerait contre moi. Des tarns avaient en effet dévoré leur propre maître et il n'est pas rare, quand ils sont lâchés pour se nourrir, qu'ils attaquent un être humain avec le même élan prédateur que pour l'antilope jaune, le tabuk, leur proie favorite, ou le lourd et hargneux bosk, bœuf sauvage aux longs poils hirsutes des plaines goréennes. J'avais constaté que l'aiguillon, au moins avec ce monstre, au lieu d'améliorer, diminuait plutôt son rendement. Il semblait être irrité par l'aiguillon, le combattre, se conduire capricieusement quand on l'utilisait. Il ralentissait même son vol s'il était frappé ou bien désobéissait aux ordres des rênes. Aussi l'aiguillon avait-il rarement quitté son fourreau sur le côté droit de la selle.

Je m'étais demandé parfois si cet oiseau, mon

Ubar des Cieux, ce tarn des tarns, d'une race d'oiseaux que les Goréens appellent les « Frères du Vent », ne se considérait pas comme au-dessus de l'aiguillon, ne s'irritait pas de ses chocs et de ses étincelles, ne s'offensait pas que ce chétif objet humain prétende lui dicter à lui, le tarn des tarns, comment voler, avec quelle vitesse et sur quelle distance. Mais je rejetais ces idées comme absurdes. Le tarn n'était qu'un des animaux de Gor. Les sentiments que j'étais tenté de lui attribuer étaient hors de la portée d'une aussi simple créature.

Je vis les tours de Tharna et l'ovale scintillant de son arène, ce cruel amphithéâtre, s'éloigner sous les ailes du tarn. Quelque chose de la joie de vivre que j'avais ressentie lors de mon premier vol sur un tarn, ce géant même, vibrait maintenant de nouveau en moi. Au-delà de Tharna et de son sol lugubre, continuellement rompu par ses affleurements rocheux, je vis les champs verdoyants de Gor, les clairières dans les bosquets d'arbres Ka-la-na jaunes, la surface miroitante d'un lac placide et le brillant ciel bleu infini qui m'attirait.

— Je suis libre ! m'écriai-je.

Mais, au moment même où je le criais, je m'avisai que je n'étais pas libre et je rougis de honte de l'avoir dit, car comment pouvais-je être libre alors que d'autres étaient asservis dans cette cité grise ?

Il y avait la jeune femme au regard chaleureux, Linna, qui avait été bonne pour moi, dont les cheveux aux reflets cuivrés étaient attachés avec une ficelle grossière, qui portait le collier gris d'Esclave d'Etat de Tharna. Il y avait Andreas de Tor, de la Caste des Poètes, jeune, vaillant, indomptable, à la chevelure emmêlée pareille à la crinière du larl noir, qui préférait mourir plutôt que d'essayer de me tuer — condamné aux Divertissements ou aux Mines de Tharna. Et combien d'autres, entravés ou non, attachés ou libres, dans les Mines, les Grandes Fermes, la Cité même, enduraient le supplice de Tharna et de ses lois, étaient soumis au poids écrasant de ses traditions et, au mieux, ne connaissaient rien de meilleur dans la vie qu'un bol de Kal-da bon marché à la fin d'une journée de labeur ardue et sans gloire ?

— Tabuk ! criai-je au géant emplumé. Tabuk !

Le tabuk est l'antilope goréenne commune, un petit unicorne jaune et gracieux qui hante les bosquets d'arbres Ka-la-na de la planète et s'aventure parfois, de son allure délicate, dans les plaines à la recherche des baies et du sel. C'est aussi l'une des proies favorites du tarn.

Le cri de « Tabuk ! » est employé par le tarnier au cours de longs vols où le temps est précieux, quand il ne veut pas atterrir et libérer l'oiseau pour qu'il trouve une proie. S'il aperçoit un tabuk dans les champs ou, en fait, n'importe quel animal dans la gamme des proies du tarn, il crie « Tabuk ! » et c'est le signal que le tarn peut chasser. Il tue son gibier, le dévore — et le vol reprend sans que le tarnier ait quitté la selle. C'était la première fois que je criais « Tabuk ! » mais l'oiseau avait dû être dressé à cet appel par les Eleveurs de Tarns de Ko-ro-ba il y a des années et il pouvait encore y réagir. Quant à moi, j'avais toujours libéré l'oiseau pour qu'il se nourrisse. Je jugeais préférable de le laisser se reposer, de lui retirer la selle et aussi, à parler franc, je ne me sentais aucune envie d'assister au repas d'un tarn.

A ma joie, le grand tarn noir, en entendant crier « Tabuk ! », commença à décrire ses longs cercles de chasse en vol plané, presque comme s'il sortait la veille du dressage. Il était vraiment le tarn des tarns, mon Ubar des Cieux !

C'était un plan fou auquel je m'étais raccroché — pas plus d'une chance sur un million — à moins que le grand tarn pût faire pencher le sort en ma faveur. Ses yeux méchants brillaient, scrutant le sol, sa tête et son bec projetés en avant, ses ailes immobiles, décrivant de grands cercles en un vol plané silencieux de plus en plus bas au-dessus des tours grises de Tharna.

Nous survolions maintenant l'arène de Tharna, toujours bouillonnante de ses multitudes vibrantes et furieuses. Les vélums avaient été repliés, mais les tribunes étaient encore pleines, car les milliers de masques d'argent de Tharna attendaient que la Tatrix dorée quitte la première la scène des macabres divertissements de la cité grise.

Tout en bas, au milieu de la foule, j'aperçus le costume doré de la Tatrix.

— Tabuk ! criai-je. Tabuk !

Le grand prédateur pivota dans le ciel avec autant d'aisance qu'un couteau tourne au bout d'un fil de fer. Il plana, le dos au soleil. Ses serres ferrées d'acier pendaient comme de grands crochets ; il semblait frémir, pratiquement immobile en l'air ; puis ses ailes se dressèrent, parallèles, m'enveloppant presque, et ne bougèrent plus.

La descente fut aussi dépourvue de heurts et silencieuse que la chute d'une pierre, l'ouverture d'une main. Je me cramponnai farouchement à l'oiseau. Le cœur me remonta entre les dents. Les tribunes de l'arène, pleines de costumes et de masques, paraissaient monter à la verticale.

Des cris aigus de terreur jaillirent d'en bas. De tous côtés, atours et parures voltigeant, les masques d'argent de Tharna qui, quelques minutes plus tôt, réclamaient du sang à grands cris, fuyaient maintenant en désordre pour sauver leur vie, saisis par la panique, se piétinant, se griffant et se déchirant, escaladant les bancs, se projetant même par-dessus le mur dans le sable de l'arène.

En un instant qui dut lui paraître le plus terrifiant de sa vie, la Tatrix se retrouva seule, le nez en l'air, abandonnée par tous sur les marches de son trône doré au milieu de coussins et de plateaux de bonbons et de friandises renversés. Un hurlement de terreur partit de derrière ce masque doré placide, impassible. Les bras dorés de son costume, les mains gantées d'or se plaquèrent sur son visage. Les yeux derrière le masque, que j'aperçus en cette fraction de seconde, étaient fous de peur.

Le tarn fonça.

Ses serres ferrées d'acier se refermèrent comme de grands crochets sur le corps de la Tatrix hurlante. Et le tarn se tint ainsi un instant, tête et bec allongés, les ailes claquantes, sa proie prisonnière de ses serres, et il poussa son cri terrifiant de capture, à la fois cri de victoire et de défi.

Dans ces serres titanesques, impitoyables, le corps de la Tatrix était sans défense. Il tremblait de terreur, palpitant de façon irrépressible comme celui d'un gracieux tabuk capturé qui attend d'être emporté vers l'aire. La Tatrix était même devenue incapable de crier.

Dans un tourbillon d'ailes, le tarn battit l'air et s'éleva à la vue de tous, au-dessus des tribunes, au-dessus de l'arène, au-dessus des tours et des remparts de Tharna et fila vers l'horizon, le corps drapé d'or de la Tatrix agrippé dans ses serres.

15

UN MARCHÉ EST CONCLU

Le cri de « Tabuk ! » est le seul mot auquel un tarn est dressé à réagir. En dehors de cela, tout est affaire de rênes et d'aiguillon. Je me reprochai amèrement de n'avoir pas entraîné l'oiseau à réagir aux ordres verbaux. Maintenant plus que jamais, où je n'avais ni harnais ni selle, un tel enseignement aurait été inestimable.

Une idée folle me vint. Lorsque j'avais ramené Talena d'Ar à Ko-ro-ba, j'avais essayé de lui apprendre le maniement des rênes du harnais du tarn et de l'aider à maîtriser l'animal, tout au moins avec moi pour l'assister.

Dans les sifflements du vent, je lui criais les rênes qu'il fallait manœuvrer. « Rêne un ! », « Rêne six ! », etc., et elle tirait sur la rêne indiquée. C'était la seule association entre la voix humaine et les dispositions du harnais que le tarn avait connue. Evidemment, l'oiseau n'avait pu être dressé en si peu de temps — mon intention n'était d'ailleurs pas non plus de le faire — car je n'avais parlé que pour Talena. D'autre part, en admettant même que l'oiseau ait été dressé sans le vouloir en un temps aussi court, ce n'était pas possible qu'il ait gardé encore le souvenir de cette impression fortuite qui remontait à plus de six ans.

— Rêne six ! criai-je.

Le grand oiseau vira sur la gauche et se mit à monter légèrement.

— Rêne deux ! criai-je, et l'oiseau vira sur la droite, en montant toujours sous le même angle.

— Rêne quatre ! ordonnai-je, et l'oiseau se mit à descendre vers la terre, se préparant à se poser.

— Rêne un ! dis-je en riant, ravi, éclatant de joie, et le géant emplumé, ce titan de Gor, commença à s'élever presque à la verticale.

Je ne dis plus rien et l'oiseau se mit à voler droit devant lui, ses ailes battant l'air à grands coups rythmés, alternant parfois avec une longue glissade planée presque sans perdre d'altitude — et je vis Tharna disparaître.

Spontanément, sans réfléchir, je passai mes bras autour du cou de la grande créature et l'étreignis. Le tarn continua à battre des ailes sans réagir, sans m'accorder d'attention. Je ris et lui donnai deux petites tapes sur le cou. Ce n'était, bien sûr, qu'un des animaux de Gor, mais je l'aimais.

Pardonnez-moi si je dis que j'étais heureux comme je n'aurais pas dû l'être dans ces circonstances, mais mes sentiments sont de ceux qu'un tarnier comprendrait. Je connais peu de sensations aussi magnifiques, aussi divines, que de partager le vol d'un tarn.

Je suis un tarnier, un de ceux qui préfèrent la selle d'un de ces féroces prédateurs titanesques au trône d'un Ubar.

Qui a été tarnier, affirme-t-on, reviendra toujours

aux sauvages oiseaux géants. Je crois que ce dicton est vrai. On sait qu'il faut les maîtriser ou être dévoré. On sait qu'on ne peut pas se fier à eux, qu'ils sont méchants. Un tarnier sait qu'ils peuvent se retourner contre lui à l'improviste. Pourtant, le tarnier ne veut pas d'autre vie. Il continue à monter ces oiseaux, à grimper sur leur selle le cœur plein de joie, à tirer sur la rêne un et, avec un cri d'allégresse, à inciter le monstre à prendre son essor. Plus qu'à l'or de cent marchands, plus qu'aux innombrables cylindres d'Ar, il tient à ces sublimes moments solitaires, bien haut au-dessus de la terre, cinglé par le vent, lui et l'oiseau formant une seule créature, seuls, hauts, rapides, libres. Disons simplement que j'étais heureux parce que j'étais de nouveau à dos de tarn.

De dessous l'oiseau monta un long gémissement tremblant, un son faible, involontaire, poussé par la proie dorée prise dans ses serres.

Je me maudis pour ma stupide étourderie car, dans la joie de voler, si incompréhensible que cela me semble maintenant, j'avais oublié la Tatrix. Comme ces minutes de vol avaient dû être effrayantes pour elle, étreinte dans les serres, à des centaines de mètres au-dessus des plaines de Tharna, sans savoir si elle serait lâchée d'un instant à l'autre ou emportée sur quelque corniche pour être mise en pièces par ce bec monstrueux, ces hideuses serres ferrées d'acier !

Je regardai derrière moi pour voir s'il y avait des poursuivants. Ils viendraient sûrement, à pied et à dos de tarn. Tharna n'entretenait pas de grandes formations de tarns mais avait sûrement de quoi lancer au moins quelques escadrilles de tarniers pour sauver et venger sa Tatrix. Le citoyen de Tharna, dressé dès la naissance à se considérer comme une créature indigne, ignoble et inférieure, au mieux une bête de somme à l'esprit obtus, ne faisait pas en général un bon tarnier. Cependant, je savais qu'il devait y avoir des tarniers à Tharna, et de bons, car son nom était respecté parmi les cités martiales hostiles de Gor. Ses tarniers étaient peut-être des mercenaires — ou des hommes comme Thorn, Capitaine de Tharna qui, malgré leur cité, avaient bonne opinion d'eux-mêmes et conservaient au moins une parcelle de fierté de caste.

J'eus beau scruter le ciel derrière moi, à la recherche de ces points minuscules qui seraient des tarns lointains en vol, je ne vis rien. Le ciel était bleu et vide. Maintenant, tous les tarniers de Tharna devraient voler. Pourtant, je ne distinguais rien.

Un autre gémissement échappa à la captive dorée.

Au loin, à une quarantaine de pasangs, j'aperçus une suite de crêtes hautes et escarpées, dominant une vaste prairie toute jaune de talenders, cette fleur délicate aux pétales dorés que les jeunes filles de Gor ont coutume de tresser en guirlandes. Chez elles, quand elles sont avec leurs parents ou leurs amoureux, les femmes de Gor se dévoilent et piquent parfois des talenders dans leur chevelure. A la fête célébrant son Libre Compagnonnage, la jeune fille porte souvent une couronne de talenders.

En une dizaine de minutes, les crêtes furent presque au-dessous de nous.

— Rêne quatre ! criai-je.

Le grand oiseau suspendit son vol, freinant avec ses ailes, puis descendit doucement sur une haute corniche d'une des crêtes, une corniche qui surplombait la campagne à des pasangs à la ronde, une corniche qui n'était accessible qu'à dos de tarn.

Je sautai à bas du monstre et courus vers la Tatrix pour la protéger au cas où le tarn voudrait commencer à manger. Je détachai les serres crispées sur son corps en parlant au tarn, en repoussant ses pattes. L'oiseau sembla déconcerté. N'avais-je pas crié « Tabuk ! » ? Est-ce que cette chose qu'il avait saisie ne devait pas être dévorée maintenant ? N'était-ce pas une proie ?

J'écartai le tarn de la jeune femme, que je pris dans mes bras. Je la déposai doucement près de la paroi de la falaise, aussi loin que possible du bord. La corniche rocheuse sur laquelle nous nous trouvions avait environ six mètres de large et autant de profondeur, environ la dimension qu'un tarn choisit pour établir son aire.

Debout entre la Tatrix et le carnivore ailé, je criai « Tabuk ! ». Il commença à se diriger vers la jeune femme, qui se redressa sur les genoux, le dos plaqué contre la falaise, et hurla. « Tabuk ! » criai-je de nouveau en saisissant le grand bec à deux mains et le tournant vers la campagne.

L'oiseau parut hésiter puis, d'un mouvement presque tendre, posa son bec sur moi. « Tabuk », dis-je doucement en le tournant encore vers les champs.

Avec un dernier regard à la Tatrix, l'oiseau s'écarta et s'avança majestueusement au bord de cette corniche impressionnante où, d'un seul battement de ses grandes ailes, il bondit dans l'espace, projetant en prenant son essor une ombre qui était un message de terreur pour tout gibier dans la plaine.

Je pivotai pour faire face à la Tatrix.

— Es-tu blessée ? demandai-je.

Lorsque le tarn fonce sur un tabuk, le dos de l'animal est parfois brisé. C'est un risque que j'avais décidé de courir. Je ne me voyais guère d'autre choix. En détenant la Tatrix, j'étais en position de marchander avec Tharna. Je ne pensais pas être en mesure d'aboutir à réformer ses mœurs rudes, mais j'espérais bien obtenir la liberté de Linna et d'Andreas, et peut-être aussi celle des infortunés que j'avais rencontrés dans l'arène. Ce serait certainement un faible prix pour le retour de la Tatrix dorée.

La Tatrix se mit péniblement debout.

Il est d'usage sur Gor que la captive s'agenouille devant son ravisseur, mais elle était, somme toute, une Tatrix et je ne voulus pas insister sur ce point. Ses mains toujours gantées d'or montèrent vers le masque doré comme si elle craignait plus que tout qu'il ne soit pas en place. Ce n'est qu'après que ses mains s'efforcèrent d'arranger et de lisser son costume en lambeaux. Je souris. Ses atours avaient été fendus par les serres, déchirés par les vents qui faisaient rage. Elle en ramena les pans autour d'elle d'un geste altier, se couvrant du mieux qu'elle put. A part le masque métallique, froid, brillant, comme toujours, je conclus que la Tatrix était probablement belle.

— Non, déclara-t-elle avec hauteur, je suis indemne !

J'attendais cette réponse, bien que son corps fût sans doute presque brisé, sa chair meurtrie jusqu'à l'os.

— Tu souffres, dis-je, mais maintenant tu as surtout froid et tu es engourdie par manque de circulation. (Je la regardai attentivement.) Plus tard, ajoutai-je, ce sera encore plus douloureux.

Le masque impassible me dévisagea.

— Moi aussi, repris-je, j'ai été une fois dans les serres d'un tarn.

— Pourquoi le tarn ne t'a-t-il pas tué dans l'arène ? questionna-t-elle.

— C'est *mon* tarn, dis-je simplement.

Que pouvais-je lui dire de plus ? Qu'il ne m'ait pas tué, connaissant la nature des tarns, me semblait presque aussi incroyable qu'à elle. Si je n'avais pas mieux connu les tarns, j'aurais pu croire qu'il avait de l'affection pour moi.

La Tatrix examina le ciel.

— Quand va-t-il revenir ? demanda-t-elle.

Sa voix n'était qu'un murmure. Je compris que, si quelque chose frappait de terreur le cœur de la Tatrix, c'était bien le tarn.

— Bientôt, répondis-je. Espérons qu'il découvrira de quoi manger dans les champs.

Un frisson secoua légèrement la Tatrix.

— S'il ne trouve pas de gibier, dit-elle, il reviendra furieux et affamé.

— Certainement, assurai-je.

— Il essaiera peut-être de se nourrir de nous...

— Peut-être.

Finalement, les mots sortirent, lentement, énoncés avec soin.

— S'il ne trouve pas de gibier, vas-tu me donner au tarn ?

— Oui, répondis-je.

Poussant un cri de terreur, la Tatrix tomba à genoux devant moi, les mains tendues, implorante. Lara, Tatrix de Tharna, était à mes pieds en suppliante.

— A moins que tu ne te conduises bien, ajoutai-je.

Avec colère, la Tatrix se remit debout péniblement.

— Tu m'as jouée ! s'écria-t-elle. Tu m'as jouée pour me faire prendre la posture de la captive !

Je souris.

Ses poings gantés me frappèrent. J'attrapai ses poignets et la tins solidement. Je remarquai que, derrière le masque, ses yeux étaient bleus. Je la laissai se dégager en se débattant. Elle courut à la paroi et s'y figea, me tournant le dos.

— Je t'amuse donc ? dit-elle.

— Excuse-moi.

— Je suis ta prisonnière, n'est-ce pas ? reprit-elle, d'un ton insolent.

— Oui.

— Que vas-tu faire de moi ? demanda-t-elle toujours face à la paroi, sans daigner me regarder.

— Te vendre contre une selle et des armes, répliquai-je.

Je jugeais bon d'alarmer la Tatrix pour augmenter mes atouts dans la discussion.

Son corps frémit de peur et de colère. Elle se retourna d'un bond vers moi, ses poings gantés crispés.

— Jamais ! cria-t-elle.

— Je le ferai si ça me plaît, déclarai-je.

La Tatrix, tremblant de rage, me toisa. Je ne savais pas quelle haine bouillait derrière ce masque d'or serein. Enfin, elle parla. Le ton était corrosif.

— Tu plaisantes, dit-elle.

— Enlève ton masque, répliquai-je, afin que je puisse mieux juger de ce que tu me rapporteras dans la Rue des Marques.

— Non ! cria-t-elle, tandis que ses mains se portaient précipitamment sur le masque d'or.

— Je pense que le masque à lui seul vaudra le prix d'un bon bouclier et d'une lance.

La Tatrix eut un rire amer.

— Il permettrait d'acheter un tarn, dit-elle.

Je me rendais compte qu'elle n'était pas sûre que je parlais sérieusement, qu'elle ne croyait pas vraiment que j'étais résolu à faire ce que je disais. La convaincre qu'elle était en danger, que j'oserais lui mettre la camisk et le collier était important pour mes plans.

Elle rit, pour me mettre à l'épreuve, en tendant vers moi l'ourlet déchiré de son costume.

— Tu vois, dit-elle en affectant un ton navré, je ne rapporterai pas grand-chose dans cette misérable toilette.

— C'est vrai, convins-je.

Elle rit.

— ... tu rapporteras davantage sans, complétai-je.

Elle parut ébranlée par cette réponse pratique. Je vis qu'elle n'était plus rassurée sur sa situation. Elle décida d'abattre sa carte maîtresse. Elle me toisa, royale, hautaine, insolente. Sa voix était froide, chaque mot un cristal de glace.

— Tu n'oserais pas me vendre.

— Pourquoi pas ? répliquai-je.

— Parce que je suis Tatrix de Tharna ! dit-elle, se redressant de toute sa taille et rassemblant autour d'elle les lambeaux de sa toilette dorée.

Je ramassai un petit caillou, le lançai du haut de la corniche et le regardai plonger vers la campagne. J'observai les nuages qui filaient dans le ciel en train de s'assombrir ; j'écoutai le vent siffler dans ces crêtes solitaires. Je me tournai vers la Tatrix.

— Cela améliorera ton prix.

La Tatrix sembla stupéfiée. Elle en perdit son attitude hautaine.

— Est-ce que *vraiment* tu me mettrais en vente ? demanda-t-elle d'une voix mal assurée.

Je la regardai sans répondre.

Elle porta les mains à son masque.

— Est-ce qu'on me l'enlèverait ?

— Avec tes vêtements.

Elle eut un mouvement de recul.

— Tu seras simplement une esclave parmi d'autres, dis-je. Ni plus ni moins.

Ces mots la frappèrent.

— Serais-je... exhibée ?

— Naturellement.

— ... dévêtue ?

— Tu seras peut-être autorisée à porter des bracelets d'esclave ! ripostai-je d'un ton agacé.

Elle parut sur le point de s'évanouir.

— Seul un imbécile achèterait une femme habillée.

— Non... non, dit-elle.

— C'est la coutume, répliquai-je simplement.

— Tu me ferais *cela* ?

Sa voix était un murmure effrayé.

— D'ici deux nuits, tu te tiendras dévêtue sur le billot d'Ar et tu seras vendue à l'enchérisseur le plus offrant.

— Non, non, non, geignit-elle, et son corps torturé refusa de la soutenir plus longtemps.

Elle s'effondra pitoyablement contre la paroi en pleurant.

C'était plus que je n'en attendais et je dus refouler un élan pour la réconforter, pour lui dire que je ne lui ferais rien, qu'elle était en sécurité mais, me souvenant de Linna et d'Andreas, et des pauvres diables des Divertissements, je retins ma compassion. En vérité, en pensant à la cruauté de la Tatrix, à ce qu'elle avait fait, je me demandai si je ne devrais pas *réellement* la mener à Ar et m'en débarrasser dans la Rue des Marques. Elle serait certainement moins nuisible dans les Jardins de Plaisir d'un tarnier que sur le trône de Tharna.

— Guerrier, dit-elle en relevant la tête tristement, faut-il donc que tu tires de moi une vengeance aussi terrible ?

Je souris intérieurement. Il semblait maintenant que la Tatrix était disposée à négocier.

— Tu m'as terriblement maltraité ! répliquai-je d'un ton sévère.

— Mais tu n'es qu'un homme, rétorqua-t-elle, rien qu'un animal !

— Je suis, moi aussi, un être humain !

— Rends-moi la liberté, pria-t-elle.

— Tu m'as passé le joug. Tu m'as fouetté. Tu m'as condamné à l'Arène. Tu voulais me faire dévorer par le tarn. (Je ris.) Et tu demandes ta liberté !

— Je te paierai mille fois ce que je te rapporterais sur le billot d'Ar, plaida-t-elle.

— Mille fois ce que tu rapporterais sur le billot d'Ar n'assouvirait pas ma vengeance ! dis-je d'une voix rude. Seulement *toi* sur le billot d'Ar !

Elle gémit.

Voilà le moment, pensai-je.

— Et, repris-je, non seulement tu m'as outragé, mais tu as réduit mes amis en esclavage.

La Tatrix se redressa sur les genoux.

— Je les libérerai ! s'écria-t-elle.

— Peux-tu changer les lois de Tharna ? demandai-je.

— Hélas, même moi je ne le peux pas, mais je peux libérer tes amis ! Je les libérerai ! Ma liberté en échange de la leur !

J'eus l'air de réfléchir.

Elle se releva d'un bond.

— Guerrier, s'écria-t-elle, songe à ton honneur ! (Sa voix était triomphante.) Assouvirais-tu ta vengeance au prix de l'esclavage de tes amis ?

— Non, m'écriai-je d'un ton furieux, mais ravi intérieurement, car je suis un Guerrier !

Sa voix exultait.

— Alors, Guerrier, tu dois négocier avec moi !

— Pas avec toi ! m'écriai-je en essayant d'avoir l'air consterné.

— Si, dit-elle en riant. Ma liberté en échange de la leur.

— Ce n'est pas assez, grommelai-je.

— Quoi d'autre alors ?

— Libère tous ceux qui servaient aux Divertissements de Tharna.

La Tatrix sembla interloquée.

— *Tous*, insistai-je, ou le billot d'Ar !

Sa tête s'inclina.

— Très bien, Guerrier. Je les libérerai tous.

— Puis-je te faire confiance ?

— Oui, dit-elle sans croiser mon regard. Tu as la parole de la Tatrix de Tharna.

Je me demandai si je devais m'y fier. Je me rendis compte que je n'avais guère le choix.

— Mes amis, repris-je, sont Linna de Tharna et Andreas de Tor.

La Tatrix leva les yeux.

— Mais, dit-elle, stupéfaite, ils se sont aimés.

— N'importe, libère-les.

— C'est une Femme Avilie, déclara la Tatrix, et lui un membre d'une caste bannie par Tharna.

— Libère-les, répétai-je.

— Très bien, dit la Tatrix humblement, je les libérerai.

— Et j'aurai besoin d'armes et d'une selle.

— Tu les auras.

A ce moment, l'ombre du tarn couvrit la corniche et, dans un grand battement d'ailes, le monstre nous rejoignit. Dans ses serres, il tenait une grosse pièce de viande crue sanglante qui avait été arrachée à quelque proie, peut-être à un bosk, à plus de vingt pasangs de là. Il laissa tomber le morceau massif devant moi.

Je ne bronchai pas.

Je ne désirais nullement disputer cette prise au grand oiseau. Mais le tarn ne toucha pas à la viande. Je présumai qu'il avait déjà mangé quelque part dans les plaines. Un examen de son bec confirma cette supposition. Et il n'y avait pas d'aire sur la corniche, pas de tarn femelle, pas de couvée piaillante de tarnots. Le grand bec poussa la viande contre mes jambes.

C'était un cadeau.

Je donnai des tapes affectueuses à l'oiseau.

— Merci, Ubar des Cieux, lui dis-je.

Je me penchai et, avec les mains et les dents, arrachai un gros lambeau. Je vis la Tatrix frissonner quand j'attaquai la viande crue, mais j'étais affamé et je laissai tomber les élégances des tables basses, pour autant qu'elles existent. J'offris une part à la Tatrix, mais son corps oscilla comme si elle allait vomir et je ne voulus pas insister.

Pendant que je me repaissais du cadeau du tarn, la Tatrix, debout au bord de la corniche rocheuse, regardait la prairie de talenders. Ils étaient magnifiques et leur parfum délicat montait même jusqu'à la corniche rugueuse. La jeune femme serrait ses vêtements autour d'elle et contemplait les fleurs qui se balançaient et ondulaient dans le vent comme une houle blonde. Je lui trouvai l'air bien solitaire, plutôt triste et déprimé.

— Des talenders, dit-elle à mi-voix.

J'étais accroupi à côté de la viande, en train de mastiquer, la bouche pleine de chair crue.

— Qu'est-ce qu'une femme de Tharna sait des talenders ? me gaussai-je.

Elle se détourna sans répondre.

Lorsque j'eus mangé, elle dit :

— Mène-moi maintenant à la Colonne des Echanges.

— Qu'est-ce que c'est ? demandai-je.

— Une colonne aux frontières de Tharna, expliqua-t-elle, où Tharna et ses ennemis effectuent l'échange des prisonniers. Je te guiderai. (Elle ajouta :) Tu y trouveras des hommes de Tharna qui t'attendent.

— Qui m'attendent ?

— Naturellement, répliqua-t-elle. Ne t'es-tu pas étonné qu'il n'y ait eu aucune poursuite ? (Elle eut un rire désabusé.) Qui serait assez fou pour garder la Tatrix de Tharna quand elle peut être rachetée pour l'or d'une douzaine d'Ubars ?

Je la regardai.

— J'avais craint, dit-elle, les yeux baissés, que tu ne sois ce genre de fou.

Il y avait dans sa voix une émotion que je ne compris pas.

— Non, déclarai-je en riant, toi, tu retournes à Tharna.

Je portais encore l'écharpe dorée autour de mon cou, cette écharpe qui avait marqué le début des Divertissements et que j'avais ramassée dans l'arène pour essuyer le sable et la sueur. Je l'ôtai de mon cou.

— Tourne-toi, dis-je à la Tatrix, et mets tes mains derrière ton dos.

La tête haute, la Tatrix s'exécuta. Je lui retirai ses gants d'or et les passai dans ma ceinture. Puis, avec l'écharpe, en utilisant les simples nœuds de capture de Gor, j'attachai ses poignets ensemble.

Je jetai d'un souple élan la Tatrix sur le dos du tarn et sautai à côté d'elle. Puis, la tenant d'un bras et m'accrochant solidement dans les plumes du cou du tarn, je criai :

— Rêne un !

Et l'animal s'élança de la corniche et prit son essor.

16

LA COLONNE DES ÉCHANGES

Guidés par la Tatrix, en guère plus de trente minutes nous arrivâmes en vue de la Colonne des Echanges qui brillait au loin. Elle se trouvait à une centaine de pasangs au nord-ouest de la cité. C'était une colonne blanche isolée en marbre massif, d'environ cent vingt mètres de haut et trente mètres de diamètre. Elle n'était accessible qu'à dos de tarn. L'endroit n'était pas mal choisi pour l'échange de prisonniers et présentait une situation presque idéale du point de vue de la protection contre les embuscades. La colonne massive n'offrait pas d'accès au niveau du sol et les tarns qui s'approcheraient ne pourraient pas l'atteindre sans être aisément repérés de très loin.

J'examinai soigneusement la campagne. Elle semblait vide. Sur la colonne même, il y avait trois tarns et autant de guerriers, ainsi qu'une femme qui portait le masque d'argent de Tharna. Comme je survolais la colonne, un guerrier ôta son casque et me fit signe de descendre. Je vis que c'était Thorn, Capitaine de Tharna. Je remarquai que ses compagnons et lui étaient armés.

— Est-ce la coutume, demandai-je à la Tatrix, que les guerriers viennent avec leurs armes à la Colonne des Echanges ?

— Il n'y aura pas de traîtrise, assura la Tatrix.

J'eus bonne envie de dérouter le tarn et d'abandonner mon projet.

— Tu peux te fier à moi, dit-elle.

— Qu'en sais-je ? ai-je rétorqué.

— Parce que je suis Tatrix de Tharna ! déclara-t-elle fièrement.

— Rêne quatre ! criai-je à l'oiseau pour le faire se poser sur la colonne. (L'oiseau sembla ne pas comprendre.) Rêne quatre ! répétai-je plus sévèrement. (Je ne sais pourquoi, l'oiseau avait l'air de ne pas vouloir se poser.) Rêne quatre ! criai-je, lui ordonnant avec rudesse d'obéir.

L'oiseau géant atterrit enfin sur la colonne de marbre, qui résonna sous ses serres ferrées d'acier.

Je ne descendis pas, mais tins la Tatrix plus fermement.

Le tarn paraissait nerveux. Je m'efforçai de le calmer. Je lui parlai à voix basse, le caressai d'une tape sur le cou.

La femme au masque d'argent s'approcha.

— Salut à notre Bien-Aimée Tatrix ! s'écria-t-elle.

C'était Dorna la Fière.

— N'approche pas plus près ! ordonnai-je.

Dorna s'arrêta à quelque cinq mètres en avant de Thorn et des deux guerriers qui n'avaient pas bronché.

La Tatrix répondit au salut de Dorna la Fière simplement par une inclination de tête souveraine.

— Tharna est à toi tout entière, Guerrier, proclama Dorna la Fière, si tu relâches notre noble Tatrix. La Cité pleure en attendant son retour. Je crains qu'il n'y ait pas de joie à Tharna avant qu'elle reprenne place sur son trône doré !

Je ris.

Dorna la Fière se raidit.

— Quelles sont tes conditions, Guerrier ? demanda-t-elle.

— Une selle et des armes, répondis-je, et la liberté de Linna de Tharna, d'Andreas de Tor et de tous ceux qui ont combattu cet après-midi dans les Divertissements de Tharna.

Il y eut un silence.

— Est-ce tout ? s'enquit Dorna la Fière, interloquée.

— Oui, dis-je.

Derrière elle, Thorn rit.

Dorna jeta un coup d'œil à la Tatrix.

— J'ajouterai, dit-elle, le poids en or de cinq tarns, une chambre pleine d'argent, des casques remplis de bijoux !

— Tu aimes vraiment ta Tatrix, opinai-je.

— Certes, Guerrier, répliqua Dorna.

— Et tu es excessivement généreuse, ajoutai-je.

La Tatrix se tortillait dans mes bras.

— Moins, reprit Dorna la Fière, serait insulter notre Bien-Aimée Tatrix !

J'étais content car, si j'avais peu d'emploi pour de telles richesses dans les Monts Sardar, elles profiteraient certainement à Linna et à Andreas et aux pauvres diables de l'arène.

Lara, la Tatrix, se redressa dans mes bras.

— Je ne trouve pas les conditions satisfaisantes.

Donne-lui en plus de ce qu'il demande le poids en or de dix tarns, plus deux chambres d'argent et cent casques de bijoux !

Dorna la Fière s'inclina gracieusement en signe d'acquiescement.

— En vérité, Guerrier, dit-elle, pour notre Tatrix, nous te donnerions même les pierres de nos remparts.

— Mes conditions te satisfont-elles ? demanda la Tatrix avec ce qui me parut être une certaine condescendance.

— Oui, répliquai-je, comprenant l'affront infligé à Dorna la Fière.

— Relâche-moi, ordonna-t-elle.

— D'accord, dis-je.

Je me laissai glisser à bas du tarn, la Tatrix dans mes bras. Je la mis debout, sur cette colonne balayée par le vent aux confins de Tharna, et me penchai pour ôter l'écharpe qui l'entravait.

Dès que ses poignets furent libres, elle redevint jusqu'au bout des ongles la royale Tatrix de Tharna.

Je me demandai si c'était bien la même jeune femme qui venait de subir cette épreuve harassante, dont les vêtements étaient en lambeaux, dont le corps devait être encore ravagé de douleur à la suite de son séjour dans les serres de mon tarn.

Impérieusement, sans daigner me parler, elle fit un geste vers les gants d'or que j'avais passés dans ma ceinture. Je les lui tendis. Elle les enfila lentement, méthodiquement, sans cesser de me dévisager.

Quelque chose dans sa contenance me mit mal à l'aise.

Elle se détourna et alla majestueusement vers Dorna et les guerriers.

Quand elle fut près d'eux, elle se retourna dans un tourbillon subit de ses atours dorés et me désigna d'un doigt impérieux.

— Saisissez-le ! ordonna-t-elle.

Thorn et ses guerriers se précipitèrent et je me trouvai cerné par leurs armes.

— Traîtresse ! m'écriai-je.

La voix de la Tatrix était joyeuse.

— Imbécile, dit-elle en riant, ne sais-tu pas encore qu'on ne fait pas de pacte avec un animal, qu'on ne négocie pas avec une bête ?

— Tu m'as donné ta parole ! m'écriai-je.

La Tatrix ramena ses vêtements contre elle.

— Tu n'es qu'un homme, laissa-t-elle tomber avec mépris.

— Tuons-le ! cria Thorn.

— Non, dit la Tatrix impérieusement, ce ne serait pas suffisant !

Le masque scintilla dans ma direction, reflétant la lumière du soleil couchant. Il paraissait plus que jamais empreint de férocité, hideux, en fusion.

— Entravez-le, commanda-t-elle, et envoyez-le aux Mines de Tharna !

Derrière moi, tout à coup, le tarn poussa un cri de rage et ses ailes battirent l'air.

Thorn et les guerriers tressaillirent de surprise et, à cet instant, je m'élançai entre leurs armes, saisis Thorn et un guerrier, les cognai l'un contre l'autre et les projetai tous les deux sur le sol de marbre de la colonne où leurs armes tombèrent en cliquetant. La Tatrix et Dorna la Fière hurlèrent.

L'autre guerrier m'allongea un coup de pointe ; j'esquivai son épée en me rejetant de côté et j'agrippai le poignet qui tenait l'arme. Je tordis ce poignet, le haussai bien au-dessus de mon bras gauche et, d'un mouvement brusque de torsion, lui brisai le bras au coude. Le guerrier s'affaissa en gémissant.

Thorn qui s'était remis debout me bondit dessus par-derrière, l'autre guerrier l'imita un moment après. Je luttai farouchement corps à corps avec eux. Puis, peu à peu, tandis qu'ils juraient sans pouvoir se dégager, je les tirai lentement par-dessus mes épaules et les jetai soudain sur le marbre à mes pieds. A cet instant, la Tatrix et Dorna la Fière enfoncèrent en même temps des choses aiguës, comme des espèces d'épingles, dans mon dos et mon bras.

Je ris de l'absurdité de ce geste, puis ma vision s'obscurcit, la colonne se mit à tourner, je tombai à leurs pieds. Mes muscles ne m'obéissaient plus.

— Mettez-lui les fers ! ordonna la Tatrix.

Tandis que le monde tournait lentement sous moi, je sentis mes jambes et mes bras flasques, mous comme du coton, ramenés brutalement ensemble. J'entendis le cliquetis d'une chaîne et sentis mes membres pris dans des entraves.

Le joyeux rire de victoire de la Tatrix tinta dans mes oreilles.

J'entendis Dorna la Fière ordonner à son tour :

— Tuez le tarn !

— Il est parti, répondit le guerrier indemne.

Lentement, bien que la force ne revînt pas dans mon corps, ma vision s'éclaircit, d'abord devant moi, puis de côté, et je parvins à voir de nouveau la colonne, le ciel au-delà et mes ennemis.

Dans le lointain, j'aperçus un point volant qui devait être le tarn. Lorsqu'il m'avait vu tomber, il avait apparemment pris peur. Maintenant, pensai-je, il serait libre, s'évadant enfin vers quelque rude habitat où il pourrait, sans selle ni harnais, sans entrave d'argent, régner comme l'Ubar des Cieux qu'il était. Son départ m'attristait, mais j'étais content qu'il se soit échappé. Mieux valait cela que mourir sous la lance d'un des guerriers.

Thorn me saisit par les chaînes de mes poignets et me traîna sur le sommet de la colonne jusqu'à l'un des trois tarns qui attendaient. J'étais incapable de résister. Mes jambes et mes bras étaient aussi peu utilisables que si un couteau avait tranché tous leurs nerfs.

Je fus enchaîné à l'anneau de patte de l'un des tarns.

La Tatrix avait dû cesser de s'intéresser à moi, car elle se tourna vers Dorna la Fière et Thorn, Capitaine de Tharna.

Le guerrier qui avait eu le bras cassé était agenouillé sur le sol de marbre de la colonne, courbé en avant, oscillant dans un mouvement de va-et-vient, son bras blessé serré contre son corps. Son camarade se tenait près de moi, parmi les tarns, peut-être pour me surveiller, peut-être pour tranquilliser ces géants émotifs.

Avec hauteur, la Tatrix s'adressa à Dorna et à Thorn pour leur demander :

— Pourquoi y a-t-il si peu de mes soldats ici ?

— Nous sommes assez, répliqua Thorn.

La Tatrix jeta un coup d'œil sur les plaines, en direction de la cité.

— En ce moment, des files de citoyens qui se réjouissent doivent être en train de sortir de la Cité, dit-elle.

Ni Dorna la Fière ni Thorn, Capitaine de Tharna, ne lui répondirent.

La Tatrix traversa la colonne, souveraine dans ses atours en lambeaux et s'arrêta devant moi. Elle désigna les plaines en direction de Tharna et déclara :

— Guerrier, si tu devais rester assez longtemps sur cette colonne, tu verrais des cortèges venir me fêter à l'occasion de mon retour à Tharna.

La voix de Dorna la Fière parvint de l'autre côté de la colonne.

— J'en doute, Bien-Aimée Tatrix.

La Tatrix se retourna, interloquée.

— Et pourquoi ?

— Parce que, répondit Dorna la Fière — et je suis sûr que derrière son masque d'argent elle souriait — tu ne retourneras pas à Tharna.

La Tatrix resta comme figée de surprise, ne comprenant pas.

Le guerrier indemne, entre-temps, s'était hissé sur la selle du tarn, à l'anneau de patte duquel j'étais enchaîné. Il tira sur la rêne un et le monstre prit son vol. Avec force souffrances, je fus entraîné en l'air et, cruellement suspendu par les poignets, je vis la colonne blanche s'abaisser au-dessous de moi, ainsi que les silhouettes qui s'y trouvaient — deux guerriers, une femme au masque d'argent et la Tatrix dorée de Tharna.

17

LES MINES DE THARNA

La cellule était longue, basse et étroite ; elle avait environ un mètre vingt de large sur un mètre vingt de haut et trente mètres de long. A chaque extrémité brûlait une petite lampe nauséabonde à l'huile de tharlarion. Combien de cellules se trouvaient dans le sous-sol de Tharna, dans ses nombreuses mines, je ne le savais pas. En une longue file, les esclaves enchaînés les uns aux autres se courbaient et rampaient pour entrer dans la pièce. Quand elle fut pleine de ses infortunés occupants, une porte comportant un panneau de fer mobile posé sur des glissières se rabattit. J'entendis fermer quatre verrous.

Cette cellule était humide. Il y avait des flaques d'eau çà et là sur le sol ; les murs étaient mouillés ; à certains endroits, de l'eau dégouttait du plafond. Elle était ventilée trop parcimonieusement par une série de minuscules orifices circulaires d'environ deux centimètres et demi de diamètre, aménagés tous les six mètres. Une plus grande ouverture, un puits circulaire de peut-être soixante centimètres de diamètre, béait au centre de ce long boyau.

Andreas de Tor, qui était enchaîné à côté de moi, la désigna.

— Ce trou, dit-il, permet d'inonder la cellule.

Je hochai la tête et m'adossai contre la solide pierre humide qui formait les parois de la cellule. Je me demandai combien de fois, sous la terre de Tharna, cette cellule avait été inondée, combien de malheureux enchaînés avaient été noyés dans ces fosses lugubres semblables à des égouts. Je ne m'étonnais plus que la discipline soit aussi bien respectée dans les Mines de Tharna. J'avais appris qu'à peine un mois plus tôt, dans une mine qui n'était pas distante de plus de cinq cents mètres de celle-ci, il y avait eu des désordres provoqués par un seul prisonnier.

— Noyez-les tous ! avait ordonné l'Administrateur des Mines.

Je n'étais donc pas surpris que les prisonniers eux-mêmes envisagent avec horreur la seule idée de résister. Ils auraient étranglé un de leurs camarades qui songeait à la rébellion plutôt que de risquer l'inondation de la cellule. En fait, la mine tout entière, en cas de besoin, pouvait être inondée. Cela s'était produit une fois, m'avait-on dit, pour étouffer un soulèvement. Il avait fallu des semaines pour pomper l'eau et évacuer les cadavres des puits.

Andreas me dit :

— Pour ceux qui ne tiennent pas à la vie, cet endroit offre pas mal d'agréments.

— C'est vrai, approuvai-je.

Il me fourra dans les mains un oignon et une croûte de pain.

— Prends cela.

— Merci.

Je les pris et commençai à les grignoter.

— Tu apprendras à jouer des coudes comme nous tous.

Avant d'avoir été introduits dans la cellule, quand nous étions au-dehors dans une vaste salle rectangulaire, deux esclaves de la mine avaient déversé un baquet de pain et de légumes dans l'auge fixée au mur ; les esclaves de la chaîne s'étaient précipités dessus comme des animaux en criant, jurant, se poussant, se bousculant pour tâcher de plonger les mains dans l'auge et d'emporter le plus qu'ils pourraient avant qu'elle soit vidée. Révolté, je ne m'étais pas joint à cette mêlée lamentable bien que, par mes chaînes, j'aie été tiré jusqu'au bord même de l'auge. Je savais pourtant que, comme l'avait dit Andreas, j'apprendrais à aller à l'auge car je n'avais aucune envie de mourir et je ne voulais pas continuer à vivre de sa charité.

Je souris, me demandant pourquoi mes compagnons de geôle et moi paraissions si déterminés à vivre. Pourquoi voulions-nous vivre ? La question est peut-être stupide, mais elle ne le semblait pas dans les Mines de Tharna.

— Nous devons songer à nous évader, dis-je à Andreas.

— Tais-toi, idiot ! chuchota une voix grêle, terrifiée, à trois mètres de là.

C'était Ost de Tharna qui avait, comme Andreas et moi, été condamné aux Mines de Tharna.

Il me détestait, me rendant je ne sais pourquoi responsable du fait qu'il se trouvait dans cette situation terrible. Ce jour-là, à plusieurs reprises, il avait éparpillé le minerai que, à quatre pattes, j'avais accumulé, le fourrant dans le sac de toile que nous, les esclaves, portions au cou dans les mines. J'avais été battu par l'Esclave au Fouet pour n'avoir pas contribué ma part du quota quotidien de minerai exigé de la chaîne dont je faisais partie.

Si le quota n'était pas atteint, les esclaves ne recevaient pas de nourriture le soir. Si le quota n'était pas atteint trois jours de suite, les esclaves étaient fouettés avant d'entrer dans la longue cellule, puis, la porte verrouillée, la cellule était inondée. De nombreux esclaves me regardaient d'un œil désapprobateur. Peut-être était-ce parce que le quota avait été augmenté le jour où j'avais été ajouté à leur chaîne. Moi-même, je pensais que ce n'était pas une simple coïncidence.

— Je vais signaler que tu complotes une évasion, dit Ost d'une voix sifflante.

A la clarté indécise des petites lampes à huile de tharlarion fixées à chaque extrémité de la cellule, je vis la lourde silhouette trapue voisine d'Ost enrouler la chaîne de son poignet silencieusement autour du cou mince du misérable. Le cercle de la chaîne se resserra et Ost griffa vainement les anneaux avec ses doigts, les yeux exorbités.

— Tu ne signaleras personne, dit une voix que je reconnus pour celle du puissant Kron de Tharna, de la Caste des Forgerons, celui dont j'avais épargné la vie dans l'arène au cours des Combats de Bœufs.

La chaîne se serra. Ost frissonna comme un singe en proie à des convulsions.

— Ne le tue pas, dis-je à Kron.

— A ton aise, Guerrier, déclara Kron qui laissa choir Ost fou de peur, en retirant sans ménagement la chaîne qui lui serrait la gorge. Ost resta étendu sur le sol humide, les mains pressées sur le cou, haletant.

— On dirait que tu as un ami, fit remarquer Andreas de Tor.

Avec un ferraillement de chaînes et une ondulation de ses épaules massives, Kron s'étendit de son mieux dans ce réduit bondé. Au bout d'une minute, sa forte respiration m'apprit qu'il dormait.

— Où est Linna ? demandai-je à Andreas.

Pour une fois, sa voix était triste.

— Dans une des Grandes Fermes. J'ai failli à mon devoir envers elle.

— Nous avons tous failli, dis-je.

On ne parlait guère dans la cellule, car les hommes n'avaient probablement pas grand-chose à raconter et leur corps était épuisé par les harassants travaux du jour. Je m'assis, le dos appuyé à la paroi humide et écoutai les bruits de leur sommeil.

J'étais loin des Monts Sardar, loin des Prêtres-Rois de Gor. Je n'avais rien accompli pour ma Cité, ma bien-aimée Talena, mon père, mes amis. Il n'y aurait plus pierre sur pierre. L'énigme des Prêtres-Rois, de leur volonté cruelle, incompréhensible, ne serait pas résolue. Leur secret serait gardé et je mourrais tôt ou tard fouetté et affamé, dans les chenils qu'étaient les Mines de Tharna.

Tharna a cent mines ou davantage, chacune exploitée par sa propre chaîne d'esclaves. Ces mines sont des réseaux sinueux de galeries qui se faufilent, pouce par pouce, irrégulièrement, à travers les riches filons de minerai qui ont fait la fortune de la cité. La plupart des galeries ne permettent pas à un homme de se tenir debout. Beaucoup sont insuffisamment étayées. Quand l'esclave creuse la galerie, il rampe sur les mains et les genoux qui, au début, saignent mais, graduellement, se couvrent de cals épais et rugueux. Autour de son cou est suspendu un sac en grosse toile dans lequel sont rapportés aux balances les morceaux de minerai. Le minerai est détaché des parois à l'aide d'un petit pic. La lumière est fournie par des minuscules lampes qui ne sont rien de plus que de petites coupes pleines d'huile de tharlarion avec des mèches en fibre.

La journée de travail est de quinze heures goréennes (ahns) ce qui, compte tenu de la légère différence dans la période de rotation de la planète, équivaut à environ dix-huit heures terrestres. Les esclaves ne sont jamais remontés à la surface et, une fois plongés dans la froide obscurité de la mine, ne voient plus jamais le soleil. La seule détente dans leur existence a lieu une fois l'an, le jour anniversaire de la Tatrix, où on leur sert un petit gâteau fait de miel et de graines de sésame et un petit pot de Kal-da de qualité médiocre. Un de mes compagnons de chaîne — guère plus qu'un squelette édenté — se vanta d'avoir bu trois fois du Kal-da dans les mines. La plupart ne sont pas aussi heureux. La prévision de vie d'un esclave de mine, étant donné le travail et la nourriture, s'il ne meurt pas sous le fouet des surveillants, est généralement de six mois à un an.

Je me retrouvai en train d'examiner le large trou circulaire dans le plafond de l'étroite cellule.

Le lendemain matin — je savais que c'était le matin uniquement par les jurons des Esclaves au Fouet, le claquement des lanières, les cris des esclaves et le cliquetis des chaînes — mes compagnons de bagne et moi rampâmes hors de notre cellule, débouchant de nouveau dans la vaste salle rectangulaire sur laquelle elle s'ouvrait.

L'auge de nourriture avait déjà été remplie.

Les esclaves esquissèrent un mouvement en avant, mais reculèrent sous le fouet. Le signal permettant de se jeter sur l'auge n'avait pas encore été donné.

L'Esclave au Fouet, un autre esclave de Tharna mais qui avait la responsabilité de la chaîne, aimait sa tâche. Il ne reverrait jamais la lumière du soleil mais c'était lui qui tenait le fouet, lui qui était Ubar de ce macabre cachot.

Les esclaves s'énervaient, les yeux fixés sur l'auge. Le fouet se leva. Quand il retomberait, ce serait le signal qu'ils pourraient y courir.

Il y avait du plaisir dans les yeux de l'Esclave au Fouet, il jouissait de ce moment d'attente torturant que son fouet levé imposait aux esclaves affamés en haillons.

Le fouet claqua.

— Mangez ! cria-t-il.

Les esclaves se précipitèrent.

— Non ! criai-je.

Ma voix les arrêta net.

Plusieurs trébuchèrent et tombèrent, s'affalant sur le sol dans un cliquetis de chaînes, entraînant d'autres chutes. Mais la plupart réussirent à rester debout, à retrouver leur équilibre et, presque comme un seul homme, cette misérable troupe dégradée d'esclaves tourna des yeux vides et craintifs vers moi.

— Mangez ! cria de nouveau l'Esclave au Fouet en faisant claquer sa lanière.

— Non ! répétai-je.

La foule hésita.

Ost essaya d'aller vers l'auge, mais il était enchaîné à Kron qui refusa de bouger. Ost aurait tout aussi bien pu être enchaîné à un arbre.

L'Esclave au Fouet s'approcha de moi. Sept fois le fouet me frappa et je ne bronchai pas.

Puis je déclarai :

— Ne me frappe plus.

Il recula, le bras qui tenait le fouet s'abaissa. Il avait compris, et il savait que sa vie était en danger. Quelle consolation serait-ce pour lui que toute la mine soit inondée s'il avait d'abord péri avec ma chaîne autour de sa gorge ?

Je me tournai vers les hommes.

— Vous n'êtes pas des animaux, dis-je. Vous êtes des hommes.

Puis, leur faisant signe d'avancer, je les conduisis vers l'auge.

— Ost distribuera la nourriture, annonçai-je.

Ost plongea les mains dans l'auge et se fourra un morceau de pain dans la bouche.

Les chaînes que Kron portait au poignet le frappèrent de la joue à l'oreille et le pain jaillit de sa bouche.

— Distribue la nourriture ! ordonna Kron.

— Nous t'avons choisi, s'écria Andreas de Tor, parce que tu es connu pour ton honnêteté !

Et, si surprenant que ce soit à dire, ces misérables enchaînés rirent.

De mauvaise grâce, sous les yeux de l'Esclave au Fouet furieux et inquiet, Ost distribua la maigre pitance qui était dans l'auge.

Le dernier morceau de pain, je le cassai en deux, en pris la moitié et donnai l'autre à Ost.

— Mange, lui dis-je.

Hors de lui, jetant des coups d'œil rapides à droite

et à gauche à la façon d'un urt, il mordit dans le pain et l'engloutit.

— La cellule sera inondée pour une chose pareille, dit-il.

Andreas de Tor riposta :

— Moi, en tout cas, je serai honoré de mourir en compagnie d'Ost.

Et de nouveau les hommes rirent et j'eus l'impression qu'Ost lui-même souriait.

L'Esclave au Fouet nous regarda monter à la file la longue pente menant au puits, son bras armé du fouet pendant à son côté. Perplexe, il nous observait, car un des hommes, de la Caste des Paysans, avait commencé à fredonner un chant de labour et, l'un après l'autre, tous se joignirent à lui.

Le quota fut largement atteint ce jour-là et le jour suivant.

18

NOUS SOMMES TOUS DE LA MÊME CHAÎNE

De temps à autre, des bribes de nouvelles filtraient dans la mine, colportées par les esclaves qui remplissaient l'auge. Ces esclaves avaient de la chance, car ils avaient accès au Puits Central. Chacune des cent mines de Tharna, à un niveau ou à un autre, ouvrait sur ce puits. Il ne faut pas le confondre avec les galeries d'exploitation beaucoup plus petites, qui sont propres à chaque mine. Les galeries d'exploitation sont des espèces de puits étroits creusés dans la pierre et leurs plates-formes offrent tout juste assez de place pour le sac de minerai d'un esclave.

C'est par le Puits Central que les Mines de Tharna sont approvisionnées. Non seulement les aliments arrivent par ce Puits mais, quand c'est nécessaire, les toiles, les outils, les chaînes. Bien entendu, l'eau potable est fournie par les puisards naturels de chaque mine. Mes compagnons de bagne et moi étions descendus par le Puits Central. Ne le remontaient que les esclaves morts.

Apportée par les esclaves manœuvrant les poulies qui actionnaient la plate-forme d'approvisionnement dans le Puits Central, la nouvelle s'était répandue d'une mine à l'autre pour finir par atteindre même la nôtre, qui était la plus profonde.

Il y avait une nouvelle Tatrix à Tharna.

— Qui est la nouvelle Tatrix ? questionnai-je.

— Dorna la Fière, dit l'esclave qui déversait pêle-mêle dans l'auge oignons, navets, radis, pommes de terre et pain.

— Qu'est-il arrivé à Lara ?

Il rit.

— Tu ne sais pas ?

— Les nouvelles ne vont pas vite dans les mines.

— Elle a été enlevée.

— Quoi ? m'exclamai-je.

— Oui, par un tarnier, en l'occurrence.

— Comment s'appelle-t-il ?

— Tarl, dit l'esclave dont la voix se réduisit à un murmure... de Ko-ro-ba.

J'étais abasourdi.

— C'est le hors-la-loi, reprit l'autre, qui a survécu aux Divertissements de Tharna.

— Je sais, dis-je.

— Il y avait un tarn portant l'entrave d'argent qui devait le tuer, mais il a libéré le tarn, sauté sur son dos et réussi à s'enfuir. (L'esclave posa le baquet, maintenant vide. Il en pleurait de rire et il se tapa sur la cuisse.) Il n'est revenu que le temps de faire attaquer la Tatrix elle-même par le tarn et le tarn a enlevé la Tatrix comme un tabuk !

Son rire, qui gagna les autres esclaves de la salle enchaînés avec moi, était homérique et je compris mieux que jamais quelle affection on portait à la Tatrix dans les mines.

Mais moi, je ne riais pas.

— Et la Colonne des Echanges ? Est-ce que la Tatrix n'a pas été ramenée à la Colonne et libérée ?

— Tout le monde croyait que cela se passerait comme ça, répondit l'autre, mais le tarnier l'a préférée, apparemment, aux richesses de Tharna.

— Quel homme ! s'écria un des esclaves.

— Peut-être qu'elle était très belle, dit un autre.

— Elle n'a pas été échangée ? demandai-je à l'esclave au baquet de nourriture.

— Non, répliqua-t-il. Deux de ceux qui sont les plus haut placés à Tharna, Dorna la Fière et Thorn, un Capitaine, sont allés à la Colonne des Echanges, mais la Tatrix n'a pas été ramenée. Des recherches ont été entreprises, les collines et les champs passés au peigne fin sans succès. Seuls ses vêtements déchirés et le masque d'or ont été retrouvés par Dorna la Fière et Thorn, capitaine de Tharna. (L'esclave s'assit sur le baquet.) A présent, dit-il, c'est Dorna qui porte le masque.

— A ton avis, quel a été le sort de Lara, qui était Tatrix ?

L'esclave éclata de rire et plusieurs autres en firent autant.

— Eh bien, nous savons qu'elle ne porte plus son costume doré.

— Sans aucun doute, un vêtement plus approprié l'a remplacé, commenta un des esclaves.

L'esclave au baquet rugit de rire.

— Oui, des soies de plaisir, dit-il en se tapant sur la cuisse. Tu te rends compte ! Lara, la Tatrix de Tharna, en soies de plaisir !

Il se tordait sur son baquet.

Les esclaves de la chaîne riaient tous, sauf moi et Andreas de Tor qui me regarda d'un air interrogateur. Je lui souris et haussai les épaules. Je ne connaissais pas la réponse à sa question.

Je m'efforçai de faire peu à peu renaître la dignité chez mes camarades d'esclavage. Cela commença assez simplement devant l'auge. Puis je me mis à les encourager à se parler entre eux, à s'appeler mutuellement par leur nom et celui de leur cité — et, bien qu'il y eût là des hommes de différentes cités, ils partageaient la même chaîne et la même auge et finirent donc par s'accepter.

Quand l'un était malade, les autres veillaient à ce que son sac de minerai soit plein. Quand l'un était battu, les autres se passaient de l'eau de main en main pour que ses blessures soient bassinées, pour qu'il puisse boire, la chaîne ne lui permettant pas d'accéder à l'eau. Et, avec le temps, chacun connut ceux qui partageaient sa chaîne. Nous n'étions plus de sombres silhouettes anonymes les uns pour les autres, entassés dans l'humidité des Mines de Tharna. Avec le temps, seul Ost resta effrayé par ce changement, car il redoutait continuellement l'inondation de la cellule.

Ma chaîne travaillait bien et le quota était atteint jour après jour et, lorsque ce quota fut augmenté, il fut de nouveau atteint. Quelquefois même, les hommes chantonnaient en travaillant et leur chant résonnait fortement dans les galeries de la mine. Les Esclaves au Fouet étaient perplexes et ils commencèrent à nous craindre.

L'affaire de la distribution de nourriture à l'auge

s'était répandue de mine en mine par le canal des esclaves porteurs des rations de nourriture. Et ils avaient parlé aussi des étranges choses nouvelles qui se passaient dans la mine au fond du Puits Central — comment les hommes s'entraidaient et trouvaient le temps et la volonté de se souvenir d'une chanson.

Et, par la suite, j'appris des esclaves distributeurs de nourriture que cette révolution, aussi inattendue et silencieuse que la démarche d'un larl, avait commencé à se propager d'une mine à l'autre. Je remarquai bientôt que les esclaves approvisionneurs ne parlaient plus et je compris qu'on leur avait recommandé de se taire. Cependant, à leur air, je devinai que la contagion de la dignité, de la noblesse, gagnait en force dans les mines au-dessous de Tharna. Là, sous terre, dans les mines, demeure de ce qu'il y avait de plus bas et de plus vil dans Tharna, des hommes en étaient venus à se regarder les uns les autres, et eux-mêmes, avec satisfaction.

Je décidai que le moment était venu.

Ce soir-là, quand nous fûmes ramenés en troupeau dans la longue cellule, les verrous poussés, je m'adressai à mes compagnons.

— Parmi vous, lesquels voudraient être libres ? demandai-je.

— Moi ! dit Andreas de Tor.

— Et moi ! grogna Kron de Tharna.

— Et moi ! crièrent d'autres voix.

Ost, seul, souleva des objections.

— C'est de la sédition de parler ainsi, pleurnicha-t-il.

— J'ai un plan, repris-je, mais il exige un grand courage et il se peut que vous mouriez tous.

— Il n'y a pas moyen de s'enfuir des mines, gémit Ost.

— Conduis-nous, Guerrier ! lança Andreas.

— D'abord, dis-je, il faut que la cellule soit inondée.

Ost hurla de terreur, et le gros poing de Kron se referma sur son gosier, le faisant taire. Ost se tortilla, se débattant dans l'obscurité, impuissant.

— Tiens-toi tranquille, Serpent, gronda le puissant Kron.

Il laissa choir Ost et le conspirateur s'éloigna en rampant de toute la longueur de sa chaîne pour se blottir contre le mur, tremblant de peur.

Le cri d'Ost m'avait appris ce que je voulais savoir. Je comprenais maintenant comment obtenir l'inondation de la cellule.

— Demain soir, dis-je simplement en regardant dans la direction d'Ost, nous tenterons notre chance pour conquérir la liberté.

Le lendemain, comme je m'y attendais, un accident arriva à Ost. Il eut l'air de se blesser au pied avec le pic et il supplia l'Esclave au Fouet avec tant d'insistance que l'autre le retira de la chaîne, lui mit un collier au cou et l'emmena tout boitillant. C'était une sollicitude inusitée de la part d'un Esclave au Fouet, mais il était évident pour lui comme pour nous tous qu'Ost voulait lui parler seul à seul, lui communiquer des renseignements d'extrême importance.

— Tu aurais dû le tuer, commenta Kron de Tharna.

— Non, répondis-je.

L'homme de Tharna me regarda d'un air interrogateur et haussa les épaules.

Ce soir-là, les esclaves qui apportaient le baquet de nourriture furent accompagnés par une douzaine de guerriers.

Ce soir-là, Ost ne fut pas ramené à la chaîne.

— Son pied a besoin de soins, déclara l'Esclave au Fouet en nous dirigeant du geste vers la longue cellule.

Lorsque la porte de fer fut fermée et les verrous poussés en place, j'entendis rire l'Esclave au Fouet.

Les hommes étaient abattus.

— Ce soir, dit Andreas de Tor, la cellule va être inondée, tu sais.

— Oui, répondis-je — et il me regarda d'un air incrédule.

J'appelai l'homme qui se trouvait à l'extrémité de la cellule.

— Passe la lampe ! ordonnai-je.

Je pris la lampe et m'avançai, plusieurs de mes compagnons de chaîne m'accompagnant par force, jusqu'à la cheminée circulaire de soixante centimètres environ par laquelle l'eau se précipiterait. Je haussai la lampe dans l'ouverture. Il y avait une grille fixée dans la pierre à quelque deux mètres cinquante à l'intérieur du conduit. Nous entendîmes une valve s'ouvrir quelque part là-haut.

— Soulevez-moi ! criai-je et, sur les épaules d'Andreas et de l'esclave enchaîné à côté de moi, je fus introduit dans la cheminée. Ses parois étaient lisses et gluantes, mes mains glissèrent dessus.

Enchaîné comme je l'étais, je ne pouvais pas arriver jusqu'à la grille.

Je lâchai un juron.

J'eus alors l'impression qu'Andreas et mon compagnon de chaîne grandissaient sous mes pieds. D'autres esclaves s'agenouillaient sous eux, tendant le dos pour que les deux hommes puissent s'élever davantage. Debout côte à côte, ils me haussèrent dans le puits.

Mes poings enchaînés saisirent la grille.

— Je la tiens ! m'écriai-je. Tirez-moi vers le bas !

Andreas et l'autre se laissèrent retomber dans le puits et je sentis les chaînes qui reliaient mes poignets et mes chevilles aux leurs m'arracher les membres.

— Tirez ! criai-je, et les cent esclaves de la longue cellule se mirent à tirer sur les chaînes.

Mes mains saignaient sur la grille, le sang retombait sur ma figure levée vers elle, mais je ne voulais pas lâcher les barreaux.

— Tirez ! criai-je de nouveau.

Un filet d'eau apparut sur les pierres de la paroi.

La valve s'ouvrait.

— Tirez ! criai-je encore.

Tout à coup, la grille se détacha et je tombai bruyamment avec elle sur le sol dans un cliquetis de chaînes et de métal.

L'eau ruisselait à présent le long du puits.

— Le premier de la chaîne ! appelai-je.

Dans un ferraillement de chaînes, un petit homme avec une mèche de cheveux couleur de paille sur le front se faufila le long des autres et vint se poster devant moi.

— Il faut que tu fasses l'escalade, dis-je.

— Comment ? demanda-t-il, déconcerté.

— Cale ton dos contre la paroi, expliquai-je. Sers-toi de tes pieds !

— Je ne peux pas, protesta-t-il.

— Tu pourras ! répliquai-je.

Son compagnon de chaîne et moi l'avons empoigné et poussé tout entier dans l'orifice.

Nous l'entendîmes dans la cheminée grogner et haleter, ses chaînes racler les pierres, tandis qu'il commençait, centimètre par centimètre, la terrible ascension.

— Je glisse ! s'exclama-t-il et il dégringola dans le conduit, s'affalant sur le sol de la cellule en pleurant.

— Essaie encore, dis-je.

— Je ne peux pas ! s'écria-t-il, à bout de nerfs.

Je le saisis aux épaules et le secouai.

— Tu es de Tharna. Montre-nous de quoi est capable un homme de Tharna !

C'est un défi qui avait été lancé à peu d'hommes de Tharna.

Nous le hissâmes de nouveau dans le puits.

Je mis en place le second de la chaîne au-dessous de lui, puis le troisième au-dessous du second.

L'eau affluait maintenant par l'ouverture en un flot gros comme mon poing. En bas, elle nous montait à la cheville.

Le premier de la chaîne se maintenait à présent tout seul en équilibre ; le second, ses chaînes cliquetantes, commença à se hisser dans le puits vertical, soutenu par le troisième, lequel se dressait sur le dos du quatrième, puis ce fut le tour des autres.

A un moment donné, le second glissa, entraînant avec lui le premier et faisant lâcher prise au troisième, mais il y avait alors dans la cheminée une solide grappe humaine et les quatrième et cinquième hommes tinrent bon. Le premier recommença une fois de plus son ascension pénible, suivi par le second et le troisième.

L'eau atteignait près de soixante centimètres dans la cellule et montait vers le plafond bas lorsque je suivis Andreas dans le conduit. Kron venait en quatrième position derrière moi.

Andreas, Kron et moi étions dans le conduit vertical, mais qu'allaient devenir les pauvres diables de la chaîne derrière nous ?

Je regardai vers le haut du long puits la file d'esclaves qui s'élevaient centimètre par centimètre.

— Dépêchez-vous ! criai-je.

Le flot semblait maintenant nous appuyer dessus, retarder notre progression. On aurait dit une petite cascade.

— Vite ! Vite ! cria la voix d'un homme encore en bas, avec un accent rauque, terrifié.

Le premier homme de la chaîne avait maintenant escaladé la cheminée jusqu'à la source même de l'eau, une autre galerie. Nous entendîmes soudain un bruit violent de cataracte. Il hurla d'une voix affolée :

— Ça vient, en grand !

— Cramponnez-vous ! criai-je à ceux qui étaient au-dessus et au-dessous de moi. Halez les derniers dans la cheminée ! Sortez-les de la cellule !

Mais mes dernières paroles furent couvertes par un brutal déferlement d'eau qui s'abattit sur mon corps comme un énorme poing, me coupant le souffle. La trombe grondait le long du puits, pilonnant les hommes. Certains perdirent pied et des corps restèrent coincés dans le conduit. Il était impossible de respirer, de bouger, de voir.

Puis, aussi soudainement qu'elle avait commencé, la cataracte s'arrêta. Au-dessus, quiconque avait actionné la valve avait dû s'impatienter et l'ouvrir complètement, ou peut-être le brusque torrent d'eau venait-il d'un geste de miséricorde pour noyer rapidement les survivants éventuels.

Dès que j'eus retrouvé ma respiration, je secouai mes cheveux dégoulinants pour me dégager la vue. Je scrutai l'obscurité humide bondée de corps enchaînés.

— Continuez à grimper ! ordonnai-je.

En deux ou trois minutes, j'atteignis la galerie horizontale d'où s'était déversé le tumulte des eaux dans le conduit vertical. Je retrouvai ceux qui me précédaient dans la chaîne. Comme moi, ils étaient trempés jusqu'aux os et frissonnants mais ils vivaient. Je pris le premier aux épaules.

— Bravo ! lui dis-je.

— Je suis de Tharna ! répliqua-t-il fièrement.

Finalement, tous les hommes de la chaîne se retrouvèrent dans la galerie horizontale, mais les quatre derniers avaient dû être tirés jusqu'à son niveau, car ils pendaient, inertes, dans leurs chaînes. Combien de temps étaient-ils restés sous l'eau, c'était difficile à dire.

Courbés sur eux dans le noir, nous leur avons donné des soins, moi et trois hommes de Port Kar qui savaient ce qu'il fallait faire. Les autres esclaves de la chaîne attendaient patiemment sans qu'un seul se plaigne, sans qu'un seul nous presse de nous dépêcher. Enfin, l'un après l'autre, les corps inertes bougèrent, leurs poumons se dilatèrent pour aspirer l'air froid humide de la mine.

Celui que j'avais sauvé leva la main et me toucha.

— Nous sommes de la même chaîne, déclarai-je.

C'est une formule que nous avions pris coutume de dire dans les mines.

— En route ! dis-je à mes compagnons.

Les conduisant sur deux files, enchaînés derrière moi, nous avons rampé le long de la galerie horizontale.

19

RÉVOLTE DANS LES MINES

— Non, non ! avait hurlé Ost.

Nous l'avions découvert près de la valve qui permettait de vider le réservoir d'eau dans le cachot des esclaves, plus de soixante mètres plus bas. Il portait maintenant la tenue d'Esclave au Fouet, récompense de sa trahison. Il jeta le fouet et tenta de fuir, détalant comme un urt mais, partout où il se tournait, la chaîne d'hommes hâves et violents le bloquait et, quand la chaîne ferma le cercle, Ost tomba à genoux en tremblant.

— Ne lui faites pas de mal, dis-je.

Mais la main du puissant Kron de Tharna était sur le cou du conspirateur.

— C'est une affaire qui concerne les hommes de Tharna, déclara-t-il.

Ses yeux bleu d'acier parcoururent du regard les visages inflexibles des esclaves enchaînés.

Et les yeux d'Ost aussi, tels ceux d'un urt terrifié, allèrent de visage en visage, suppliants, mais Ost ne trouva aucune pitié dans ces yeux qui le fixaient comme s'ils étaient de pierre.

— Ost fait-il partie de la chaîne ? demanda Kron.

— Non, crièrent une douzaine de voix, il ne fait pas partie de la chaîne !

— Si, je suis de la chaîne ! hurla Ost. (Il scrutait avec un regard de rongeur les visages de ses ravisseurs.) Prenez-moi avec vous. Libérez-moi !

— Voilà des propos séditieux, commenta quelqu'un.

Ost frissonna.

— Attachez-le et laissez-le ici, dis-je.

— Oui, supplia Ost d'une voix hystérique en se traînant aux pieds de Kron. C'est ça, Maîtres !

Andreas de Tor déclara :

— Faites comme Tarl de Ko-ro-ba le demande. Ne souillez pas vos chaînes avec le sang de ce serpent.

— D'accord, acquiesça Kron, anormalement calme, ne souillons pas nos chaînes.

— Merci, Maîtres, dit Ost en reniflant de soulagement, tandis que son visage reprenait cette expression pincée, sournoise, que je connaissais si bien.

Mais Kron abaissa les yeux sur ceux d'Ost, qui blêmit.

— Tu auras plus de chances que tu ne nous en as donné, déclara l'homme taillé en force de Tharna.

Ost poussa un hurlement de terreur.

Je tentai de m'avancer, mais les hommes de la chaîne tenaient bon. Je ne pus venir au secours du conspirateur.

Il essaya de ramper vers moi, les mains étendues. J'allongeai les miennes, mais Kron l'avait empoigné et le tirait en arrière.

Le petit conspirateur fut pris à bras-le-corps et

lancé d'esclave en esclave tout le long de la chaîne jusqu'au dernier qui le précipita, tête la première et criant grâce, dans cette étroite cheminée sombre que nous venions d'escalader. Nous entendîmes son corps heurter les parois une douzaine de fois et son cri d'effroi diminuer et n'être réduit au silence que par sa lointaine et sourde chute dans l'eau, tout en bas.

Ce fut une nuit sans pareille dans les Mines de Tharna.

Moi en tête de la chaîne qui s'alignait sur deux files à ma suite, nous avancions rapidement à travers les puits comme une éruption de lave en fusion issue du centre de la terre. Munis seulement de blocs de minerai et des pics avec lesquels on les détache des parois, nous sommes entrés en trombe dans les locaux des Esclaves au Fouet et des gardes, qui eurent à peine le temps de saisir leurs armes. Ceux qui ne furent pas tués au cours de ce combat farouche, livré en majeure partie dans la pénombre des galeries, eurent les jambes entravées par des fers et furent rassemblés dans les salles servant d'entrepôts, et les hommes de la chaîne ne traitèrent pas avec douceur leurs anciens oppresseurs.

Nous arrivâmes vite aux marteaux qui devaient faire tomber nos chaînes et, l'un après l'autre, nous avons défilé devant la grande enclume où Kron de Tharna, de la Caste des Forgerons, par des coups adroits, les détacha de nos poignets et de nos chevilles.

— Au Puits Central ! criai-je en brandissant une épée prise à un garde maintenant enchaîné dans les galeries derrière nous.

Un esclave qui avait apporté des baquets de nourriture dans les auges du niveau inférieur ne fut que trop content de nous guider.

Nous atteignîmes enfin le Puits Central.

Notre mine aboutissait à ce Puits, à trois cents mètres environ de la surface. Nous vîmes les énormes chaînes qui pendaient dans le Puits, silhouettées par les petites lampes dans les ouvertures des autres mines au-dessus de nous et, tout en haut, par le reflet blanc de la clarté lunaire. Les hommes se rassemblèrent au fond du Puits Central, qui n'était qu'à trente centimètres au-dessous de l'entrée de notre mine, car elle était la plus profonde de toutes.

Ils regardèrent vers le haut.

L'homme qui s'était vanté d'avoir bu trois fois du Kal-da dans les Mines de Tharna pleura quand, en levant les yeux, il aperçut l'une des trois lunes qui filaient dans le ciel de Gor.

J'envoyai plusieurs hommes escalader les chaînes jusqu'à leur point d'attache, si loin là-haut.

— Il faut que vous gardiez les chaînes, dis-je. Il faut empêcher qu'on les coupe !

Des silhouettes sombres aux gestes décidés, à qui la fureur de l'espoir donnait de l'agilité, se mirent à grimper le long des chaînes vers les lunes, là-haut.

A ma fierté, personne ne suggéra que nous les suivions, personne ne supplia de prendre notre liberté avant que l'alarme générale soit donnée.

Non ! Nous sommes montés vers la seconde mine.

Qu'ils furent terribles pour les gardes et les Esclaves au Fouet ces moments où ils virent, tout à coup, déchaînée et irrésistible, cette avalanche de colère et de vengeance qui tombait sur eux ! Les dés et les cartes, les échiquiers et les gobelets à boire s'éparpillèrent sur le sol rocheux des salles des gardes quand les Esclaves au Fouet et les gardes levèrent les yeux pour apercevoir, pointées sur leur gorge, les lames d'hommes désespérés et condamnés, enivrés maintenant qu'ils avaient goûté à la liberté et décidés à délivrer leurs compagnons.

L'une après l'autre, les cellules furent vidées de leurs misérables occupants enchaînés, puis remplies par les gardes et les Esclaves au Fouet entravés, qui savaient que le moindre signe de résistance ne ferait que provoquer une mort sanglante et rapide.

Les mines furent libérées l'une après l'autre et, dès qu'une mine était libérée, ses esclaves, renonçant à chercher d'abord à assurer leur sécurité, se répandaient dans les mines au-dessus pour libérer leurs compagnons. Cela se faisait comme d'après un plan, mais je savais que c'était l'acte spontané d'hommes qui avaient retrouvé le sens de la dignité, les hommes des Mines de Tharna.

Je fus le dernier esclave à quitter les mines. Je grimpai le long de l'une des grandes chaînes jusqu'à l'énorme treuil installé au-dessus du Puits et me retrouvai parmi des centaines d'hommes qui, leurs chaînes rompues, brandissaient fièrement des armes, quand bien même n'était-ce qu'un fragment de roche ou une paire de menottes, et poussaient des acclamations. Les sombres silhouettes qui clamaient leur enthousiasme, dont beaucoup étaient déformées et usées par leurs travaux, me saluèrent à la clarté des trois lunes filantes de Gor. Ces hommes crièrent mon nom et, sans peur, celui de ma Cité. Debout au bord du grand Puits, je sentis sur moi le vent de la nuit froide.

J'étais heureux.

Et j'étais fier.

Je voyais la grande valve que je savais pouvoir inonder les Mines de Tharna et je voyais qu'elle restait fermée.

Je ressentis de la fierté quand je constatai que mes esclaves avaient défendu la valve car, auprès, gisaient les corps des soldats qui avaient tenté de l'atteindre ; mais je fus encore plus fier quand je me rendis compte que les esclaves n'avaient pas ouvert la valve à présent, alors qu'ils savaient que, sous terre, au fond de ces puits et cachots lugubres, il y avait leurs oppresseurs et mortels ennemis, enchaînés et impuissants. J'imaginais aisément la terreur de ces pauvres êtres tapis dans ces fosses souterraines, guettant un lointain bruit de torrent à travers les galeries. Mais ce bruit ne naîtrait pas.

Je me demandai s'ils comprenaient qu'une telle action est indigne d'hommes vraiment libres — et que les hommes qui les avaient combattus, qui avaient vaincu en cette froide nuit venteuse, qui s'étaient battus comme des larls dans l'obscurité des galeries, qui n'avaient pas cherché leur propre sécurité mais la libération de leurs camarades — ceux-là étaient bien des *hommes libres*.

Je sautai sur le treuil et levai les bras. L'obscurité du Puits Central béait au-dessous de moi.

Le silence se fit.

— Hommes de Tharna et des Cités de Gor, criai-je, vous êtes libres !

Une énorme acclamation fusa.

— La nouvelle de nos hauts faits court maintenant vers le Palais de la Tatrix ! continuai-je.

— Qu'elle tremble ! s'exclama Kron de Tharna d'une voix terrible.

— Réfléchis, Kron de Tharna, que bientôt des tarniers s'envoleront des remparts de Tharna et que l'infanterie se mettra en marche contre nous !

Un murmure d'appréhension monta de la masse des esclaves libérés.

— Parle, Tarl de Ko-ro-ba, dit Kron, employant le nom de ma Cité aussi aisément qu'il aurait prononcé le nom de toute autre.

— Nous n'avons pas les armes ni l'entraînement, ni les animaux dont nous aurions besoin pour tenir tête aux soldats de Tharna, déclarai-je. Nous serions anéantis, piétinés comme des urts. (Je fis une pause.) Par conséquent, nous devons nous disperser dans les forêts et les montagnes, et nous abriter où nous pourrons. Nous devons vivre de ce que nous trouverons. Nous allons être recherchés par tous les soldats et les gardes que Tharna pourra lancer sur nos traces. Nous serons poursuivis et chargés par les lanciers qui montent les grands tharlarions ! Nous serons pourchassés et massacrés du haut des airs par les carreaux des arbalètes des tarniers !

— Mais nous mourrons libres ! s'écria Andreas de Tor, et son cri fut repris par des centaines de voix.

— Et ainsi en doit-il être pour les autres ! Vous devez vous cacher le jour et marcher la nuit. Il faut que vous échappiez à vos poursuivants. Vous devez apporter aux autres votre liberté !

— Est-ce que tu nous demandes de devenir des Guerriers ? lança une voix.

— Oui ! m'écriai-je. (De telles paroles n'avaient jamais encore été prononcées sur Gor.) Dans cette cause, que vous soyez de la Caste des Paysans, des Poètes, des Forgerons ou des Bourreliers, vous *devez* être des Guerriers !

— Nous le serons ! affirma Kron de Tharna, qui tenait dans son poing le grand marteau avec lequel il avait brisé nos fers.

— Est-ce la volonté des Prêtres-Rois ? demanda une voix.

— Si c'est la volonté des Prêtres-Rois, dis-je, qu'elle soit faite ! (Je levai alors de nouveau les mains et, debout sur le treuil au-dessus du Puits, battu par le vent, les lunes de Gor au-dessus de moi, je criai :) Et si ce n'est pas la volonté des Prêtres-Rois, qu'il en soit ainsi *quand même* !

— Qu'il en soit ainsi ! dit Kron de sa voix forte.

— Qu'il en soit ainsi ! dirent les hommes, d'abord l'un puis l'autre, formant finalement un grave chœur d'assentiment, calme mais puissant, et je savais que, dans ce monde rude, jamais auparavant personne n'avait tenu de tels propos.

Et il me sembla étrange que cette rébellion, cette volonté de poursuivre ce qu'ils estimaient juste, indépendamment de la volonté des Prêtres-Rois, étaient venues d'abord, non pas des fiers Guerriers de Gor, des Scribes ou des Constructeurs, des Médecins ou d'une autre des Hautes Castes des nombreuses cités de Gor, mais des plus dégradés et méprisés des hommes — des misérables esclaves des Mines de Tharna.

Je restai là à regarder partir les esclaves, silencieux maintenant, comme des ombres, quittant l'enceinte des mines en quête de leur fortune de bannis, de leur destinée hors des lois et traditions de leurs cités.

La phrase d'adieu goréenne se forma sans bruit sur mes lèvres :

— Je vous souhaite bonne chance.

Kron s'arrêta à côté du Puits.

Je suivis la barre du treuil et sautai à terre près de lui.

Le géant trapu de la Caste des Forgerons était planté sur ses pieds bien écartés. Il tenait ce gros marteau dans ses poings massifs en travers de son corps, comme une lance. Je vis que ses cheveux, naguère coupés court, étaient devenus maintenant une toison blonde hirsute. Je remarquai que ses yeux, habituellement bleu d'acier, paraissaient plus doux que dans mon souvenir.

— Je te souhaite bonne chance, Tarl de Ko-ro-ba, dit-il.

— Je te souhaite bonne chance, Kron de Tharna, répondis-je.

— Nous sommes de la même chaîne.

— Oui, acquiesçai-je.

Puis il fit demi-tour, avec brusquerie à ce qu'il me parut, et s'éloigna rapidement dans l'obscurité.

Seul Andreas de Tor restait maintenant à côté de moi.

Il renvoya en arrière sa crinière de cheveux noirs pareille à celle d'un larl et me sourit.

— Eh bien, j'ai essayé les Mines de Tharna, dit-il. Maintenant, je crois que je vais essayer les Grandes Fermes.

— Bonne chance, répondis-je.

J'espérais fermement qu'il trouverait la jeune femme aux cheveux cuivrés porteuse de la camisk, la douce Linna de Tharna.

— Et où diriges-tu tes pas ? demanda Andreas d'un ton léger.

— J'ai affaire avec les Prêtres-Rois.

— Ah ! dit Andreas, sans rien ajouter.

Nous nous sommes dévisagés sous les trois lunes.

Il semblait triste. Je ne l'avais vu ainsi que bien rarement.

— Je t'accompagne, déclara-t-il.

Je souris. Andreas savait aussi bien que moi qu'on ne revient pas des Monts Sardar.

— Non, objectai-je, je ne crois pas que tu trouverais de chansons dans les montagnes.

— Les Poètes cherchent leurs chansons n'importe où.

— Je regrette, mais je ne peux pas te permettre de venir avec moi.

Andreas plaqua ses mains sur mes épaules.

— Ecoute, espèce de descendant têtu de la Caste des Guerriers, mes amis comptent pour moi plus que mes chansons.

J'essayai de tourner la chose en plaisanterie. Je feignis le scepticisme.

— Es-tu vraiment de la Caste des Poètes ?

— Jamais plus vraiment que maintenant, rétorqua Andreas, car comment mes chansons pourraient-elles être plus importantes que ce qu'elles célèbrent ?

Je m'émerveillai qu'il ait dit cela, sachant que le jeune Andreas de Tor aurait donné son bras ou des années de sa vie pour écrire un bon poème, un poème qui traduise ce qu'il avait vu, ressenti, aimé.

— Linna a besoin de toi, dis-je. Va la chercher.

Andreas, de la Caste des Poètes, restait devant moi, rongé par l'incertitude, son regard exprimant la souffrance.

— Je te souhaite bonne chance... Poète, repris-je.

Il hocha la tête.

— Je te souhaite bonne chance... Guerrier.

Peut-être étions-nous surpris l'un et l'autre que l'amitié existe entre membres de castes aussi différentes, mais peut-être savions-nous tous les deux, sans l'exprimer, que dans le cœur des hommes la guerre et la poésie sont souvent très proches l'une de l'autre.

Andreas s'était détourné pour partir, puis hésita et me fit face à nouveau :

— Les Prêtres-Rois doivent t'attendre.

— Certainement.

Andreas leva le bras.

— Tal, dit-il tristement.

Je me demandai pourquoi il avait prononcé ce mot, car c'est une formule de salutation.

— Tal, dis-je, levant le bras à mon tour.

Je pense qu'il voulait peut-être me saluer une dernière fois parce qu'il croyait ne plus jamais en avoir de nouveau l'occasion.

Andreas avait pivoté sur ses talons et s'en était allé.

Il me fallait commencer mon voyage vers les Monts Sardar.

Comme l'avait dit Andreas, je serais attendu. Il ne se passait guère de choses sur Gor, je le savais, qui ne soient connues d'une manière quelconque dans les Monts Sardar. Le pouvoir et la science des Prêtres-Rois dépassent peut-être la compréhension des Mortels ou, comme on dit sur Gor, des Hommes d'en Bas des Montagnes.

On dit que, ce que nous sommes pour les amibes et les paramécies, les Prêtres-Rois le sont pour nous, que les envolées les plus hautes et les plus lyriques de notre intellect ne sont — comparées à la pensée des Prêtres-Rois — que les tropismes chimiques de l'organisme unicellulaire. J'imaginai un organisme de ce genre étendant aveuglément ses pseudopodes pour encercler une particule de nourriture, un organisme satisfait de son monde, par exemple une simple tablette de gélatine sur le bureau de quelque être supérieur.

J'avais vu le pouvoir des Prêtres-Rois à l'œuvre — dans les montagnes du New Hampshire il y a des années quand ils l'avaient exercé avec assez de délicatesse pour désorienter l'aiguille d'une boussole, et dans la vallée de Ko-ro-ba où j'avais trouvé une cité dévastée aussi simplement qu'on écrase une fourmilière.

Oui, je savais que le pouvoir des Prêtres-Rois — qui passait même pour agir sur la pesanteur — était capable de détruire des cités, de disperser les populations, de séparer les amis, d'arracher les amants des bras l'un de l'autre, de provoquer la mort hideuse de quiconque a été désigné par eux. Comme tous les hommes de Gor, je savais que leur pouvoir inspirait la terreur sur une planète entière et qu'on ne pouvait y résister.

Les paroles de l'homme d'Ar, celui qui était revêtu du costume des Initiés, celui qui m'avait transmis le message des Prêtres-Rois sur la route de Ko-ro-ba par cette nuit d'orage d'il y a des mois, retentirent à mes oreilles :

— Jette-toi sur ton épée, Tarl de Ko-ro-ba !

Mais j'avais su alors que je ne me jetterais pas sur mon épée, et je savais qu'à présent je ne le ferais pas non plus. Je savais alors, comme je le savais à présent, qu'à la place j'irais dans les Monts Sardar, que j'y pénétrerais pour chercher les Prêtres-Rois.

Que je les trouverais.

Quelque part au milieu de ces escarpements glacés, inaccessibles même à un tarn sauvage, ils m'attendaient, ces dieux à la mesure de ce monde barbare.

20

LA BARRIÈRE INVISIBLE

J'avais à la main une épée prise à l'un des gardes des mines. C'était ma seule arme. Avant de partir pour les montagnes, il me parut sage d'améliorer mon équipement. La plupart des soldats qui avaient combattu les esclaves en haut du Puits avaient été tués ou s'étaient enfuis. Les morts avaient été dépouillés de leurs armes et de leurs habits, car les esclaves, mal vêtus et les mains nues, avaient terriblement besoin des unes et des autres.

Je savais que je ne disposais pas de beaucoup de temps, car les tarniers vengeurs de Tharna n'allaient pas tarder à apparaître sous les trois lunes.

J'examinai les baraquements bas en bois qui parsemaient l'affreux paysage dans le voisinage des mines. Presque tous avaient été envahis par les esclaves, et ce qu'ils contenaient avait été pris ou dispersé. Pas un pouce d'acier ne restait dans le magasin des armes, il n'y avait pas une croûte de pain au fond des baquets de vivres dans les dépôts de l'intendance.

Dans le bureau de l'Administrateur des Mines — celui qui avait ordonné : « Noyez-les tous ! » — je trouvai un corps dévêtu, tailladé au point d'en être presque méconnaissable. Pourtant je l'avais déjà vu, le jour où j'avais été remis par un soldat à ses bons soins. C'était l'Administrateur en personne. Le corps massif de cet homme cruel était maintenant lacéré en cent endroits.

Sur le mur, il y avait un fourreau vide. Je me pris à souhaiter qu'il ait eu le temps d'en sortir l'épée avant que les esclaves fassent irruption et tombent sur lui. Je n'avais pas besoin de me forcer pour le haïr, mais je ne désirais pas qu'il soit mort sans avoir pu se défendre.

Au cours de la frénétique mêlée dans l'obscurité ou à la clarté de la lampe à huile de tharlarion, les esclaves n'avaient peut-être pas remarqué le fourreau, ou bien n'en avaient pas voulu. L'épée, elle, avait disparu, naturellement. Je réfléchis que le fourreau pouvait me servir et je le décrochai du mur.

Dans le premier rayon de jour qui luisait à présent par la fenêtre poussiéreuse du baraquement, je vis que six pierres étaient serties sur le fourreau, des émeraudes. Peut-être pas de grand prix, mais valant tout de même la peine d'être récupérées.

Je mis mon épée dans le fourreau, bouclai le baudrier et, à la mode goréenne, le passai par-dessus mon épaule gauche.

Je sortis du baraquement et scrutai le ciel. Il n'y avait encore aucun tarnier en vue. Les trois lunes étaient maintenant à peine discernables, tels de pâles disques blancs dans le ciel qui s'éclaircissait, et le soleil avait à moitié quitté le trône de l'horizon.

Dans ce morne éclairage, les ruines de la nuit se

dessinaient avec une netteté d'une tragique brutalité. L'affreuse enceinte du camp, ses huttes de bois isolées, la terre brune et les âpres rochers nus étaients désertés, sauf par les morts. Parmi le désordre du pillage — documents, coffres ouverts, pieux cassés, planches et fils métalliques rompus — gisaient, çà et là, figés dans des raides attitudes grotesques, postures sans nuances de la mort, les cadavres tordus et lacérés d'hommes nus.

Des traînées de poussière tourbillonnaient autour comme des animaux flairant les pieds des cadavres. La porte d'un des hangars dont la serrure était brisée se balançait sur ses gonds, claquant au vent.

Je traversai le camp et ramassai un casque à moitié enfoui dans les débris. Sa jugulaire était cassée, mais les bouts pouvaient être renoués ensemble. Je me demandai si les esclaves l'avaient remarqué.

J'avais cherché de quoi m'armer et je n'avais trouvé qu'un fourreau et un casque endommagé, mais les tarniers n'allaient pas tarder à arriver. Au Pas du Guerrier, un petit trot allongé qui peut être soutenu pendant des heures, je quittai le Complexe des Mines.

J'avais à peine atteint l'abri d'une rangée d'arbres quand je vis, à quelques kilomètres derrière moi, les tarniers de Tharna s'abattre sur le Complexe des Mines comme une nuée de guêpes.

C'est dans le voisinage de la Colonne des Echanges que, trois jours plus tard, je retrouvai le tarn. J'avais vu son ombre et j'avais eu peur que ce ne soit un tarn sauvage; je m'étais préparé à défendre chèrement ma vie, mais le grand animal — mon propre géant emplumé qui devait tourner autour de la Colonne des Echanges depuis des semaines — se posa sur la plaine à moins de trente mètres de moi, ses énormes ailes battantes, et s'approcha majestueusement.

C'est pour cette raison que j'étais revenu à la Colonne, dans l'espoir que le monstre se serait attardé dans les environs. Ceux-ci étaient giboyeux et les crêtes où j'avais emporté la Tatrix offraient un abri pour son aire.

Quand il s'avança en me tendant le cou, je me demandai si ce que je n'avais pas osé espérer était vrai, si l'oiseau n'avait pas attendu que je revienne.

Il n'opposa aucune résistance, ne manifesta aucune colère lorsque je sautai sur son dos et criai, comme précédemment :

— Rêne un !

A ce signal, il poussa un cri aigu, fit un bond puissant, et les gigantesques ailes claquèrent comme des fouets, prenant leur essor à grands battements dans un vol glorieux.

En passant au-dessus de la Colonne des Echanges, je me rappelai que c'était là que j'avais été trahi par celle qui avait été Tatrix de Tharna. Je me demandai quel avait été son sort. Je m'étonnais aussi de sa perfidie, de son étrange haine pour moi, qui cadrait mal avec la jeune femme solitaire qui contemplait en silence du haut de la corniche le champ de talenders pendant qu'un guerrier se repaissait de la proie apportée par son tarn. Alors, de nouveau, la fureur m'envahit au souvenir de son geste impérieux, de cet ordre insolent : « Saisissez-le ! » noyant tous les autres souvenirs.

Quel que fût son destin, je me répétai qu'il avait été largement mérité. Pourtant, je me pris à espérer qu'elle était encore en vie. Je me demandai quelle vengeance était capable d'assouvir la haine de Dorna la Fière à l'égard de Lara la Tatrix. Je me dis tristement qu'elle avait pu faire précipiter Lara dans une fosse d'osts ou la regarder bouillir vivante dans l'huile nauséabonde de tharlarion. Peut-être l'avait-elle fait jeter, nue, aux suçoirs des insidieuses plantes-sangsues de Gor ou l'avait-elle donnée à dévorer aux urts géants dans les cachots de son propre palais. Je savais que la haine des hommes est peu de chose en comparaison de la haine des femmes, et je me demandai ce qui pourrait vraiment suffire à apaiser la soif de vengeance d'une femme telle que Dorna la Fière. Qu'est-ce qui serait assez pour la satisfaire ?

On était maintenant au mois de l'équinoxe de printemps sur Gor, appelé En'Kara ou le Premier Kara. L'expression complète est En'Kara-Lar-Torvis, qui signifie littéralement la Première Rotation du Feu Central. Lar-Torvis est le nom goréen du Soleil. Plus communément, mais jamais dans le contexte de la durée, le Soleil est mentionné sous la dénomination de Tor-tu-Gor ou Lumière sur la Pierre du Foyer.

Le mois de l'équinoxe d'automne s'appelle Se'Kara-Lar-Torvis : la Seconde Rotation du Feu Central ; mais, habituellement, on dit simplement Se-Kara, le Second Kara ou la Seconde Rotation.

Comme on s'en doute, il y a des expressions corollaires pour les mois des solstices — En'Var-Lar-Torvis ou, littéralement encore, le Premier Repos du Feu Central, et Se'Var-Lar-Torvis, le Second Repos du Feu Central. Cependant ces expressions, comme les précédentes, s'emploient en abrégé dans la conversation courante et deviennent En'Var et Se'Var, le Premier et le Second Repos.

La chronologie, soit dit en passant, fait le désespoir des savants de Gor, car chaque cité garde la trace des événements au moyen de ses propres listes d'Administrateurs ; par exemple, on se réfère à une année comme étant la Seconde Année pendant laquelle Un Tel était Administrateur de la Cité. On pourrait penser qu'une certaine stabilité est assurée par les Initiés qui doivent tenir le calendrier de leurs fêtes et observances, mais les Initiés d'une cité ne célèbrent pas toujours la même fête à la même date que ceux d'une autre cité. Si le Grand Initié d'Ar réussissait jamais à étendre son hégémonie sur les Grands Initiés de villes rivales — hégémonie qu'il prétend d'ailleurs exercer déjà —, un calendrier unifié pourrait être instauré. Mais, jusqu'ici, il n'y a pas eu de victoire militaire d'Ar sur les autres et, en conséquence, libres de l'épée, les Grands Initiés de chaque cité se considèrent comme Suprêmes à l'intérieur de leurs propres remparts.

Il existe cependant certains facteurs qui tendent à pallier cette situation apparemment sans issue. Il y a d'abord les foires des Monts Sardar, qui ont lieu quatre fois par an et sont numérotées chronologiquement. D'autre part, il y a des cités qui sont disposées à ajouter dans leurs annales, à côté de leurs propres dates, la numération d'Ar qui est la plus grande cité de Gor.

Dans Ar, la chronologie est calculée fort heureusement non pas d'après la liste des Administrateurs, mais d'après sa fondation mythique par le premier homme de Gor, un héros que les Prêtres-Rois passent pour avoir formé avec le limon de la terre et le sang des tarns. Le temps est compté « Constata Ar » ou « De la fondation d'Ar ». La présente année, si cela vous intéresse, est, d'après le calendrier d'Ar, l'année 10117. En fait, j'aurais tendance à croire qu'Ar n'a pas le tiers de cet âge. Toutefois, sa Pierre du Foyer, que j'ai vue, témoigne d'une antiquité considérable.

Environ quatre jours après que j'eus récupéré le tarn, nous avons aperçu au loin les Monts Sardar. Si j'avais eu une boussole goréenne, son aiguille se serait invariablement tournée vers ces montagnes, comme pour indiquer la résidence des Prêtres-Rois. En avant des montagnes, dans un panorama de soie et de drapeaux, je vis les pavillons de la Foire d'En'Kara, ou Foire de la Première Rotation.

Je fis tourner le tarn dans le ciel, ne voulant pas encore approcher plus près. Je contemplai ces montagnes que je voyais pour la première fois. Une sensation de froid, qui n'était pas provoquée par les vents violents dont je subissais l'assaut en vol, me pénétrait maintenant.

Les Monts Sardar ne sont pas une chaîne immense et magnifique comme les escarpements pourpres des Voltaï, cette étendue montagneuse presque impénétrable où j'avais été naguère le prisonnier de Marlenus, Ubar banni d'Ar, le père ambitieux et belliqueux de la farouche et ravissante Talena que j'aimais, que j'avais emportée sur mon tarn à Ko-ro-ba voilà des années pour en faire ma Libre Compagne. Non, la Chaîne des Sardar n'a rien de la splendeur sauvage de ce site désert qu'est la Chaîne des Voltaï. Ses pics ne se haussent pas dédaigneusement au-dessus des plaines, ses sommets ne bravent pas le ciel ni, dans le froid de la nuit, les étoiles. On n'y entend pas le cri des tarns et le rugissement des larls. Elle n'égale la Chaîne des Voltaï ni en dimension ni en grandeur. Pourtant, quand je l'ai regardée, elle me terrifia plus que l'âpre magnificence des Voltaï hantées par les larls.

J'en fis approcher le tarn.

Les montagnes devant moi étaient noires, à l'exception des hauts sommets et défilés qui portaient des plaques et des traînées de brillante neige glacée. Je cherchai le vert de la végétation sur les pentes inférieures et n'en vis pas. Dans la Chaîne des Sardar, rien ne poussait.

Ces lointaines formes anguleuses semblaient receler quelque chose de menaçant, un phénomène intangible, effrayant. Je fis monter le tarn aussi haut que possible, jusqu'à ce que ses ailes battent frénétiquement l'air raréfié, mais je ne vis rien dans les Monts Sardar qui puisse être la demeure des Prêtres-Rois.

Je me demandai — doute fantastique qui me traversa brusquement — si, en réalité, les Monts Sardar n'étaient pas déserts... s'il y avait quelque chose en dehors du vent et de la neige dans ces montagnes lugubres et si les hommes ne vénéraient pas, sans le savoir, le néant. Qu'en était-il des interminables prières des Initiés, des sacrifices, des observances, des rites, des innombrables chapelles, autels et temples des Prêtres-Rois ? Se pouvait-il que la fumée des bûchers de sacrifice, le parfum de l'encens, les marmonnements des Initiés, leurs prosternations ne s'adressent à rien d'autre qu'aux pics vides des Monts Sardar, à la neige, au froid et au vent qui mugissait dans ces noirs rochers à pic ?

Tout à coup, le tarn poussa un cri et se mit à trembler !

L'idée que la Chaîne des Sardar était déserte fut bannie dès ce moment de mon esprit, car c'était la preuve de l'existence des Prêtres-Rois.

On aurait dit que l'oiseau avait été saisi par un poing invisible.

Je ne percevais rien.

Les yeux de l'oiseau, pour la première fois peut-être de sa vie, étaient remplis de terreur, d'une terreur aveugle, incompréhensible.

Je ne voyais rien.

Protestant et criant, le grand oiseau se mit à plonger irrésistiblement vers la terre en tournoyant. Ses vastes ailes battaient dans un effort inefficace, désordonné, à coups frénétiques dépourvus de coordination, comme les membres d'un nageur qui se noie. L'air même semblait refuser de soutenir plus longtemps son poids. Décrivant des cercles vertigineux, irréguliers, hurlant, désorienté, impuissant, l'oiseau tombait tandis que je me cramponnais de toutes mes forces aux solides plumes de son cou.

A une centaine de mètres du sol, l'étrange phénomène cessa aussi soudainement qu'il s'était produit. L'oiseau retrouva sa force et ses sens, mais resta agité, presque ingouvernable.

Puis, à mon émerveillement, le vaillant oiseau se remit à monter, décidé à regagner l'altitude qu'il avait perdue.

A maintes reprises, il essaya de s'élever et, chaque fois, il fut contraint de redescendre.

A travers le dos de l'animal, je sentais l'effort de ses muscles, je percevais le martèlement affolé de son cœur invincible. Mais, chaque fois que nous parvenions à une certaine altitude, les yeux du tarn cessaient d'accommoder et l'équilibre et la coordination infaillible du monstre noir étaient détruits. Il n'était plus effrayé, seulement furieux. A nouveau, il essayait de monter encore plus vite, avec encore plus d'acharnement.

Puis, miséricordieusement, je criai :

— Rêne quatre !

Je craignais que le courageux animal ne se tue plutôt que de capituler devant la force invincible qui lui barrait la route.

De mauvais gré, l'oiseau se posa sur les plaines herbeuses, à environ quatre pasangs de la Foire d'En'Kara. J'eus l'impression que ses grands yeux me regardaient avec réprobation. Pourquoi ne sautais-je pas à nouveau sur son dos en criant « Rêne un ! » ? Pourquoi ne faisions-nous pas une nouvelle tentative ?

Je lui donnai des tapes affectueuses sur le bec et, plongeant les doigts dans les plumes de son cou, je ramenai quelques-uns de ces poux, de la grosseur d'une bille, qui infestent les tarns sauvages. Je les plaquai sur sa longue langue. Au bout d'un moment de protestation impatiente avec hérissement de plumes, le tarn se laissa, bien qu'à regret, tenter par cette friandise, et les parasites disparurent dans son bec incurvé comme un cimeterre.

Ce qui s'était produit aurait été considéré par un esprit goréen inexpérimenté — celui d'un individu de Basse Caste — comme la preuve d'une force surnaturelle, comme une manifestation magique de la volonté des Prêtres-Rois. Quant à moi, je n'étais pas disposé à admettre ce genre d'hypothèse.

Le tarn s'était heurté à un champ magnétique quelconque, qui agissait peut-être sur le mécanisme de son oreille interne, provoquant la perte d'équilibre et de coordination. Un dispositif de ce genre, supposai-je, devait empêcher l'entrée dans les montagnes des hauts tharlarions, les lézards de selle de Gor. Malgré moi, j'admirais les Prêtres-Rois. Je savais maintenant que ce qu'on m'avait dit était vrai : ceux qui pénétraient dans les montagnes devaient le faire à pied.

Je regrettais de devoir laisser le tarn, mais il ne pouvait pas m'accompagner.

Je lui parlai pendant pas loin d'une heure, ce qui passera peut-être pour ridicule, puis je lui donnai une forte tape sur le bec que j'écartai de moi. Je lui désignai les champs, du côté opposé aux montagnes, et dis :

— Tabuk !

L'animal ne bougea pas.

— Tabuk ! répétai-je.

Je pense — ce qui est peut-être absurde — que l'animal avait l'impression de m'avoir mal servi puisqu'il ne m'avait pas conduit dans les montagnes. Je pense aussi, quoique ce soit peut-être encore plus absurde, qu'il savait que je ne serais pas là à l'attendre quand il reviendrait de sa chasse.

La grande tête bougea d'un air interrogateur et se baissa jusqu'à terre pour se frotter contre ma jambe.

Avait-il déçu mon attente ? Est-ce que je le rejetais ?

— Va, Ubar des Cieux, dis-je. Va !

Quand je dis « Ubar des Cieux », l'oiseau leva la tête, jusqu'à un mètre environ au-dessus de la mienne. Je l'avais appelé ainsi lorsque je l'avais reconnu dans l'arène de Tharna, lorsque nous avions plané ensemble dans le ciel comme un seul être ailé.

Le grand oiseau s'éloigna d'une quinzaine de mètres, puis se retourna pour me regarder à nouveau.

Je tendis le bras vers la campagne, dans la direction opposée aux montagnes.

Il s'ébroua, poussa un cri et s'élança face au vent. Je l'observai jusqu'à ce que, minuscule point sur le ciel bleu, il eût disparu dans le lointain.

Je me sentis étrangement triste et fis face aux Monts Sardar.

Devant eux, dans les plaines herbues à leur pied, s'était installée la Foire d'En'Kara.

Je n'avais pas parcouru à pied plus d'un pasang quand, d'un bouquet d'arbres à ma droite, de l'autre côté d'un étroit et rapide torrent qui descendait des Sardar, j'entendis une femme pousser un hurlement de terreur.

21

J'ACHÈTE UNE JEUNE FEMME

L'épée jaillit de mon fourreau et je barbotai dans le froid cours d'eau pour atteindre le bouquet d'arbres sur l'autre berge.

Une fois encore, le cri terrifié retentit.

J'étais à présent au milieu des arbres, et je me déplaçais rapidement, mais avec précaution.

C'est alors que l'odeur d'un feu de camp parvint à mes narines. J'entendis un brouhaha de conversations posées. A travers les arbres, je vis des toiles de tente, un chariot dont les conducteurs dételaient une paire de gros tharlarions, ces énormes lézards herbivores de trait de Gor. Pour autant que je pouvais en juger, aucun d'eux n'avait entendu le cri ou n'y avait prêté attention.

Je ralentis et entrai au pas dans la clairière parmi les tentes. Un ou deux gardes me dévisagèrent avec curiosité. L'un se leva même et alla scruter les bois derrière moi pour voir si j'étais seul. Je jetai un coup d'œil autour de moi. La scène était paisible : feux de camp, tentes en forme de dôme, dételage des animaux — elle me rappelait la caravane de Mintar, de la Caste des Marchands. Mais ce camp-ci était modeste, rien de comparable aux pasangs de chariots qui constituaient l'entourage du riche Mintar.

J'entendis de nouveau le hurlement.

Je vis que la bâche du chariot qui avait été roulée était en soie jaune et bleu.

C'était le camp d'un marchand d'esclaves.

Je remis mon épée au fourreau et ôtai mon casque.

— Tal, dis-je à deux gardes qui étaient accroupis près d'un feu et jouaient aux « cailloux », un jeu qui consiste à deviner si le nombre de cailloux contenu dans le poing du partenaire est pair ou impair.

— Tal, dit un des gardes.

L'autre, qui s'efforçait de deviner le nombre des cailloux, ne leva même pas les yeux.

J'avançai entre les tentes et vis la jeune femme.

Elle était blonde, avec des cheveux dorés qui lui tombaient jusqu'aux reins. Ses yeux étaient bleus. Elle était d'une beauté éblouissante. Elle tremblait comme un animal affolé. Elle était agenouillée le dos contre un arbre élancé ressemblant à un bouleau, auquel elle était enchaînée, nue. Ses mains étaient réunies au-dessus de sa tête et derrière l'arbre par des bracelets d'esclave. Ses chevilles étaient de même attachées par une courte chaîne d'esclave qui encerclait l'arbre.

Ses yeux étaient tournés vers moi avec une expression suppliante, implorante, comme si elle espérait que j'allais la tirer de sa fâcheuse situation, mais, quand elle me vit, ses yeux voilés par la terreur parurent si possible encore plus horrifiés. Elle poussa un cri désespéré et se mit à trembler de façon irrépressible; sa tête tomba en avant dans un mouvement d'accablement.

Je crus comprendre qu'elle me prenait pour un autre marchand d'esclaves.

Près de l'arbre, il y avait un brasero plein de charbons incandescents. J'en sentais la chaleur à dix mètres de là. Les poignées de trois fers dépassaient du brasero.

A côté se tenait un homme nu jusqu'à la ceinture, portant d'épais gants de cuir : un des séides du marchand. C'était un homme grisonnant, assez corpulent, borgne, tout en sueur. Il me dévisagea sans grand intérêt en attendant que les fers chauffent.

Je regardai la cuisse de la jeune femme.

Elle n'avait pas encore été marquée.

Quand quelqu'un capture une femme pour son usage personnel, il ne la marque pas toujours, bien que cela se fasse couramment. En revanche, le trafiquant professionnel a l'habitude de marquer presque toujours ses biens, et c'est très rarement qu'une femme non marquée monte sur le billot de l'aire des ventes.

Il faut faire une distinction entre la marque et le collier, bien que les deux soient une désignation d'esclavage. La raison d'être principale du collier est d'identifier le maître et sa cité. Le collier de telle ou telle femme peut être changé cent fois, mais la marque annonce à jamais sa condition. Normalement, la marque est cachée par la livrée d'esclave à jupe courte de Gor mais, évidemment, en cas de port de la camisk, elle est toujours nettement visible et rappelle à la jeune femme et aux autres sa situation.

La marque elle-même, dans le cas des femmes, est assez gracieuse ; c'est la lettre initiale du mot goréen pour « esclave », en écriture cursive. Pour marquer un homme, on utilise la même initiale, mais en majuscule. Remarquant que je m'intéressais à la jeune femme, l'homme qui s'occupait des fers alla vers elle et, la prenant par les cheveux, lui renversa le visage afin que je l'inspecte.

— C'est une beauté, n'est-ce pas ? dit-il.

J'acquiesçai d'un signe.

Je me demandai pourquoi ces yeux pitoyables me regardaient avec un tel effroi.

— Tu veux peut-être l'acheter ? demanda l'homme.

— Non.

L'individu cligna de son œil mort dans ma direction. Sa voix baissa jusqu'à un murmure de conspirateur.

— Elle n'est pas dressée, reprit-il. Et elle est aussi difficile à manier qu'un sleen.

Je souris.

— Mais, ajouta-t-il, le fer lui fera passer ça.

J'en doutais.

Il retira du feu un des fers. Il luisait d'un rouge ardent.

A la vue du métal rutilant, la jeune femme poussa des cris convulsifs en tirant sur les bracelets d'esclave et les fers qui la fixaient à l'arbre.

L'homme trapu replongea le fer dans les braises.

— C'est une gueularde, dit-il d'un air embarrassé.

Puis, avec un haussement d'épaule à mon adresse comme pour s'excuser, il alla à la jeune femme et prit une poignée de ses longs cheveux. Il en fit une petite boule serrée et la lui fourra brusquement dans la bouche. La boule se défit aussitôt mais, avant que la jeune femme ait pu recracher les cheveux, il en avait enroulé d'autres autour de sa tête et les avait attachés de façon à maintenir la boule de cheveux desserrée dans sa bouche. La jeune femme, suffocante, essaya de rejeter les cheveux mais, naturellement, sans y parvenir. C'est un vieux truc de marchand d'esclaves. Je savais que des tarniers faisaient parfois taire leur captive de cette façon.

— Navré, ma jolie petite, dit l'homme grisonnant en donnant une secousse amicale à la tête de la jeune femme, mais nous ne voulons pas que Targo vienne ici avec son fouet et nous fasse sortir du corps à tous les deux l'huile de tharlarion à force de nous battre, hein ?

Avec des sanglots muets, la tête de la jeune femme retomba sur sa poitrine.

L'homme grisonnant fredonnait distraitement un chant de caravane en attendant que ses fers chauffent.

Mes sentiments étaient mélangés. Je m'étais précipité ici pour libérer la jeune femme, la protéger. Mais, quand j'étais arrivé, j'avais constaté qu'il s'agissait seulement d'une esclave et que son propriétaire — ce qui était tout à fait logique du point de vue goréen — était occupé à la tâche banale de marquer son bien. Tenter de la libérer aurait été un vol au même titre que d'emmener le chariot à tharlarions.

De plus, ces hommes ne manifestaient aucune animosité envers la jeune femme. Pour eux, elle n'était qu'une autre femme de leur chaîne, peut-être plus mal dressée et moins docile que la plupart. Au pire, ils étaient simplement agacés par elle et estimaient qu'elle faisait beaucoup trop d'histoires. Ils ne comprenaient pas ses sentiments, son humiliation, sa honte, sa terreur.

Je pensais même que les autres femmes, le reste du

chargement de la caravane, jugeaient probablement qu'elle exagérait. Après tout, une esclave ne devait-elle pas s'attendre au fer ? Et au fouet ?

Je vis les autres femmes à une trentaine de mètres de là, en camisk, le plus ordinaire des vêtements d'esclaves, qui riaient et parlaient entre elles, se divertissant aussi agréablement que des jeunes femmes libres. Je faillis ne pas remarquer la chaîne qui était cachée dans l'herbe. Elle passait dans l'anneau de cheville de chacune d'elles et, à chaque extrémité, entourait un arbre auquel elle était cadenassée.

Les fers étaient chauds.

La jeune femme devant moi, si impuissante dans ses chaînes, serait bientôt marquée.

Je me suis quelquefois demandé pourquoi on marquait au fer les esclaves goréens. Les Goréens ont certainement à leur disposition des moyens de marquer le corps humain de façon indélébile mais sans douleur. Mon hypothèse, confirmée jusqu'à un certain point par les réflexions de Tarl l'Aîné, qui m'avait enseigné le métier des armes à Ko-ro-ba il y a des années, est que la marque est utilisée surtout, si bizarre que cela paraisse, à cause de l'effet psychologique qu'elle est censée avoir.

En théorie, sinon en pratique, quand la jeune fille se voit marquée comme un animal, voit sa jolie peau marquée par le fer d'un maître, elle ne peut en quelque sorte manquer, au plus profond d'elle-même, de se considérer comme une chose qui est possédée, comme un simple bien, comme une chose appartenant à la brute qui a apposé le fer rouge sur sa cuisse.

Plus simplement, la marque est censée convaincre la jeune fille qu'elle est *vraiment* possédée ; elle est censée le lui faire *sentir*. Quand le fer est retiré et qu'elle éprouve la douleur et la dégradation, et qu'elle sent l'odeur de sa chair brûlée, elle est supposée se dire, en comprenant sa terrible et complète portée : « Je suis sienne. »

En fait, je présume que l'effet de la marque dépend beaucoup de la personne. Chez un grand nombre, je suppose que la marque a peu d'effet en dehors de contribuer à leur honte, leur chagrin et leur humiliation. Chez d'autres, il se peut qu'elle augmente leur indocilité, leur hostilité. Par ailleurs, j'ai connu plusieurs cas où une femme fière, insolente, même de grande intelligence, qui a résisté à un maître jusqu'au contact même du fer, une fois marquée devient aussitôt une Esclave de Plaisir passionnée et docile.

Mais, tout compte fait, je ne sais pas si la marque est employée surtout pour son effet psychologique ou non. Peut-être est-ce simplement une commodité pour les marchands qui ont besoin de moyens de ce genre pour retrouver les esclaves enfuis — faute de quoi cela constituerait un risque onéreux pour leur commerce. Quelquefois, je pense que le fer est seulement une survivance anachronique d'un âge plus arriéré au point de vue technologique.

Une chose, en tout cas, était claire. La pauvre créature devant moi ne voulait pas du fer.

J'étais désolé pour elle.

Le séide du marchand retira un autre fer du feu. Il l'examina attentivement de son œil unique. Il était chauffé à blanc. L'homme fut satisfait.

La jeune femme se recula contre l'arbre, le dos collé à sa rude écorce blanche. Ses poignets et ses chevilles tiraient sur les chaînes qui les attachaient derrière l'arbre. Sa respiration était spasmodique, elle tremblait. Il y avait de la terreur dans ses yeux bleus. Elle poussait de petits cris plaintifs. Tout autre son qu'elle pouvait émettre était étouffé par le bâillon de cheveux.

Le séide du marchand enserra de son bras gauche la cuisse de la jeune fille, qu'il maintint immobile.

— Ne t'agite pas, ma doucette, dit-il non sans gentillesse. Tu risques d'abîmer la marque. (Il parlait d'une voix apaisante, comme pour la calmer.) Tu veux une jolie marque bien nette, hein ? Cela améliorera ton prix et tu auras un meilleur maître.

Le fer était maintenant brandi pour la soudaine et ferme application.

Je remarquai que le délicat duvet doré sur sa cuisse, à proximité du fer, se recroquevillait et noircissait.

Elle ferma les yeux et se raidit dans l'attente de la brusque et inévitable douleur fulgurante.

— Ne la marque pas ! m'écriai-je.

L'homme tourna la tête, surpris.

Les yeux pleins de terreur de la jeune femme s'ouvrirent, me regardèrent avec une expression interrogatrice.

— Pourquoi ça ? demanda l'homme.

— Je l'achèterai, dis-je.

Le séide du marchand se redressa et m'examina avec curiosité. Il se tourna vers les tentes en forme de dôme. « Targo ! » appela-t-il. Puis il replongea le fer dans le brasero. Le corps de la jeune femme s'affaissa dans les chaînes. Elle s'était évanouie.

Sortant d'une des tentes en dôme, un homme s'approcha, gras, de petite taille, vêtu d'une tunique flottante en soie à larges raies jaunes et bleues et portant un bandeau de même étoffe — Targo le Marchand d'Esclaves, le maître de cette petite caravane. Targo était chaussé de sandales pourpres dont les lanières étaient garnies de perles. Ses doigts épais étaient couverts de bagues qui scintillaient quand il bougeait les mains. Autour du cou, à la façon d'un intendant, il portait des pièces de monnaie percées, enfilées sur un fil d'argent. Du lobe de chacune de ses oreilles, petites et rondes, pendait une énorme boucle, un pendentif de saphir sur une tige d'or. Son corps avait été enduit récemment de baume, et je supposai qu'il avait dû être baigné dans sa tente quelques instants plus tôt à peine, plaisir dont sont amateurs les maîtres de caravanes à la fin d'une étape chaude et poussiéreuse. Ses cheveux longs et noirs sous le bandeau de soie jaune et bleu étaient peignés et luisaient. Ils me rappelaient le pelage soigné et brillant d'un urt apprivoisé.

— Bonjour, Maître, dit Targo avec un sourire en inclinant son buste de son mieux, jaugeant hâtivement l'étranger inattendu qui se tenait devant lui.

Puis il se tourna vers l'homme qui surveillait les fers. Sa voix était à présent tranchante et désagréable.

— Que se passe-t-il, ici ?

L'individu grisonnant me désigna.

— Il ne veut pas que je marque la jeune femme, expliqua-t-il.

Targo me regarda, ne comprenant pas bien.

— Mais pourquoi ? demanda-t-il.

Je me sentis idiot. Que pouvais-je dire à ce marchand, ce spécialiste en trafic de chair humaine, cet homme d'affaires, fidèle observant des anciennes traditions et pratiques de son métier ? Pouvais-je lui dire que je ne voulais pas qu'on fasse du mal à cette jeune femme ? Il m'aurait cru fou. Pourtant, quelle autre raison avais-je ?

Me trouvant stupide, je lui dis la vérité :

— Je ne veux pas la voir souffrir.

Targo et le maître grisonnant des fers échangèrent un coup d'œil.

— Mais ce n'est qu'une esclave, fit remarquer Targo.

— Je sais, dis-je.

L'homme grisonnant prit la parole :

— Il a dit qu'il voulait l'acheter.

— Ah ! fit Targo dont les petits yeux brillèrent. C'est différent. (Une expression de grande tristesse transforma alors la boule grasse de sa figure.) Mais il est dommage qu'elle soit si chère.

— Je n'ai pas d'argent, déclarai-je.

Targo me dévisagea, interloqué. Son petit corps boulot se contracta comme un poing replet. Il était furieux. Il se tourna vers l'homme grisonnant et cessa de me regarder.

— Marque la femme ! ordonna-t-il.

L'homme grisonnant s'agenouilla pour retirer du brasero un des fers.

Mon épée s'enfonça d'un demi-centimètre dans le ventre du marchand.

— Ne marque pas la femme ! dit Targo.

Obéissant, l'autre rejeta le fer dans le feu. Il remarqua que mon épée était sur le ventre de son maître, mais il n'en parut pas autrement troublé.

— Faut-il appeler les gardes ? demanda-t-il.

— Je doute qu'ils puissent arriver à temps, déclarai-je posément.

— N'appelle pas les gardes ! ordonna Targo, qui transpirait à présent.

— Je n'ai pas d'argent, repris-je, mais j'ai ce fourreau.

Le regard de Targo bondit vers le fourreau et alla d'une émeraude à l'autre. Ses lèvres remuèrent en silence. Il comptait. Il en compta six.

— Peut-être pouvons-nous conclure un arrangement, dit-il.

Je remis l'épée au fourreau.

Targo s'adressa sèchement à l'homme grisonnant.

— Ranime l'esclave !

En grommelant, l'homme alla emplir d'eau un seau en cuir dans le petit torrent voisin du camp. Targo et moi restâmes face à face jusqu'au retour de l'homme, le seau suspendu par ses courroies à son épaule.

Il lança le seau d'eau froide, issue des neiges fondues des Sardar, sur la jeune femme enchaînée qui s'ébroua, frissonna, ouvrit les yeux.

De sa démarche dandinante, Targo s'approcha de la jeune femme et plaça sous son menton un pouce orné d'une bague avec un gros rubis pour lui redresser la tête.

— Une vraie beauté, déclara Targo, et parfaitement dressée depuis des mois dans les parcs d'esclaves d'Ar.

Derrière Targo, je vis l'homme grisonnant secouer négativement la tête.

— Et, ajouta Targo, anxieuse de plaire.

Derrière lui, l'homme cligna de son œil mort et étouffa un reniflement.

— Aussi douce qu'une colombe, aussi docile qu'un chaton, continua Targo.

Je glissai la lame de mon épée entre la joue de la jeune femme et les cheveux qui la bâillonnaient. Je relevai l'épée et les cheveux s'envolèrent de la lame aussi légèrement que s'ils avaient été faits d'air.

La jeune femme fixa ses yeux sur Targo.

— Espèce de sale gros urt ! dit-elle d'une voix sifflante.

— Tais-toi, tharlarionne ! s'exclama-t-il.

— Je ne crois pas qu'elle vaille grand-chose, commentai-je.

— Ô Maître ! s'écria Targo dans une envolée de tunique destinée à marquer son incrédulité que je puisse émettre une telle idée. J'ai payé moi-même cent tarnets d'argent pour elle.

Derrière Targo, l'homme grisonnant leva vivement ses doigts qu'il ouvrit et referma cinq fois.

— Je doute, répliquai-je à Targo, qu'elle en vaille plus de cinquante.

Targo parut stupéfait. Il me regarda avec une considération nouvelle. Peut-être avais-je été autrefois dans le métier ? En fait, cinquante tarnets d'argent est un prix extrêmement élevé, ce qui indiquait que la jeune femme était probablement de Haute Caste en même temps que très belle. Une femme ordinaire, de Basse Caste, fraîche et accorte mais inexpérimentée, pouvait, suivant le marché, se vendre aussi bas que cinq tarnets ou jusqu'à trente tarnets.

— Je te donnerai deux des pierres de ce fourreau en échange, déclarai-je.

A vrai dire, je n'avais aucune idée de la valeur des pierres, et je ne savais pas si l'offre était raisonnable ou non. Je parcourus du regard avec contrariété les bagues de Targo et les saphirs qui pendaient à ses oreilles et je compris qu'il serait meilleur juge de leur valeur que moi.

— Absurde ! s'exclama Targo en secouant la tête avec véhémence.

Je me dis qu'il ne bluffait pas, car comment aurait-il su que je ne connaissais pas la valeur réelle des pierres ? Comment saurait-il que je ne les avais pas achetées et fait sertir moi-même sur le fourreau ?

— Tu es dur en affaires, ripostai-je. Quatre...

— Puis-je voir le fourreau, Guerrier ? demanda-t-il.

— Certes.

Je le détachai du baudrier et le lui tendis. L'épée, je la gardai, nouant les courroies du fourreau entre lesquelles je passai la lame.

Targo examina les pierres avec satisfaction.

— Pas mal, mais pas assez...

Je feignis l'impatience.

— Alors, montre-moi tes autres femmes ! dis-je.

Je vis que cela déplaisait à Targo qui, apparemment, souhaitait débarrasser sa chaîne de la jeune blonde. Peut-être était-elle insupportable ou dangereuse à garder pour quelque autre raison.

— Montre-lui les autres, suggéra l'homme grisonnant. Celle-ci ne veut même pas dire : « *Achète-moi, Maître.* »

Targo lança un regard furieux à l'homme qui, riant sous cape, s'agenouilla pour surveiller les fers dans le brasero.

Avec humeur, Targo se dirigea le premier vers la clairière herbue au milieu du petit bois.

Il claqua vivement des mains à deux reprises, et il y eut une galopade et une bousculade de corps ponctuées par le glissement de la chaîne dans les anneaux de cheville. Les jeunes femmes vêtues de la camisk s'agenouillèrent alors toutes dans la posture de l'Esclave de Plaisir, alignées entre les deux arbres auxquels la chaîne était attachée. Lorsque je passais devant, chacune levait audacieusement les yeux vers moi et disait :

— Achète-moi, Maître.

Beaucoup étaient belles, et je me dis que, si la chaîne était petite, elle était bien fournie, et qu'à peu près n'importe qui pouvait y trouver une femme à son goût. C'étaient des créatures splendides, débordantes de vitalité, dont bon nombre étaient sûrement rompues à réjouir les sens d'un maître. Et de nombreuses cités de Gor étaient représentées dans cette chaîne, que l'on appelle parfois le Collier du Marchand d'Esclaves. Il y avait une blonde de la haute Thentis ; une fille à la peau sombre dont la chevelure noire tombait jusqu'à ses chevilles qui venait de la Cité de Tor, dans le désert ; des filles des rues misérables de Port Kar dans le delta du Vosk ; même des filles des hauts cylindres de la Glorieuse Ar elle-même. Je me demandai combien d'entre elles étaient nées esclaves et combien avaient été libres naguère.

Et quand je m'arrêtais devant chaque beauté de cette chaîne, et que je rencontrais ses regards et entendais son « Achète-moi, Maître », je me demandais pourquoi je ne l'achèterais pas, pourquoi je ne la libérerais pas de préférence à l'autre jeune femme. Est-ce que ces merveilleuses créatures, dont chacune portait la marque gracieuse de l'esclavage, ne le méritaient pas autant qu'elle ?

— Non, dis-je à Targo, je ne veux acheter aucune de celles-là.

A ma surprise, un soupir de désappointement, pour ne pas dire de déception aiguë, courut le long de la chaîne. Deux des jeunes femmes, celle de Tor et une des filles d'Ar, se mirent à pleurer, la tête enfouie dans leurs mains. Je regrettai de les avoir regardées.

Réflexion faite, je m'avisai que la chaîne n'est pas, en fin de compte, l'idéal pour une jeune femme pleine de vie se sachant par sa marque destinée à l'amour, que chacune d'elles doit espérer trouver un homme qui tienne assez à elle pour l'acheter, que chacune doit être anxieuse de suivre un homme dans sa demeure, de porter son collier et ses chaînes, d'apprendre sa force et son cœur et qui lui enseigne les délices de la soumission. Plutôt les bras d'un maître que l'acier froid de l'anneau de cheville.

Lorsque les jeunes femmes m'avaient dit : « Achète-moi, Maître », ce n'était pas simplement une phrase rituelle. Elles voulaient être vendues — à moi ou, je suppose, à n'importe qui les sortirait de la chaîne détestée de Targo.

Targo semblait soulagé. Me prenant par le coude, il me ramena vers l'arbre où la jeune femme blonde était agenouillée dans ses chaînes.

Tout en la regardant, je me demandai pourquoi elle et pas une autre, ou même pourquoi qui que ce soit ? Quelle importance cela aurait-il si sa cuisse à elle aussi portait cette marque gracieuse ? Je me dis que c'était surtout à l'institution de l'esclavage que je faisais objection et que cette institution ne serait pas modifiée parce que j'aurais libéré une seule femme sur une impulsion sentimentale stupide. Elle ne pourrait naturellement pas venir avec moi dans les Monts Sardar et, quand je l'abandonnerais, seule et sans protection, elle serait vite la proie d'un animal ou se trouverait bientôt à nouveau dans la chaîne d'un autre marchand d'esclaves. Oui, me dis-je, c'est ridicule.

— J'ai décidé de ne pas l'acheter, déclarai-je.

Alors, chose bizarre, la jeune femme leva la tête et me regarda dans les yeux. Elle s'efforça de sourire. Ses paroles furent faibles mais énoncées clairement et sans erreur possible :

— Achète-moi, Maître !

— Ah ! s'exclama l'homme grisonnant, et même Targo le Marchand d'Esclaves fut déconcerté.

C'était la première fois que la jeune femme prononçait la phrase rituelle.

Je l'examinai et vis qu'elle était vraiment belle, mais je remarquai surtout que ses yeux suppliaient les miens. Alors, ma résolution raisonnable de l'abandonner se dissipa et je cédai, comme cela m'était déjà arrivé dans le passé, à une impulsion sentimentale.

— Prends le fourreau, dis-je à Targo. Je l'achète !

— Et le casque ! réclama Targo.

— D'accord.

Il saisit le fourreau et la joie avec laquelle il l'empoigna me dit que, dans son esprit, j'avais été roulé au maximum dans ce marché. Presque comme s'il se ravisait, il m'arracha le casque de la main. Lui et moi savions qu'il ne valait pas grand-chose. Je souris tristement en moi-même. Je n'étais guère habile en ces sortes de choses, mais peut-être que si j'avais mieux connu la valeur des pierres ?...

Les yeux de la jeune femme étaient fixés sur les miens, essayant sans doute d'y lire quel serait son sort, car son destin était maintenant entre mes mains puisque j'étais son maître.

Les coutumes de Gor sont étranges et cruelles,

pensai-je, puisque six petites pierres vertes pesant peut-être à peine deux onces et un casque bosselé peuvent acheter un être humain.

Targo et l'homme grisonnant étaient allés vers la tente en forme de dôme chercher les clés des chaînes de la jeune femme.

— Comment t'appelles-tu ? demandai-je à celle-ci.

— Une esclave n'a pas de nom, répondit-elle. Tu peux m'en donner un si tu veux.

Sur Gor, l'esclave — n'étant pas légalement une personne — n'a pas de nom en propre, tout comme sur Terre nos animaux domestiques qui ne sont pas des personnes devant la loi n'ont pas de nom. En fait, du point de vue goréen, une des choses les plus terribles de l'esclavage, c'est qu'on perd son nom. Ce nom que l'on a eu de naissance, par lequel on s'est appelé et connu, ce nom qui est une si grande part de la conception de soi, de sa véritable et intime identité — ce nom disparaît.

— Je crois comprendre que tu n'es pas née esclave, dis-je.

Elle sourit et secoua la tête.

— Non.

— Je ne demande pas mieux que de t'appeler par le nom que tu portais quand tu étais libre, déclarai-je.

— Tu es bon, répondit-elle.

— Quel était ton nom quand tu étais libre ? questionnai-je.

— Lara.

— Lara ? m'exclamai-je.

— Oui, Guerrier. Est-ce que tu ne me reconnais pas ? J'étais Tatrix de Tharna.

22

LES CORDES JAUNES

Quand ses chaînes lui eurent été enlevées, je soulevai la jeune femme dans mes bras et la portai dans une des tentes en forme de dôme qui m'avait été désignée.

Nous devions attendre là que son collier soit gravé.

Le sol de la tente était recouvert de tapis épais, colorés, et l'intérieur était décoré de nombreuses tentures en soie. La lumière était fournie par une lampe de cuivre à huile de tharlarion qui se balançait au bout de trois chaînes. Des coussins étaient éparpillés sur les tapis. Près d'une des parois de la tente se trouvait un Chevalet de Plaisir avec ses courroies.

Je posai doucement la jeune femme à terre.

Elle regarda le chevalet.

— Pour commencer, tu te serviras de moi, n'est-ce pas ? dit-elle.

— Non, répliquai-je.

Elle s'agenouilla alors à mes pieds et posa la tête sur le tapis, rejetant sa chevelure par-dessus sa tête pour découvrir son cou.

— Frappe, dit-elle.

Je la remis debout.

— Ne m'as-tu pas achetée pour me tuer ? demanda-t-elle, désorientée.

— Non. Est-ce pour cela que tu m'as dit : « *Achète-moi, Maître* » ?

— Je le pense. Je crois que je voulais que tu me tues. (Alors, elle me regarda :) Mais je n'en suis pas certaine.

— Pourquoi voulais-tu mourir ? questionnai-je.

— Moi qui ai été Tatrix de Tharna, répliqua-t-elle, les yeux baissés, je ne voulais pas vivre en esclave.

— Je ne te tuerai pas.

— Donne-moi ton épée, Guerrier, et je me jetterai dessus.

— Non.

— Ah, c'est vrai, les Guerriers n'aiment pas avoir sur leur épée le sang d'une femme.

— Tu es jeune, dis-je,... belle et pleine de vie. Chasse de ton esprit les Cités de Poussière.

Elle eut un rire amer.

— Pourquoi m'as-tu achetée ? Tu veux certainement exercer ta vengeance ? As-tu oublié que c'est moi qui t'ai mis sous le joug, qui t'ai fouetté, qui t'ai condamné aux Divertissements de Tharna, qui t'aurais livré au tarn ? Que c'est moi qui t'ai trahi et envoyé aux Mines de Tharna ?

— Non, dis-je, le regard durci, je n'ai pas oublié !

— Moi non plus ! répliqua-t-elle fièrement, soulignant ainsi qu'elle ne me demanderait rien et n'attendait rien de moi, pas même sa vie.

Elle se tenait courageusement devant moi, pourtant si impuissante, tellement à ma merci. Elle se serait tenue ainsi devant un larl des Voltaï. Il était important pour elle de bien mourir. Je l'admirai pour cela et la trouvai très belle dans son désespoir et son défi. Sa lèvre inférieure frémissait, quoique de façon à peine visible. Elle la mordit presque imperceptiblement afin de maîtriser ce tremblement de peur que je ne le remarque. Je la jugeai merveilleuse. Il y avait sur ses lèvres une petite goutte de sang. Je secouai la tête pour chasser l'envie que je ressentais de goûter avec ma langue le sang de ses lèvres, de l'essuyer sur sa bouche par un baiser.

Je me contentai de dire :

— Je ne désire pas te faire de mal.

Elle me dévisagea, ne comprenant pas.

— Pourquoi m'as-tu achetée ?

— Je t'ai achetée pour te libérer.

— Tu ne savais pas alors que j'étais la Tatrix de Tharna, ironisa-t-elle.

— Non.

— Maintenant que tu le sais, que vas-tu faire de moi ? Est-ce que ce sera l'huile de tharlarion ? Me jetteras-tu à des plantes-sangsues ? M'attacheras-tu à un poteau pour servir de pâture à ton tarn ? M'utiliseras-tu pour appâter un piège à sleen ?

Je ris, et elle me regarda, déconcertée.

— Eh bien ? insista-t-elle.

— Tu m'as donné beaucoup à réfléchir, admis-je.

— Que vas-tu faire de moi ?

— Te libérer.

Elle recula, incrédule. Ses yeux bleus étaient pleins d'étonnement, puis ils brillèrent de larmes. Ses épaules étaient secouées par les sanglots.

Je passai mes bras autour de ses épaules graciles et, à ma stupéfaction, celle qui avait porté le masque doré de Tharna, celle qui avait été Tatrix de cette ville grise, mit sa tête contre ma poitrine et pleura.

— Non, dit-elle, je ne mérite que d'être une esclave.

— Ce n'est pas vrai ! protestai-je. Rappelle-toi, tu as dit un jour à un homme de ne pas me battre. Rappelle-toi, tu as dit un jour que c'était difficile d'être la Première à Tharna. Rappelle-toi qu'un jour tu as contemplé un champ de talenders et j'ai été trop obtus, trop stupide pour te parler.

Elle était dans mes bras, ses yeux pleins de larmes levés vers les miens.

— Pourquoi m'as-tu ramenée à Tharna ?

— Pour t'échanger contre la liberté de mes amis.

— Et non pour l'argent et les joyaux de Tharna ?

— Non, dis-je.

Elle s'écarta.

— Ne suis-je pas belle ?

Je la contemplai.

— Tu es vraiment belle... si belle que mille guerriers donneraient leur vie pour voir ton visage, si belle que cent cités se ruineraient pour toi.

— Plairais-je à... une bête ?

— Ce serait une victoire pour un homme de t'avoir sur sa chaîne.

— Et pourtant, Guerrier, tu ne voulais pas me garder... tu as menacé de me faire monter sur le billot et de me vendre à un autre.

Je restai silencieux.

— Pourquoi ne me garderais-tu pas pour toi ?

C'était une question audacieuse, étrange venant de cette jeune femme qui avait été Tatrix de Tharna.

— J'aime Talena, fille de Marlenus qui fut Ubar d'Ar.

— Un homme peut avoir plusieurs esclaves, dit-elle dédaigneusement. Dans tes Jardins de Plaisir — où qu'ils puissent être — certainement de nombreuses belles captives portent ton collier.

— Non, répliquai-je.

— Tu es un étrange guerrier...

Je haussai les épaules.

Elle se campa audacieusement devant moi.

— Ne veux-tu pas de moi ?

— Te voir, c'est te vouloir, reconnus-je.

— Alors, prends-moi, fut son défi. Je suis à toi.

Je baissai les yeux vers le tapis, me demandant comment m'expliquer avec elle.

— Je ne comprends pas, dis-je.

— Les bêtes sont stupides ! s'exclama-t-elle.

Après cette incroyable sortie, elle se dirigea vers une des parois de la tente et appuya brusquement son visage contre une des tentures qu'elle avait saisie dans son poing.

Elle se retourna, toujours cramponnée à la tenture. Ses yeux étaient pleins de larmes mais aussi de colère.

— Tu m'as ramenée à Tharna ! s'écria-t-elle d'un ton presque accusateur.

— Pour l'amour de mes amis, expliquai-je.

— Et l'honneur ! dit-elle.

— Peut-être aussi l'honneur, admis-je.

— Je hais ton honneur ! s'exclama-t-elle.

— Certaines choses sont plus fortes même que la beauté d'une femme.

— Je te déteste !

— J'en suis désolé.

Lara rit, d'un petit rire triste, et s'assit sur le tapis contre la paroi de la tente, les genoux repliés sous le menton.

— Je ne te déteste pas, tu sais, reprit-elle.

— Je sais.

— Mais je t'ai détesté... je t'ai haï. Quand j'étais Tatrix de Tharna, je t'ai haï. Follement !

Je restai silencieux. Je comprenais qu'elle disait la vérité. J'avais perçu ces sentiments violents qui l'animaient à mon égard, sans en deviner les raisons.

— Sais-tu, Guerrier, pourquoi, moi qui ne suis à présent qu'une misérable esclave, je t'ai tant haï ?

— Non.

— Parce que, lorsque je t'ai vu pour la première fois, je te connaissais déjà par un millier de rêves interdits. (Ses yeux cherchèrent les miens. Elle reprit à mi-voix :) Dans ces rêves, je siégeais orgueilleusement au sein de mon Palais, entourée de mon Conseil et de mes guerriers lorsque, brisant le toit comme du verre, un grand tarn descendait, chevauché par un guerrier casqué. Il dispersait mon Conseil et battait mes armées, s'emparait de moi, me dévêtait, m'attachait nue en travers de sa selle puis, avec un grand cri, il m'emportait dans sa cité et moi, qui avais été la fière Tatrix de Tharna, je portais sa marque et son collier !

— Ne redoute pas ces rêves, dis-je.

— Et dans cette cité, continua-t-elle, les yeux brillants, il mettait des clochettes à mes chevilles et m'habillait de soies de danse. Je n'avais pas le choix, tu comprends. Je devais faire ce qu'il voulait. Et quand j'étais incapable de danser plus longtemps, il me saisissait dans ses bras et, comme un animal, me forçait à satisfaire sa jouissance.

— C'était un rêve cruel, dis-je.

Elle rit et s'empourpra de honte.

— Non, ce n'était pas un rêve cruel.

— Je ne comprends pas.

— Dans ses bras, j'apprenais ce que Tharna ne pouvait pas enseigner. Dans ses bras, j'apprenais à partager la splendeur ardente de sa passion. Dans ses bras, je prenais conscience des montagnes, des fleurs, du cri des tarns sauvages, du contact des griffes de larl. Pour la première fois de ma vie, mes sens étaient éveillés... pour la première fois, je sentais bouger les vêtements sur mon corps ; pour la première fois, je remarquais comment un œil s'ouvre et ce qu'est vraiment le contact d'une main... et je sus alors que je n'étais ni plus ni moins que lui ou n'importe quelle autre créature vivante et que je l'aimais !

Je ne dis rien.

— Je n'aurais pas voulu renoncer à son collier pour tout l'or et l'argent de Tharna, ni pour toutes les pierres de ses remparts gris, reprit-elle.

— Mais, dans ce rêve, tu n'étais pas libre, objectai-je.

— Etais-je libre dans Tharna ?

Je baissai les yeux sur le dessin compliqué du tapis, sans rien dire.

— Bien entendu, reprit-elle, puisque je portais le masque de Tharna, j'écartais ce rêve de moi. Je le détestais. Il me terrifiait. Il me rappelait que même moi, la Tatrix, j'étais de la même nature indigne que les bêtes. (Elle sourit.) Quand je t'ai vu, Guerrier, j'ai pensé que tu étais peut-être le guerrier de ce rêve. Voilà pourquoi je t'ai haï et j'ai voulu t'anéantir parce que tu me menaçais, moi et tout ce que j'étais et, en même temps que je te haïssais, je te redoutais et te désirais.

Je levai les yeux, surpris.

— Oui, répéta-t-elle. Je te désirais. (Sa tête se courba et sa voix devint presque inaudible.) Quoique Tatrix de Tharna, j'aurais voulu me coucher à tes pieds sur le tapis écarlate. J'aurais voulu être attachée avec des cordes jaunes.

Je me rappelai qu'elle avait parlé de tapis et de cordes dans la Salle du Conseil de Tharna lorsqu'elle avait paru flamber de colère, lorsqu'on aurait dit qu'elle voulait m'arracher la chair des os à coups de fouet.

— Quelle est la signification du tapis et des cordes ? demandai-je.

— Au temps jadis, à Tharna, les choses étaient différentes de ce qu'elles sont aujourd'hui, répliqua Lara.

Alors, dans la tente du marchand d'esclaves, Lara, naguère Tatrix de Tharna, me raconta les grandes lignes de l'étrange histoire de sa cité. Au début, Tharna ressemblait aux autres cités de Gor, où les femmes jouissaient de trop peu de considération et avaient trop peu de droits. En ce temps-là, une partie des Rites de Soumission, tels qu'on les pratiquait à Tharna, consistait à dévêtir et à attacher la captive avec des cordes jaunes et à la placer sur un tapis écarlate ; le jaune de la corde était un rappel symbolique des talenders, une fleur souvent associée à la beauté et à l'amour féminins, l'écarlate du tapis étant un rappel symbolique du sang et peut-être de la passion.

Celui qui avait capturé la jeune femme mettait son épée sur sa poitrine et prononçait la formule sacramentelle de l'asservissement. C'étaient les derniers mots qu'elle entendait comme femme libre.

Pleure, Libre Jeune Fille.
Souviens-toi de ta fierté et pleure.
Souviens-toi de ton rire et pleure.
Rappelle-toi que tu étais mon ennemie et pleure.
Maintenant, tu es ma captive impuissante.
Rappelle-toi que tu t'es dressée contre moi.
Maintenant tu es étendue à mes pieds.
Je t'ai liée avec des cordes jaunes.
Je t'ai placée sur le tapis écarlate.
Ainsi, suivant les lois de Tharna, je te proclame mienne.
Rappelle-toi que tu étais libre.
Sache que tu es à présent mon esclave.
Pleure, Jeune Esclave.

A ce moment, le ravisseur détachait les chevilles de la jeune fille et complétait le rite. Quand elle se relevait de dessus le tapis pour le suivre, elle était, à ses propres yeux comme à ceux de l'homme, son esclave.

Après un certain temps, cette cruelle coutume tomba en désuétude et l'on en vint à considérer plus raisonnablement et humainement les femmes de Tharna. En fait, par leur amour et leur tendresse, elles enseignèrent à leurs ravisseurs qu'elles aussi étaient dignes de respect et d'affection. Et, naturellement, au fur et à mesure que les ravisseurs s'attachaient à leurs esclaves, le désir de les subjuguer diminua, car peu d'hommes continuent longtemps à vouloir asservir une créature qu'ils aiment sincèrement, sauf peut-être quand ils craignent de la perdre si elle était libre.

Mais, à mesure que le statut de ces femmes devenait plus noble et moins clairement défini, le jeu subtil des forces de domination et de soumission instinctif dans tout le monde animal se mit en branle.

L'équilibre du respect mutuel est toujours délicat et, d'après les statistiques, il est improbable qu'il puisse être maintenu longtemps dans toute une population. En conséquence, exploitant peu à peu, peut-être inconsciemment, les occasions procurées par l'éducation des enfants et l'attachement de leurs compagnons, les femmes de Tharna améliorèrent considérablement leur condition au fil des générations, ajoutant aussi à leur pouvoir social la puissance économique de fonds et d'héritages divers.

Par la suite, en grande partie grâce au conditionnement des jeunes et au contrôle de l'éducation, ces supériorités que la femme possède naturellement en sont venues à s'accroître aux dépens de celles de l'homme. Et tout comme dans notre monde à nous il est possible d'amener des populations entières à croire ce qui, du point de vue d'une autre population, paraît incompréhensible et absurde, de même à Tharna hommes et femmes en arrivèrent avec le temps à croire les mythes et les déviations qui avantageaient la domination féminine. Et c'est ainsi que, petit à petit, et sans qu'on le remarque, la gynécocratie a été instaurée à Tharna et respectée avec tout le poids de la tradition et des coutumes, ces liens invisibles plus pesants que des chaînes car on ne se rend pas compte qu'ils existent.

Cependant cette situation — si viable socialement qu'elle ait pu être pendant des générations — n'est pas vraiment créatrice de bonheur humain. En vérité, elle n'apparaît pas nettement comme préférable à l'éthos dominé par l'homme de la plupart des cités goréennes, qui a aussi, bien sûr, ses côtés regrettables. Dans une cité comme Tharna, les hommes, auxquels on apprend à se considérer comme des animaux, des êtres inférieurs, parviennent rarement au respect complet d'eux-mêmes essentiel à une véritable virilité.

Mais ce qui est encore plus étrange, c'est que les femmes de Tharna ne semblent pas heureuses sous ce régime gynécocratique. Bien qu'elles méprisent les hommes et se félicitent de leur statut plus élevé, j'ai l'impression qu'elles manquent aussi au respect de soi. En haïssant leurs hommes, elles se haïssent elles-mêmes.

Je me suis parfois demandé si l'homme, pour être vraiment homme, ne doit pas dominer la femme et si la femme, pour être vraiment femme, ne doit pas se savoir dominée. Je me suis demandé jusqu'à quand on pourra continuer à Tharna à vouloir enfreindre les lois de la nature, si lois il y a. Je me suis rendu compte à quel point les hommes de Tharna désiraient enlever son masque à une femme, et je pense que bien des femmes rêvaient de se le voir ôter. S'il devait jamais y avoir une révolution dans les mœurs de Tharna, je plaindrais les femmes — tout au moins au début — car elles seraient la cible des frustrations accumulées depuis des générations. Si la situation basculait à Tharna, les choses iraient loin. Peut-être même jusqu'au tapis écarlate et aux cordes jaunes.

Nous entendîmes la voix de Targo près de la tente.

A ma surprise, Lara se jeta à genoux, dans la position de l'Esclave de Plaisir, et baissa la tête d'un air soumis.

Targo fit irruption dans la tente, un petit ballot sous le bras, et remarqua avec satisfaction la posture de la jeune femme.

— Eh bien, Maître, dit-il, elle apprend vite avec toi, à ce qu'il paraît ! (Il me regarda d'un air rayonnant.) J'ai liquidé toutes les formalités. Elle est à toi. (Il me fourra le paquet dans les mains. C'était une camisk pliée et, dans ses plis, il y avait un collier.) Un témoignage d'appréciation de ta transaction, déclara Targo. Je te les donne sans supplément.

Je ris sous cape. La plupart des marchands d'esclaves auraient fourni beaucoup plus. Je remarquai que Targo ne donnait même pas la livrée d'esclave habituelle de Gor, mais simplement une camisk, et qui avait visiblement déjà servi !

Targo fouilla ensuite dans la bourse qu'il portait au côté et tendit deux cordelettes jaunes, d'environ cinquante centimètres chacune.

— D'après le casque bleu, dit-il, j'ai vu que tu étais de Tharna.

— Non, je ne suis pas de Tharna.

— Ah, bah, répliqua Targo, tout le monde peut se tromper.

Il jeta les cordelettes sur le tapis devant la jeune femme.

— Je n'ai plus de fouet d'esclave, reprit-il en haussant les épaules tristement, mais ton ceinturon fera aussi bien l'affaire.

— J'en suis sûr, rétorquai-je en lui rendant camisk et collier.

Targo parut interloqué.

— Apporte-lui les vêtements d'une femme libre.

Targo en resta bouche bée.

— ... d'une femme libre, répétai-je.

Il jeta un coup d'œil furtif vers le Chevalet de Plaisir, cherchant peut-être des taches de transpiration sur les courroies.

— *Tu es sûr ?* demanda-t-il.

Je ris et fis pivoter le petit homme gras puis, une main sur le col de son vêtement et l'autre fermement placée en opposition, le projetai, trébuchant, vers l'issue de la tente.

Il y rattrapa son équilibre et, ses boucles d'oreilles oscillant, se retourna pour me regarder comme si j'avais perdu la raison.

— Peut-être le Maître fait-il erreur ? suggéra-t-il.

— Peut-être.

— Dans le camp d'un honnête Marchand d'Esclaves, s'exclama Targo, où penses-tu que je puisse trouver des vêtements convenant à une femme libre ?

Je ris, et Targo sourit puis s'éloigna.

Combien de fois, songeai-je, des femmes libres, captives enchaînées, ont-elles été jetées à ses pieds dans la nuit pour être évaluées et achetées ? Combien de femmes libres ont-elles échangé dans ce camp leurs riches vêtements contre une camisk et un anneau de cheville sur sa chaîne ?

Au bout de quelques instants, Targo rentra en trébuchant dans la tente, les bras chargés de vêtements. Il jeta le tout sur le tapis, le souffle court.

— Choisis, Maître, dit-il, et il sortit de la tente en secouant la tête.

Je souris et regardai Lara.

La jeune femme s'était relevée.

A ma surprise, elle alla vers les portes de la tente et les rabattit, les assujettissant en les attachant de l'intérieur.

Elle se tourna vers moi, haletante.

Elle était très belle sous la lampe, sur le fond des riches draperies de la tente.

Elle ramassa les deux cordelettes jaunes et, les

tenant dans ses mains, s'agenouilla devant moi dans la posture de l'Esclave de Plaisir.

— Je vais t'affranchir, dis-je.

Humblement, elle me tendit les cordelettes pour que je les prenne, ses yeux brillants levés vers moi, suppliants.

— Je ne suis pas de Tharna, dis-je.

— Mais *moi* j'en suis, répliqua-t-elle.

Je vis qu'elle était à genoux sur un tapis écarlate.

— Je vais t'affranchir, répétai-je.

— Je ne suis pas encore libre, dit-elle.

Je restai silencieux.

— Je t'en prie, implora-t-elle, ...Maître.

Et c'est ainsi que j'ai pris les cordes de ses mains et que, la même nuit, Lara, qui avait naguère été l'orgueilleuse Tatrix de Tharna, devint, suivant les antiques rites de sa cité, mon esclave — et une femme libre.

23

RETOUR À THARNA

En quittant le camp de Targo, nous avons, Lara et moi, grimpé sur une petite colline, nous arrêtant au sommet. Je voyais devant moi, à quelques pasangs de distance, les pavillons de la Foire d'En'Kara et, au-delà, les cimes menaçantes des Monts Sardar, inquiétantes, noires, vertigineuses. Derrière la Foire et avant les montagnes qui s'élevaient abruptement dans les plaines, j'apercevais le rempart de bois en rondins noirs, pointus en haut, qui séparait la Foire des montagnes.

Ceux qui veulent aller dans ces montagnes — hommes fatigués de la vie, jeunes idéalistes, opportunistes avides de trouver dans leurs profondeurs le secret de l'immortalité — tous utilisent la porte à l'extrémité de l'avenue centrale de la Foire, une porte à deux battants en troncs noirs montée sur d'énormes gonds de bois, une porte qui s'ouvre par le milieu, découvrant les Monts Sardar au-delà.

Comme nous étions sur la colline, j'entendis le lent tintement d'un lourd tube de métal creux qui indiquait que la porte noire s'était ouverte. Ce son triste et lent parvint jusqu'à la faible éminence où nous nous trouvions.

Lara était près de moi, habillée en femme libre, mais pas avec un Costume de Dissimulation. Elle avait raccourci et ajusté un des gracieux vêtements goréens qu'elle avait coupé à hauteur du genou, réduisant aussi les manches, qui ne lui venaient plus qu'au coude. La tunique était jaune vif, et elle l'avait ceinturée à la taille par une écharpe écarlate. Ses pieds étaient chaussés de sandales de cuir rouge uni. Sur ses épaules, à ma suggestion, elle avait drapé un manteau de grosse laine. Il était écarlate. J'avais pensé qu'elle en aurait peut-être besoin pour avoir chaud. Je crois qu'elle avait songé à le prendre parce qu'il était assorti à son écharpe. Je souris intérieurement. Elle était libre.

J'étais content de la voir heureuse.

Elle avait refusé le Costume de Dissimulation qui est d'usage, affirmant qu'ainsi vêtue elle risquait de me créer plus de difficultés. Je n'avais pas discuté, car elle avait raison. En regardant ses cheveux d'or flotter derrière elle dans le vent et en voyant la beauté de ses traits joyeux, j'étais content qu'elle n'ait pas choisi — quelle qu'en fût la raison — de s'habiller de la manière traditionnelle.

Cependant, si j'étais incapable de réprimer mon admiration pour cette jeune femme et la transformation qui s'était opérée en elle de froide Tatrix de Tharna en esclave humiliée puis en la glorieuse créature qui se tenait à présent près de moi, mes pensées se tournaient surtout vers les Monts Sardar, car je savais que je n'étais pas encore allé à mon rendez-vous avec les Prêtres-Rois.

Je prêtai l'oreille au morne et lent tintement de la barre creuse.

— Quelqu'un est entré dans les montagnes, dit Lara.

— Oui.

— Il va mourir, reprit-elle.

J'acquiesçai d'un signe de tête.

Je lui avais parlé de la mission qui m'appelait dans les montagnes, de mon destin qui en dépendait. Elle avait déclaré, avec simplicité :

— J'irai avec toi.

Elle savait aussi bien que moi que ceux qui entrent dans ces montagnes ne reviennent pas. Elle connaissait aussi bien que moi, peut-être mieux, l'effrayant pouvoir des Prêtres-Rois.

Pourtant elle avait dit qu'elle m'accompagnerait.

— Tu es libre, avais-je rappelé.

— Lorsque j'étais ton esclave, avait-elle riposté, tu aurais pu m'ordonner de te suivre. A présent que je suis libre, je viendrai avec toi de mon plein gré.

Je regardai la jeune femme. Avec quelle fierté, mais aussi avec quelle grâce elle se tenait près de moi ! Je vis qu'elle avait cueilli sur la colline une fleur de talender et l'avait piquée dans ses cheveux.

Je secouai la tête.

Toute la force de ma volonté me tirait vers les montagnes, les Prêtres-Rois m'y attendaient, mais je ne pouvais y aller encore. Il était impensable que j'emmène cette jeune femme dans les Sardar où elle serait détruite comme je serais détruit, que je ruine cette jeune vie si récemment initiée à la splendeur des sens, qui venait seulement de s'éveiller au triomphe de la vie et des sentiments.

Qu'avais-je à mettre dans l'autre plateau de la

balance ? Mon honneur, ma soif de vengeance, ma curiosité, ma frustration, ma fureur ?

Je passai mon bras autour de ses épaules et l'entraînai au bas de la petite colline.

Elle me regarda d'un air interrogateur.

— Il faudra que les Prêtres-Rois attendent, dis-je.

— Que vas-tu faire ?

— Te ramener sur le trône de Tharna.

Elle se dégagea, les yeux voilés de larmes.

Je la pris dans mes bras et l'embrassai doucement.

Elle leva vers moi des yeux humides de pleurs.

— Oui, dis-je, je le désire.

Elle appuya sa tête contre mon épaule.

— Ravissante Lara, pardonne-moi. (Je resserrai mon étreinte.) Je ne peux pas t'emmener dans les Monts Sardar. Je ne peux pas non plus te laisser ici. Tu serais tuée par les bêtes sauvages ou réduite à nouveau en esclavage.

— Es-tu vraiment obligé de me ramener à Tharna ? demanda-t-elle. Je déteste Tharna.

— Je n'ai pas de cité où je puisse te conduire. Et je crois que tu peux transformer Tharna de telle façon que tu ne la détesteras plus.

— Que dois-je faire ?

— Cela, c'est à toi d'en décider.

Je l'embrassai.

Prenant sa tête dans mes mains, je la regardai au fond des yeux.

— Oui, dis-je avec fierté, tu es digne de régner.

J'essuyai ses larmes.

— Pas de pleurs, dis-je, car tu es Tatrix de Tharna.

Elle leva les yeux et me sourit, d'un sourire triste.

— Bien sûr, Guerrier, il ne doit pas y avoir de

pleurs... car je suis Tatrix de Tharna, et une Tatrix ne pleure pas.

Elle retira le talender de ses cheveux.

Je me baissai pour ramasser la fleur à ses pieds et la remis en place.

— Je t'aime, dit-elle.

— C'est dur d'être la Première à Tharna, répondis-je, et je l'emmenai au bas de la colline, à l'opposé des Monts Sardar.

L'incendie qui s'était allumé dans les Mines de Tharna n'avait pas été éteint. La révolte des esclaves s'était propagée des Mines jusqu'aux Grandes Fermes. Les fers avaient été brisés et les armes saisies. Des hommes en colère, munis de tous les outils de destruction qu'ils pouvaient trouver, rôdaient dans les campagnes, esquivant les sorties des soldats de Tharna, cherchant des greniers à piller, des bâtiments à brûler, des esclaves à libérer. La rébellion s'étendait de ferme en ferme, et les envois des fermes à la cité devinrent sporadiques, puis cessèrent. Ce que les esclaves ne pouvaient pas utiliser ou cacher, ils le coupaient ou le brûlaient.

A pas plus de deux heures de la petite colline où j'avais pris la décision de ramener Lara dans sa cité natale, le tarn nous avait rejoints, comme je l'avais pensé. De même qu'à la Colonne des Echanges, l'oiseau était resté dans le voisinage et maintenant, pour la seconde fois, sa patience était récompensée. Il se posa à cinquante mètres de nous, et nous courûmes à lui, moi d'abord, Lara derrière car elle craignait encore l'animal.

Ma joie était telle que j'étreignis le cou de ce monstre noir.

Ses yeux ronds flamboyants me regardèrent, ses grandes ailes se dressèrent et battirent l'air, son bec se leva vers le ciel et il lança le cri aigu des tarns.

Lara poussa une exclamation de terreur quand le monstre allongea le bec vers moi.

Je ne bougeai pas et cet énorme bec terrible se ferma doucement sur mon bras. Si le tarn avait voulu, d'un mouvement sec de sa tête formidable il aurait pu m'arracher le bras. Au contraire, son geste fut presque tendre. Je lui donnai une petite tape sur le bec, hissai Lara sur son large dos et sautai à côté d'elle.

De nouveau, l'indicible exaltation s'emparait de moi, et je crois que même Lara partageait mes sentiments.

— Rêne un ! criai-je, et le gigantesque corps du tarn s'élança une fois de plus dans le ciel.

Pendant ce vol, nombreux furent les champs de Sa-Tarna carbonisés que nous avons vus au-dessous de nous. L'ombre du tarn glissait sur des bâtiments réduits à l'état de charpentes noircies, des enclos rompus d'où le bétail avait été chassé, des vergers qui n'étaient plus qu'arbres abattus dont les feuilles et les fruits étaient bruns et flétris.

Sur le dos du tarn, Lara pleurait en voyant la désolation qui frappait son pays.

— C'est cruel, ce qu'ils ont fait, dit-elle.

— C'est cruel aussi, ce qu'on leur a fait, répliquai-je.

Elle garda le silence.

L'armée de Tharna avait frappé çà et là, à des endroits signalés comme cachettes d'esclaves, mais, presque invariablement, elle n'avait rien trouvé, à part quelques ustensiles cassés, les cendres de feux de camp. Les esclaves, prévenus de l'approche des troupes par d'autres esclaves ou des paysans appauvris, supplantés par les Grandes Fermes, avaient réussi à s'échapper, mais pour attaquer au moment qu'ils choisiraient, quand ils seraient en force et qu'on ne les attendrait pas.

Les sorties des tarniers avaient plus de succès mais, dans l'ensemble, les bandes d'esclaves, maintenant presque des régiments, ne se déplaçaient que la nuit et se dissimulaient pendant le jour. Avec le temps, cela devint dangereux pour les petites formations de cavalerie de Tharna de les attaquer, de braver l'ouragan de projectiles qui semblait presque monter du sol même.

En effet, des embuscades étaient souvent organisées : un petit groupe d'esclaves se laissait poursuivre dans les défilés de la région accidentée autour de Tharna, où ceux qui les pourchassaient étaient assaillis par des cohortes cachées ; parfois des tarniers descendaient pour capturer un esclave mais se voyaient alors la cible des flèches d'une centaine d'hommes dissimulés dans des fosses masquées.

Cependant, avec le temps, peut-être les bandes d'esclaves courageuses mais indisciplinées auraient-elles été dispersées et détruites par les unités de Tharna, seulement la véritable révolution qui avait commencé dans les mines et s'était étendue aux Grandes Fermes flambait maintenant dans la cité même. Non seulement les esclaves de la cité brandissaient la bannière de la révolte, mais les hommes de Basse Caste, dont les frères ou les amis avaient été envoyés dans les mines ou utilisés pour les Divertissements, osaient enfin saisir les instruments de leur métier et se tourner maintenant contre les gardes et les soldats. On disait que la rébellion dans la cité était dirigée par un homme trapu, vigoureux, aux yeux bleus et aux cheveux coupés court, de la Caste des Forgerons.

Certains quartiers de la cité avaient été incendiés pour exterminer les éléments rebelles, et cet acte cruel de répression n'avait abouti qu'à rallier aux rebelles les hommes troublés et indécis. On rapportait à présent que des secteurs entiers de la cité étaient aux mains des rebelles. Les masques d'argent de Tharna, quand ils l'avaient pu, s'étaient repliés dans les parties de la cité encore tenues par les soldats. Nombreux étaient ceux qu'on disait réfugiés dans l'enceinte même du palais royal. Le sort de ceux qui n'avaient pas échappé aux mains des rebelles était incertain.

C'est tard dans l'après-midi du cinquième jour que nous avons aperçu, au loin, les murs gris de Tharna. Nous n'avons pas été inquiétés ni interrogés par des patrouilles. Nous avons bien vu des tarniers et leurs montures ici et là parmi les cylindres, mais aucun ne vint nous interpeller.

En plusieurs endroits de la cité, de longues colonnes de fumée s'élevaient en spirale, puis s'effilochaient en de vagues franges sombres.

La porte principale de Tharna, béante, pendait sur ses gonds, et de petites silhouettes isolées entraient ou sortaient hâtivement. Il n'y avait pas de chariots tirés par des tharlarions ni de files de bûcherons ou de colporteurs se dirigeant vers la cité ou la quittant. A l'extérieur des remparts, plusieurs petits bâtiments avaient été incendiés. Sur les remparts mêmes, au-dessus de la porte, était tracée en lettres énormes la devise : « Sa'ng-Fori », littéralement « Sans

Chaînes » mais peut-être mieux traduite simplement par « Liberté » ou « Indépendance ».

Nous avons fait poser le tarn sur les remparts près de la porte. Je libérai l'oiseau. Il n'y avait à portée aucune tarnerie où l'enfermer et, d'ailleurs, même s'il y en avait eu, je ne l'aurais pas confié aux Gardiens de Tarns de Tharna. J'ignorais qui était ou non en rébellion. Ce que je désirais peut-être surtout, c'est que l'oiseau soit libre au cas où mes espoirs échoueraient lamentablement, au cas où la Tatrix et moi péririons dans quelque petite ruelle de Tharna.

Sur le haut du rempart, nous avons trouvé le corps recroquevillé d'un garde. Il remuait légèrement. On entendait une faible plainte. Il avait dû être laissé pour mort et, maintenant seulement, reprenait conscience. Son vêtement gris avec son épaulette écarlate était taché de sang. Je débouclai la jugulaire de son casque que j'enlevai doucement.

Un côté du casque avait été fendu, peut-être par un coup de hache. Les courroies du casque, la garniture intérieure de cuir et la chevelure blonde du soldat étaient imbibées de sang. Il n'était guère plus qu'un gamin.

En sentant sur sa tête le vent qui soufflait sur les remparts, il ouvrit des yeux gris-bleu. Il tenta de saisir son arme, mais le fourreau avait été vidé.

— Ne bouge pas, lui dis-je en examinant la blessure.

Le casque avait amorti le coup, mais la lame de l'instrument qui l'avait frappé avait éraflé le crâne, provoquant l'effusion de sang. Très probablement, la force du coup l'avait assommé et le sang avait fait croire à son adversaire que tout était fini. Celui-ci ne devait, apparemment, pas être un guerrier.

J'ai pansé la blessure avec un morceau de la tunique de Lara. Elle était propre et peu profonde.

— Ça s'arrangera très bien, lui dis-je.

Ses yeux allaient de l'un de nous à l'autre.

— Es-tu pour la Tatrix ? demanda-t-il.

— Oui, répondis-je.

— Je me suis battu pour elle, dit le garçon en se renversant sur mon bras. J'ai fait mon devoir.

Je compris qu'il avait rempli son devoir sans plaisir et que son cœur était peut-être avec les rebelles, mais que l'orgueil de sa Caste l'avait maintenu à son poste. En dépit de sa jeunesse, il avait la loyauté aveugle du Guerrier, loyauté que je respectais et qui n'était peut-être pas plus aveugle que celle qui m'avait parfois guidé moi-même. De tels hommes constituent des antagonistes redoutables, quand bien même leurs épées sont vouées à la plus méprisable des causes.

— Tu n'as pas combattu pour ta Tatrix, dis-je d'un ton calme.

Le jeune guerrier sursauta dans mes bras.

— Si, cria-t-il.

— Non, tu t'es battu pour Dorna la Fière, prétendante au trône de Tharna, une usurpatrice et une traîtresse.

Les yeux du guerrier s'écarquillèrent en nous regardant.

— Voici, dis-je en désignant d'un geste la ravissante jeune femme auprès de moi, Lara, la véritable Tatrix de Tharna.

— Oui, brave soldat de la Garde, dit Lara en posant avec douceur sa main sur le front du jeune homme comme pour l'apaiser, c'est moi, Lara.

Le garde se débattit dans mes bras, puis retomba

en arrière, refermant les yeux sous l'effet de la souffrance.

— Lara, dit-il, les paupières closes, a été emportée par le tarnier des Divertissements.

— C'était moi, ce tarnier.

Les yeux gris-bleu s'ouvrirent lentement et me dévisagèrent un long moment puis, peu à peu, les traits du jeune soldat se transformèrent quand il me reconnut.

— Oui, je me souviens.

— Le tarnier, dit Lara à mi-voix, m'a ramenée à la Colonne des Echanges. Là, j'ai été saisie par Dorna la Fière et Thorn, son complice, qui m'ont vendue comme esclave. Le tarnier m'a libérée et ramenée maintenant à mon peuple.

— J'ai combattu pour Dorna la Fière, reprit le jeune homme, dont les yeux gris-bleu s'emplirent de larmes. Pardonne-moi, Tatrix légitime de Tharna, supplia-t-il.

Et s'il n'y avait pas eu défense à lui, homme de Tharna, de la toucher, je crois qu'il lui aurait tendu la main.

A la stupeur du jeune homme, Lara prit sa main dans la sienne.

— Tu t'es bien conduit, dit-elle. Je suis fière de toi, mon Garde.

Le jeune homme ferma les yeux, et son corps se détendit dans mes bras.

Lara me regarda, alarmée.

— Non, il n'est pas mort. C'est seulement qu'il est jeune et a perdu beaucoup de sang.

— Regarde ! s'écria la jeune femme en désignant le rempart.

Cinq ou six silhouettes grises, portant boucliers et lances, avançaient rapidement dans notre direction.

— Des soldats de la Garde, dis-je en dégainant mon épée.

Tout à coup, je vis les boucliers bouger, se placer de biais par rapport à nous, et les bras droits se lever, lances en l'air, sans que change l'avance rapide des hommes. Encore une douzaine de pas, et les six lances fendraient l'air, projetées à cette allure vive et régulière.

Sans perdre une seconde, je passai l'épée dans mon ceinturon et attrapai Lara par la taille. En dépit de ses protestations, je la fis pivoter sur elle-même et la forçai à courir à mon côté.

— Attends ! supplia-t-elle. Je vais leur parler !

Je la saisis dans mes bras et courus.

Nous atteignions à peine l'escalier de pierre en spirale permettant de descendre du rempart que les six lances frappaient le mur au-dessus de nos têtes en faisant éclater la roche, leurs pointes réparties en un cercle d'un mètre de diamètre à peine.

Une fois arrivés au pied du rempart, nous nous sommes tenus près de sa base afin de ne pas offrir de cible à d'autres exercices de lancer. Je ne croyais d'ailleurs pas que les gardes lanceraient leurs armes du haut du rempart. Qu'ils manquent ou non leur coup, cela les obligerait à descendre pour les récupérer. Il était improbable qu'un petit groupe comme celui-là abandonne le haut du rempart pour courir après deux rebelles.

Nous commençâmes à nous frayer un chemin péniblement dans les rues sinistres, souillées de sang, de Tharna. Certains bâtiments avaient été détruits. Des magasins étaient fermés par des palissades. Il y avait partout du désordre. Des détritus brûlaient dans les caniveaux. Les rues étaient pratiquement vides à part, çà et là, un cadavre, parfois celui d'un guerrier de Tharna, plus souvent celui d'un de ses citoyens vêtus de gris. Sur de nombreux murs, on pouvait lire l'inscription « Sa'ng-Fori ».

De temps en temps, des yeux effrayés nous observaient, pleins de crainte, à l'abri des volets de leurs fenêtres. A Tharna, ce jour-là, il ne devait pas y avoir une porte qui ne soit verrouillée.

— Halte ! cria une voix.

Nous nous arrêtâmes.

Devant et derrière nous, des hommes semblaient s'être matérialisés. Plusieurs avaient des arbalètes ; quatre au moins tenaient des lances prêtes à être projetées ; certains arboraient orgueilleusement des épées ; mais beaucoup n'avaient rien qu'une chaîne ou un pieu affûté.

— Des rebelles ! dit Lara.

— Oui, répondis-je.

Nous lisions de la défiance morose, de la résolution, l'aptitude à tuer dans ces yeux injectés de sang par manque de sommeil, dans l'attitude terrible de ces corps vêtus de gris, affamés, rendus haineux par la tension des combats de rue. C'étaient des loups dans les rues de Tharna.

Je dégainai lentement mon épée et poussai la jeune femme de côté, contre le mur.

Un des hommes rit.

Je souris aussi, car résister était inutile. Je savais pourtant que je résisterais, que je ne serais pas désarmé avant d'être étendu mort sur les pierres de la rue.

Mais Lara ?

Quel serait son sort entre les mains de cette horde d'hommes désespérés, enragés ? J'examinai mes adversaires en haillons, dont certains avaient été blessés. Ils étaient sales, féroces, exténués, furieux, peut-être affamés. Elle serait probablement massacrée contre le mur où elle se tenait. Ce serait brutal mais rapide et, en somme, miséricordieux.

Les bras armés de lances se replièrent en arrière, les arbalètes s'abaissèrent, les chaînes furent serrées plus fermement ; les quelques épées se levèrent dans ma direction ; même les pieux taillés en pointe s'inclinèrent vers ma poitrine.

— Tarl de Ko-ro-ba ! s'écria soudain une voix, et je vis un petit homme mince, avec une mèche de cheveux blond-roux sur le front, se frayer un chemin à travers la troupe dépenaillée des rebelles qui nous faisait face.

C'était le premier de la chaîne dans la mine, celui qui — par force — avait été le premier à escalader la cheminée du chenil des esclaves vers la liberté.

Son visage était transfiguré par la joie. Il s'élança et m'embrassa.

— C'est lui ! cria-t-il. C'est Tarl de Ko-ro-ba !

Alors, à ma stupéfaction, la horde dépenaillée leva ses armes et poussa des vivats effrénés. Les hommes me saisirent et me hissèrent sur leurs épaules. Je fus emporté à travers les rues. D'autres rebelles, jaillissant par portes et fenêtres, se joignirent à ce qui devint un cortège triomphal.

Les voix de ces hommes hâves mais métamorphosés se mirent à chanter. Je reconnus l'air. C'était le chant de labour que j'avais entendu pour la première fois fredonné par le paysan dans les mines. Ce chant était devenu l'hymne de la révolution.

Lara, aussi déroutée que moi, courait à côté des hommes en se maintenant aussi près de moi que le permettait la foule tumultueuse.

Ainsi porté en triomphe de rue en rue, au milieu de cris joyeux, d'armes brandies de tous côtés en guise de salut, mes oreilles vibrant du chant de labour — autrefois chant des Francs-Tenanciers de Tharna, depuis longtemps supplantés par les Grandes Fermes —, je me retrouvai ramené à ce fatidique débit de Kal-da dont je me souvenais si bien, où j'avais dîné et m'étais réveillé, trahi par Ost. C'était devenu le quartier général de la révolution, peut-être parce que les hommes de Tharna s'étaient rappelé qu'ils y avaient appris à chanter.

Là, debout devant l'entrée basse, je revis la puissante silhouette trapue de Kron, de la Caste des Forgerons. Son grand manteau était suspendu à sa ceinture. Ses yeux bleus luisaient de bonheur. Ses mains énormes, couvertes des cicatrices de travailleur du métal, étaient tendues vers moi.

A côté de lui, j'eus la joie de voir la mine espiègle d'Andreas, avec cette masse de cheveux noirs qui lui cachait presque le front. Derrière Andreas, vêtue d'une robe de femme libre, sans voile, le cou enfin libéré du collier d'Esclave d'Etat, j'aperçus — radieuse et haletante — Linna de Tharna.

D'un bond, Andreas se dégagea du groupe rassemblé sur le seuil et se précipita vers moi. Il me saisit par les mains, me tira à lui et m'agrippa aux épaules, riant de joie.

— Bienvenue à Tharna ! s'écria-t-il. Bienvenue à Tharna !

— Oui, dit Kron qui le suivait juste à un pas en arrière, bienvenue à Tharna !

24

LA BARRICADE

Je baissai la tête et poussai la lourde porte de bois qui fermait le débit de Kal-da. L'enseigne « Kal-da en vente ici » avait été repeinte en lettres brillantes. Il y avait aussi, grossièrement tracé en travers avec le doigt, le cri de ralliement de la rébellion — « Sa'ng-Fori ».

Je descendis les marches larges et basses qui menaient dans la salle. Cette fois, le débit était bondé. On voyait difficilement où mettre les pieds. L'atmosphère était tumultueuse et bruyante. On aurait pu se croire dans une taverne de Paga à Ko-ro-ba ou Ar, au lieu d'un simple débit de Kal-da à Tharna. Mes oreilles étaient assaillies par le tapage, le vacarme jovial d'hommes qui ne craignent pas de rire ou de parler fort.

Le débit était maintenant orné d'une cinquantaine de lampes et les murs brillaient des couleurs des castes des hommes qui buvaient là. D'épais tapis avaient été placés sous les tables basses et étaient tachés en d'innombrables endroits par du Kal-da renversé.

Derrière le comptoir, le patron mince et chauve, le front luisant, son tablier noir maculé par les épices, les jus et le vin, s'affairait à remuer sa longue spatule dans un vaste chaudron de Kal-da pétillant pour le mélanger. Mon nez se plissa. Impossible de se méprendre sur l'odeur du Kal-da en préparation.

Près de trois ou quatre des tables basses à gauche du comptoir, un groupe de musiciens en sueur, assis gaiement jambes croisées sur le tapis, sortaient de leurs invraisemblables flûtes, instruments à cordes, tambours, disques et fils, les mélodies barbares de Gor, toujours mystérieuses, sauvages, enchanteresses — magnifiques.

Je fus intrigué, car la Caste des Musiciens avait, comme la Caste des Poètes, été exilée de Tharna. A l'instar de celle des Poètes, la Caste des Musiciens était considérée par les graves masques de Tharna comme déplacée dans une cité de gens sérieux et tout à leur travail. La musique — comme le Paga et les poèmes — peut enflammer le cœur des hommes et, quand les cœurs des hommes sont enflammés, il n'est pas facile de savoir jusqu'où la flamme risque de se propager.

Lorsque j'entrai dans la salle, les hommes se mirent debout en criant et brandirent leurs coupes dans un geste de salutation.

Presque à l'unisson, ils crièrent :

— Tal, Guerrier !

— Tal, Guerriers ! répliquai-je en levant le bras et leur donnant à tous le titre de ma Caste, car je savais que, dans leur cause commune, chacun était un Guerrier. Il en avait été décidé ainsi dans les Mines de Tharna.

Derrière moi, sur les marches, venaient Kron et Andreas, suivis par Lara et Linna.

Je me demandai quelle impression le débit de Kal-da ferait sur la Tatrix légitime de Tharna.

Kron me prit par le bras et me guida vers une table près du centre de la salle. Tenant Lara par la main, je le suivis. Il y avait de la stupeur dans les yeux de Lara, mais ils étaient écarquillés par la curiosité comme ceux d'un enfant. Elle ne s'était pas doutée que les hommes de Tharna pouvaient être ainsi.

De temps à autre, quand l'un d'eux la regardait trop audacieusement, elle baissait la tête et rougissait.

Finalement, je me suis assis en tailleur derrière la table basse et Lara, à la manière des femmes goréennes, s'est agenouillée près de moi, accroupie sur ses talons.

Lorsque j'étais entré, la musique avait cessé. Kron tapa alors deux fois dans ses mains et les musiciens reprirent leurs instruments.

— Une tournée générale de Kal-da ! cria Kron et, quand le propriétaire, qui connaissait les codes de sa Caste, voulut protester, Kron lui lança un tarnet d'or.

Enchanté, l'homme se précipita à quatre pattes pour le ramasser par terre.

— L'or est plus commun ici que le pain, commenta Andreas en s'installant près de nous.

Il est certain que la nourriture était chichement servie sur les tables basses, et grossières, mais on ne s'en serait pas douté d'après l'entrain des hommes dans la salle. Ils y prenaient autant de plaisir que si elle provenait des tables des Prêtres-Rois. Même l'abominable Kal-da était pour eux, qu'enivrait leur liberté nouvelle, le plus rare et le plus fort des breuvages.

Kron claqua de nouveau les mains et, à ma surprise, un bruit de clochettes résonna soudain ; quatre jeunes femmes terrifiées, visiblement choisies pour leur beauté et leur grâce, vêtues seulement des soies écarlates de danse goréennes, s'arrêtèrent devant notre table. Elles renversèrent la tête en arrière, levèrent les bras et se mirent à danser devant nous au rythme barbare des musiciens.

A ma surprise, Lara les observait avec plaisir.

— Où avez-vous donc trouvé à Tharna des Esclaves de Plaisir ? demandai-je.

J'avais remarqué que le cou des jeunes femmes était encerclé par un collier d'argent.

Andreas, qui était en train de se fourrer un morceau de pain dans la bouche, répliqua d'une voix étouffée mais guillerette :

— Sous tous les masques d'argent, affirma-t-il sentencieusement, il y a une Esclave de Plaisir en puissance !

— Andreas ! s'exclama Linna qui eut l'air de vouloir le battre pour son insolence, mais il l'apaisa d'un baiser et elle se mit, par taquinerie, à grignoter le pain qu'il avait entre les dents.

— Est-ce vraiment des masques d'argent de Tharna ? demandai-je, sceptique, à Kron.

— Oui, dit-il. Elles sont bien, n'est-ce pas ?

— Comment ont-elles appris cela ? m'enquis-je.

Il haussa les épaules.

— C'est instinctif, chez les femmes, dit-il. Mais celles-ci ne sont pas dressées, naturellement.

Je ris sous cape. Kron de Tharna parlait comme

n'importe quel homme de n'importe quelle cité de Gor — pas comme un homme de Tharna.

— Pourquoi dansent-elles pour toi ? demanda Lara.

— Elles seraient fouettées si elles ne le faisaient pas, rétorqua Kron.

Lara baissa les yeux.

— Tu vois les colliers, reprit Kron en désignant les minces et gracieux cercles d'argent que chaque femme portait au cou. Nous avons fondu les masques et utilisé le métal pour les colliers.

D'autres jeunes femmes survinrent alors parmi les tables, portant seulement une camisk et un collier d'argent. L'air morose, en silence, elles commencèrent à servir le Kal-da que Kron avait commandé. Chacune était chargée d'une lourde cruche pleine de l'horrible breuvage bouillant et remplissait les coupes des hommes l'une après l'autre.

Certaines examinaient Lara avec envie, d'autres avec haine. Leur regard lui disait :

— Pourquoi n'es-tu pas habillée comme nous, pourquoi ne portes-tu pas un collier et ne sers-tu pas comme nous servons ?

A ma surprise, Lara enleva son manteau, prit la cruche de Kal-da que tenait l'une d'elles et se mit à servir les hommes.

Plusieurs femmes lui adressèrent un regard de gratitude, car elle était libre et, en faisant cela, elle leur témoignait qu'elle ne se considérait pas comme au-dessus d'elles.

— Voilà, dis-je à Kron en désignant Lara, la Tatrix de Tharna !

Andreas la regarda et dit à voix basse :

— C'est vraiment une Tatrix.

Linna se leva et aida alors, elle aussi, à servir.

Lorsque Kron fut las de contempler les danseuses, il tapa deux fois dans ses mains, et elles s'enfuirent de la salle dans une cacophonie de sonnailles de chevilles.

Kron leva sa coupe de Kal-da et se tourna vers moi.

— Andreas m'a dit que tu avais l'intention d'entrer dans les Sardar. Je vois que tu ne l'as pas fait.

Kron entendait par là que si j'avais pénétré dans les montagnes, je n'en serais pas ressorti.

— Je vais aller dans les Sardar, mais j'ai affaire d'abord à Tharna.

— Bien ! répliqua Kron. Nous avons besoin de ton épée.

— Je suis venu replacer Lara sur le trône de Tharna.

Kron et Andreas me dévisagèrent avec stupeur.

— Non, dit Kron. Je ne sais pas comment elle s'y est prise pour t'ensorceler, mais nous ne voulons pas de Tatrix à Tharna !

— Elle est tout ce que nous combattons, protesta Andreas. Si elle remonte sur le trône, nous nous serons battus pour rien. Tharna sera de nouveau la même.

— Tharna ne sera plus jamais la même ! déclarai-je.

Andreas secoua la tête comme pour essayer de comprendre ce que je voulais dire.

— Pourquoi nous attendre qu'il parle raisonnablement ? s'exclama-t-il à l'adresse de Kron. Somme toute, il n'est pas Poète !

Kron ne rit pas.

— Ni Forgeron, ajouta Andreas avec espoir.

Mais Kron ne rit toujours pas.

Son austère personnalité formée au-dessus des enclumes, dans les forges de son métier, ne prenait pas à la légère l'énormité de ce que j'avais dit.

— Il faudrait d'abord que tu me tues, dit-il sourdement.

— Ne sommes-nous plus de la même chaîne ? demandai-je.

Kron resta silencieux. Puis, me regardant bien en face avec ses yeux bleu d'acier, il répliqua :

— Nous sommes toujours de la même chaîne.

— Alors, laisse-moi parler.

Kron acquiesça d'un sec hochement de tête.

A présent, plusieurs autres hommes s'étaient rassemblés autour de la table.

— Vous êtes des hommes de Tharna, commençai-je. Mais ceux que vous combattez sont aussi de Tharna.

Un des assistants acquiesça :

— J'ai un frère dans les Gardes.

— Est-il bien que les hommes de Tharna lèvent leurs armes les uns contre les autres, alors qu'ils sont tous des mêmes remparts ?

— C'est triste, admit Kron. Mais il le faut.

— Ce n'est pas nécessaire, protestai-je. Les soldats et gardes de Tharna ont juré fidélité à la Tatrix, mais la Tatrix qu'ils défendent est une traîtresse. La Tatrix légitime de Tharna, Lara en personne, est dans cette salle !

Kron observait la jeune femme qui n'avait pas conscience de cette conversation. A l'autre bout de la salle, elle servait du Kal-da à des hommes qui levaient leur coupe vers elle.

— Tant qu'elle vivra, déclara Kron, la révolution sera en danger.

— Ce n'est pas vrai, dis-je.

— Elle doit mourir ! insista Kron.

— Non. Elle aussi a subi la chaîne et le fouet !

Il y eut un murmure de stupéfaction autour de la table.

— Les soldats de Tharna et ses gardes abandonneront la fausse Tatrix et serviront la vraie, affirmai-je.

— Si elle vit... objecta Kron, en regardant la simple jeune femme à l'autre bout de la salle.

— *Il faut qu'elle vive !* dis-je d'un ton pressant. Elle apportera une ère nouvelle à Tharna. Elle peut réunir les rebelles et les hommes qui s'opposent à vous. Elle a appris combien déplorables et cruelles sont les coutumes de Tharna. Regardez-la !

Et les hommes observèrent la jeune femme qui versait en silence le Kal-da, partageant volontairement les travaux des autres femmes de Tharna. Ce n'est pas ce qu'on aurait attendu d'une Tatrix.

— Elle est digne de régner, déclarai-je.

— Elle est tout ce que nous avons combattu, rétorqua Kron.

— Non, vous avez lutté contre les coutumes cruelles de Tharna. Vous avez lutté pour votre fierté et votre liberté, non pas contre cette jeune femme !

— Nous avons lutté contre le masque d'or de Tharna ! s'écria Kron en frappant du poing sur la table.

Cet éclat soudain attira l'attention de la salle entière et tous les yeux se tournèrent vers nous. Lara, droite et gracieuse, posa la cruche de Kal-da, s'approcha et s'arrêta devant Kron.

— Je ne porte plus le masque d'or, dit-elle simplement.

Et Kron regarda la ravissante jeune femme qui se tenait devant lui avec tant de grâce et de dignité, sans trace d'orgueil, de cruauté ou de crainte.

— Ma Tatrix, murmura-t-il.

Nous avons traversé la cité, les rebelles derrière nous emplissant les rues qui devenaient pareilles à des rivières grises, chaque homme avec son arme ; pourtant, le bruit de ces rivières convergeant vers le Palais de la Tatrix était rien moins que morne. C'était le son du chant de labour, irrésistible et lent comme la débâcle des glaces dans les rivières gelées, péan à la terre, simple et mélodieux, qui célébrait la première brisure du sol.

Cinq marchaient détachés en tête de ce splendide cortège en haillons : Kron, Chef des Rebelles ; le Poète Andreas ; sa compagne non voilée, Linna de Tharna ; moi, Guerrier d'une cité détruite et maudite par les Prêtres-Rois ; et une jeune femme aux cheveux dorés, une femme qui ne portait pas de masque, qui avait connu à la fois le fouet et l'amour, l'indomptable et magnifique Lara, Tatrix légitime de Tharna.

Il était évident pour les défenseurs du palais, qui était le bastion principal du gouvernement contesté de Dorna, que la situation serait tranchée ce jour-là, et par l'épée. La rumeur leur était déjà parvenue comme sur les ailes des tarns que les rebelles, abandonnant leur tactique d'embuscades et de fuite, marchaient enfin sur le palais.

Je vis devant nous, une fois de plus, cette large avenue sinueuse qui menait, toujours en se rétrécissant, jusqu'au Palais de la Tatrix. En chantant, les rebelles commencèrent à monter l'avenue en pente raide. Nous sentions sous le cuir de nos sandales le pavage en cailloutis noir.

Je remarquai à nouveau que les murailles bordant l'avenue s'élevaient à mesure que l'avenue se rétrécissait, mais, cette fois, longtemps avant que nous ayons approché de la petite porte de fer, nous vîmes qu'une double barricade avait été dressée en travers de la voie, la seconde dépassant la première et permettant de faire pleuvoir des projectiles sur ceux qui prendraient d'assaut le premier obstacle. La barricade était installée entre les murailles, à un endroit où elles étaient distantes l'une de l'autre d'une cinquantaine de mètres. La première avait près de quatre mètres de haut, la seconde peut-être six mètres.

Derrière la barricade, je voyais briller des armes et bouger des casques bleus.

Nous étions à une portée d'arbalète.

Je fis signe aux autres de rester en arrière et, portant lance et bouclier en plus de mon épée, je m'approchai de la barricade.

Sur le toit du palais, au-delà de la double barricade, j'apercevais de temps à autre la tête d'un tarn et j'entendais leurs cris. Les tarns, cependant, ne sont pas d'une grande efficacité contre les rebelles en ville. Nombre de rebelles s'étaient taillé des arcs et beaucoup étaient armés de lances et d'arbalètes récupérées sur des guerriers abattus. C'était une entreprise risquée de s'approcher assez près pour faire entrer les serres des tarns en jeu.

Et si les guerriers essayaient d'utiliser les tarns simplement pour tirer sur la foule, ils trouveraient brusquement les rues désertes jusqu'à ce que l'ombre de l'oiseau ait disparu, et les rebelles pourraient s'approcher du palais encore d'une centaine de mètres. Une infanterie bien entraînée, entre parenthèses, peut se déplacer rapidement dans les rues d'une ville en s'abritant la tête avec des boucliers placés côte à côte, à la manière du *testudo* romain, mais cette formation exige discipline et précision, vertus martiales qu'on ne pouvait attendre à un haut degré des rebelles de Tharna.

A une centaine de mètres de la barricade, je déposai lance et bouclier, signe que je demandais une trêve.

Une haute silhouette apparut sur la barricade et accomplit les mêmes gestes que moi.

En dépit du casque bleu qui masquait ses traits, je compris que c'était Thorn.

Je recommençai à avancer.

Le chemin me parut long.

Pas à pas, je remontai l'avenue noire en me demandant si la trêve serait respectée. Dorna la Fière aurait-elle commandé cette barricade au lieu de Thorn, Capitaine et membre de ma Caste, que le carreau de quelque arbalète, j'en suis persuadé, m'aurait transpercé le corps sans avertissement.

Quand je me trouvai enfin, indemne, sur le cailloutis noir au pied de la double barricade, je compris que Dorna la Fière régnait peut-être à Tharna et siégeait sur le trône d'or de la cité, mais que c'était la parole d'un Guerrier qui faisait loi sur ces barricades.

— Tal, Guerrier, dit Thorn en ôtant son casque.

— Tal, Guerrier, répondis-je.

Les yeux de Thorn étaient plus clairs que dans mon souvenir et le grand corps qui tendait à la corpulence s'était, dans la tension du combat, durci en musculature vigoureuse. Les taches rougeâtres qui maculaient son visage jaunâtre semblaient moins prononcées qu'avant. Deux touffes de poils ornaient toujours son menton de deux pinceaux parallèles et ses longs cheveux étaient toujours aussi rattachés derrière la tête par un nœud à la mongole. Les yeux obliques, clairs à présent, me dévisageaient.

— J'aurais dû te tuer sur la Colonne des Echanges, dit Thorn.

Je parlai fort afin que ma voix porte jusqu'à ceux qui garnissaient la double barricade.

— Je viens au nom de Lara qui est la Tatrix légitime de Tharna. Remettez vos armes au fourreau. Ne répandez plus le sang des hommes de votre propre Cité. Je vous le demande au nom de Lara et de la Cité de Tharna et de sa population. Et je le demande au nom des lois de votre propre Caste, car vos épées sont vouées à la vraie Tatrix — Lara — et non à Dorna la Fière !

Je sentais les hommes réagir derrière la barricade.

Thorn répliqua aussi à haute voix à l'intention des guerriers :

— Lara est morte. Dorna est Tatrix de Tharna !

— Je suis vivante ! cria une voix derrière moi.

Je me retournai et, à ma consternation, je vis que Lara m'avait suivi jusqu'à la barricade. Si elle était tuée, les espérances des rebelles risquaient d'être anéanties et la cité d'être plongée dans une interminable guerre civile.

Thorn regarda la jeune femme, et j'admirai la froideur avec laquelle il la dévisageait. Il devait avoir l'esprit en tumulte, car il ne pouvait pas s'attendre que la jeune femme présentée par les rebelles comme la vraie Tatrix soit réellement Lara.

— Ce n'est pas Lara ! déclara-t-il froidement.

— Si, s'écria-t-elle.

— La Tatrix de Tharna, répliqua Thorn d'un ton méprisant en jetant un coup d'œil aux traits à découvert de Lara, porte un masque d'or !

— La Tatrix de Tharna, riposta Lara, a décidé de ne plus porter de masque d'or !

— Où as-tu déniché cette fille des camps, cette intrigante ? demanda Thorn.

— Je l'ai achetée à un marchand d'esclaves.

Thorn rit, et ses hommes derrière la barricade rirent aussi.

— Le marchand d'esclaves à qui tu l'as vendue, ajoutai-je.

Thorn s'arrêta de rire.

Je criai aux hommes de la barricade :

— J'ai ramené cette jeune femme, votre Tatrix, à la Colonne des Echanges où je l'ai remise entre les mains de Thorn, ce Capitaine, et de Dorna la Fière. J'ai été alors attaqué traîtreusement et envoyé aux Mines de Tharna. Dorna la Fière et Thorn, ce Capitaine, ont saisi Lara, votre Tatrix, et l'ont vendue en esclavage. Ils l'ont vendue au marchand Targo, dont le camp est actuellement à la Foire d'En'Kara. Ils l'ont vendue pour la somme de cinquante tarnets d'argent !

— Ce qu'il dit est faux ! cria Thorn.

J'entendis une voix derrière la barricade, une voix jeune.

— Dorna la Fière porte un collier de cinquante tarnets d'argent !

— En vérité, Dorna la Fière fait montre d'impudence en se parant des pièces mêmes contre lesquelles sa rivale — votre Tatrix légitime — a été mise dans les chaînes de l'esclavage !

Un murmure d'indignation, des cris de colère montèrent de la barricade.

— Il ment ! dit Thorn.

— Vous l'avez entendu, m'écriai-je, déclarer qu'il aurait dû me tuer sur la Colonne des Echanges ! Vous savez que c'est moi qui ai enlevé votre Tatrix aux Divertissements de Tharna. Pourquoi serais-je allé à la Colonne des Echanges sinon pour la remettre aux envoyés de Tharna ?

Une voix cria derrière la barricade :

— Pourquoi n'as-tu pas pris davantage d'hommes avec toi pour aller à la Colonne des Echanges, Thorn de Tharna ?

Thorn, furieux, se retourna dans la direction de la voix.

Je répondis à la question :

— N'est-ce pas évident ? Il voulait sauvegarder le secret de son plan pour enlever la Tatrix et mettre Dorna la Fière sur le trône !

Un autre homme apparut au sommet de la barricade. Il ôta son casque. Je vis que c'était le jeune guerrier dont nous avions soigné la blessure, Lara et moi, sur le rempart de Tharna.

— Je crois ce Guerrier ! cria-t-il en me désignant.

— C'est une manœuvre pour nous diviser ! protesta Thorn. Retourne à ton poste !

D'autres guerriers en casque bleu et tunique grise de Tharna étaient montés en haut de la barricade pour mieux voir ce qui se passait.

— Retournez à vos postes ! ordonna Thorn.

— Vous êtes des Guerriers ! criai-je. Vos épées sont vouées à votre Cité, à ses remparts, à vos concitoyens et à votre Tatrix ! Servez-la !

— Je servirai la Tatrix légitime de Tharna ! proclama le jeune guerrier.

Il sauta à bas de la barricade et déposa son épée sur le cailloutis aux pieds de Lara.

— Reprends ton épée au nom de Lara, Tatrix légitime de Tharna, dit-elle.

— J'obéis ! répliqua-t-il.

Il mit un genou en terre devant la jeune femme et saisit la poignée de l'arme.

— Je relève mon épée au nom de Lara, qui est la Tatrix légitime de Tharna.

Il se redressa et salua de l'épée la jeune femme.

— Qui est la Tatrix légitime de Tharna ! répéta-t-il d'une voix forte.

— Ce n'est pas Lara ! cria Thorn, le doigt tendu vers la jeune femme.

— Comment peux-tu en être aussi sûr ? questionna un des guerriers du haut de la barricade.

Thorn resta muet, car comment pouvait-il prétendre savoir que ce n'était pas Lara, alors qu'il n'avait probablement jamais vu le visage de la vraie Tatrix ?

— C'est moi la Tatrix ! s'écria la jeune femme. N'y a-t-il aucun de vous ici qui ait servi dans la Salle du Masque d'Or ? Aucun d'entre vous qui reconnaisse ma voix ?

— C'est bien elle ! affirma un des soldats. J'en suis certain.

Il ôta son casque.

— Tu es Stam, dit-elle, premier Garde de la porte nord, et tu jettes la lance plus loin que quiconque à Tharna. Tu as été premier aux jeux militaires d'En'Kara pendant la seconde année de mon règne.

Un autre guerrier enleva son casque.

— Tu es Taï, dit-elle, un tarnier blessé au cours de

la guerre avec Thentis, un an avant que je monte sur le trône de Tharna.

Un autre encore retira son casque.

— Je ne te connais pas, dit-elle.

Les hommes de la barricade murmurèrent.

— Tu ne peux pas, dit le soldat, car je suis un mercenaire d'Ar qui a pris du service à Tharna seulement depuis la révolte.

— C'est bien Lara ! cria un autre encore.

Il sauta à bas de la barricade et mit aussi son épée sur le sol à ses pieds.

Une fois de plus, elle demanda gracieusement que l'épée soit relevée en son nom, ce qui fut fait.

Un des blocs de la barricade tomba dans l'avenue. Les guerriers étaient en train de la démanteler.

Thorn avait disparu de la barricade.

Les rebelles, à qui j'avais fait signe, s'approchèrent lentement. Ils avaient abaissé leurs armes et marchaient en chantant vers le palais.

Les soldats affluèrent par-dessus la barricade et les rejoignirent avec joie dans l'avenue. Les hommes de Tharna se donnèrent l'accolade et se serrèrent la main en bonne entente. Rebelles et défenseurs se mêlèrent gaiement dans la rue, et le frère chercha son frère parmi ceux qui, quelques minutes plus tôt, étaient des ennemis mortels.

Le bras passé autour de Lara, je franchis la barricade, et derrière nous venaient le jeune guerrier, d'autres défenseurs de la barricade, Kron, Andreas, Linna et de nombreux rebelles.

Andreas avait apporté le bouclier et la lance que j'avais déposés en signe de trêve ; je les lui pris. Nous atteignîmes la petite porte de fer qui donnait accès au palais, moi en tête.

Je réclamai une torche.

La porte n'était pas fermée à clé, je la poussai d'un coup de pied, en me protégeant avec le bouclier.

A l'intérieur, il n'y avait que silence et obscurité.

Le rebelle qui avait été le premier de la chaîne dans les mines me mit une torche dans la main.

Je la tins dans l'ouverture.

Le sol semblait solide mais, à présent, je connaissais les dangers qu'il recelait.

On apporta un long madrier tiré de l'échafaudage de la barricade et nous le posâmes par terre depuis le seuil.

La torche haut levée, j'entrai en veillant à rester sur le madrier. Cette fois, la trappe ne s'ouvrit pas et je parvins dans un étroit couloir non éclairé en face de la porte du palais.

— Attendez ici ! ordonnai-je aux autres.

Je n'écoutai pas leurs protestations et, sans en dire plus, j'entrepris mon voyage à la lueur de la torche dans le labyrinthe maintenant obscur des corridors du palais. Ma mémoire et mon sens de l'orientation me menèrent sans hésitation de salle en salle, et me guidèrent rapidement vers la Salle du Masque d'Or.

Je ne rencontrai personne.

Le silence avait quelque chose d'inquiétant et l'obscurité surprenait après le brillant soleil dans la rue au-dehors. Je n'entendais rien sauf le bruit sourd, presque imperceptible, de mes sandales sur les dalles du couloir.

Peut-être le palais était-il abandonné.

J'arrivai enfin à la Salle du Masque d'Or.

Je m'accotai contre les lourdes portes et les poussai.

Il y avait de la lumière à l'intérieur. Les torches

accrochées aux murs brûlaient encore. Derrière le trône d'or de la Tatrix se dessinait le morne masque d'or, sculpté à l'image d'une femme belle et froide, les torches fixées aux murs se reflétant sur sa surface polie avec de hideux scintillements.

Sur le trône était assise une femme vêtue du costume et du masque dorés de la Tatrix de Tharna. Autour de son cou, il y avait un collier de tarnets d'argent. Devant le trône, sur les marches, était posté un guerrier tout armé, qui tenait dans ses mains le casque bleu de sa Cité.

Thorn abaissa lentement son casque sur ses traits. Il libéra l'épée dans son fourreau. Il détacha le bouclier et la longue lance à large pointe suspendus à son épaule gauche.

— Je t'attendais, dit-il.

25

LE TOIT DU PALAIS

Les cris de guerre de Tharna et de Ko-ro-ba se mêlèrent comme Thorn se précipitait au bas des marches vers moi et que je courais à sa rencontre.

Nous projetâmes tous deux nos lances au même instant et les deux armes se frôlèrent, tels deux éclairs roux. En lançant notre arme, nous avions tous deux incliné nos boucliers pour atténuer l'impact. Nous avions tous deux bien visé, et le choc du massif projectile frappant mon bouclier comme la foudre me fit à moitié pivoter sur moi-même.

La pointe de bronze de la lance avait tranché des anneaux de cuivre du bouclier et traversé les sept couches concentriques de peau de bosk durcie qui le formaient. Ainsi alourdi, le bouclier était hors d'usage. A peine mon bouclier avait-il été atteint que mon épée jaillissait du fourreau et tailladait les brides du bouclier, le détachant de mon bras.

Tout juste après, le bouclier de Thorn fut jeté aussi sur les pierres de la salle. Ma lance l'avait transpercé, s'enfonçant d'un bon mètre au travers, et la pointe était passée au-dessus de son épaule, car il s'était baissé sous le bouclier.

Son épée aussi était libérée du fourreau, et nous nous sommes élancés l'un contre l'autre comme des larls dans les Voltaï tandis que nos armes se heurtaient avec un cliquetis net et pur, le tintement sonore et vibrant de lames bien trempées, chaque note résonnant dans la musique limpide, éclatante, du duel d'épées.

L'air presque impassible, la silhouette vêtue d'or sur le trône observait les deux guerriers qui avançaient et reculaient devant elle, l'un portant le casque bleu et la tunique de Tharna, l'autre le rouge universel de la Caste goréenne des Guerriers.

Nos reflets se battaient sur la surface miroitante du grand masque d'or derrière le trône.

Nos ombres déchaînées, tels des géants difformes, se confondaient dans un corps à corps sur les hauts murs de la salle éclairée par des torches.

Puis il n'y eut plus qu'un seul reflet, plus qu'une seule ombre géante et déformée sur les parois de la Salle du Masque d'Or.

Thorn gisait à terre devant moi.

Du bout du pied, je fis tomber l'épée de sa main et retournai le corps. Sa poitrine tressautait sous la tunique ensanglantée, sa bouche se refermait spasmodiquement comme pour essayer de retenir l'air qui s'échappait de sa gorge. Sa tête roula de côté sur les dalles.

— Tu t'es bien battu, dis-je.

— J'ai gagné, répliqua-t-il, crachant les mots dans une sorte de murmure, le visage crispé par un rictus.

Je me demandai ce qu'il voulait dire.

Je m'écartai du corps en faisant un pas en arrière et regardai la femme sur le trône.

Lentement, comme engourdie, elle descendait l'estrade marche par marche puis, à ma stupéfaction, elle tomba à genoux à côté de Thorn et posa la tête sur sa poitrine ensanglantée en pleurant.

J'essuyai ma lame sur ma tunique et la remis au fourreau.

— Je suis navré, dis-je.

La femme ne sembla pas m'entendre.

Je reculai, pour la laisser à sa douleur. J'entendais le bruit d'hommes qui approchaient dans les couloirs. C'étaient les soldats et les rebelles, et les voûtes du palais retentissaient de l'hymne d'allégresse du chant de labour.

La jeune femme leva la tête et le masque d'or se tourna vers moi.

Je n'aurais pas cru qu'une femme comme Dorna la Fière puisse tenir à un homme.

Pour la première fois, une voix sortit du masque.

— Thorn t'a vaincu, dit-elle.

— Je ne crois pas, répliquai-je, interloqué, et toi, Dorna la Fière, tu es maintenant ma prisonnière !

Un rire amer jaillit du masque, les mains gantées d'or se levèrent et, à ma stupéfaction, ôtèrent ce masque.

Près de Thorn était agenouillée non pas Dorna la Fière, mais la jeune Vera de Ko-ro-ba, qui avait été son esclave.

— Tu vois, dit-elle, mon Maître t'a vaincu, comme il savait pouvoir le faire, non par l'épée mais en gagnant du temps. Dorna la Fière a réussi à s'évader.

— Pourquoi as-tu fait cela ? m'exclamai-je.

Elle sourit.

— Thorn était bon pour moi.

— Maintenant, tu es libre, dis-je.

Sa tête retomba à nouveau sur la poitrine ensanglantée du Capitaine de Tharna, et son corps fut secoué par les sanglots.

A cet instant, les soldats et les rebelles, Kron et Lara en tête, firent irruption dans la salle.

Je désignai la jeune femme à terre.

— Ne lui faites pas de mal ! ordonnai-je. Ce n'est pas Dorna la Fière mais Vera de Ko-ro-ba, qui était l'esclave de Thorn.

— Où est Dorna ? s'exclama Kron.

— Enfuie, répondis-je d'un ton morne.

Lara me regarda.

— Mais le palais est cerné, dit-elle.

— Le toit ! m'écriai-je, en me rappelant soudain les tarns. Vite !

Lara partit en courant vers le toit du palais et je la suivis. Elle avançait rapidement dans les couloirs obscurs avec l'aisance de qui connaît depuis longtemps les aîtres. Nous atteignîmes enfin un escalier en spirale.

Je la repoussai derrière moi et, m'appuyant d'une main au mur, je grimpai l'escalier dans le noir aussi vite que je pus. En haut des marches, je poussai une trappe qui céda. Au-dehors, je vis le rectangle bleu vif du ciel. La clarté m'aveugla un instant.

Je sentis le fumet d'un grand animal à fourrure et l'odeur de la fiente de tarn.

Je me hissai sur le toit, les yeux à demi fermés en raison de la luminosité intense.

Il y avait trois hommes sur la terrasse, deux gardes et l'homme aux bracelets de cuir qui avait été le maître des cachots de Tharna. Il tenait en laisse le grand urt blanc au pelage lisse avec qui j'avais fait connaissance dans la fosse derrière la porte du palais.

Les deux gardes étaient en train d'assujettir une nacelle de transport au harnais d'un grand tarn brun. Les rênes du tarn étaient fixées à un anneau sur le devant de la nacelle. Dans celle-ci se trouvait une femme en qui je reconnus, à son maintien et à sa silhouette, Dorna la Fière, bien qu'elle ne portât à présent que le simple masque d'argent de Tharna.

— Arrêtez ! criai-je en me précipitant.

— Tue ! hurla l'homme aux bracelets de cuir en pointant le fouet dans ma direction et lâchant l'urt qui chargea furieusement vers moi.

Sa démarche de rat était d'une rapidité déconcertante et j'eus à peine le temps de me camper pour soutenir son attaque qu'il avait traversé le toit du cylindre en deux ou trois bonds et fonçait sur moi pour me saisir dans ses crocs découverts.

Ma lame pénétra dans sa gueule et s'enfonça dans son palais, lui relevant la tête et l'éloignant de ma gorge. Son cri perçant dut porter jusqu'aux remparts de Tharna. Son cou se tordit et l'épée me fut arrachée de la main. Mes bras encerclèrent son cou et mon visage se pressa contre sa blanche fourrure lustrée. Il se secoua, faisant tomber l'épée qui cliqueta sur le toit. Je me cramponnai au cou pour éviter les mâchoires claquantes, ces trois rangées de crocs blancs pointus qui cherchaient frénétiquement à lacérer, à s'enfoncer dans ma chair.

L'animal se roula sur le toit pour essayer de me détacher de son cou ; il sautait et bondissait, se tortillait et se secouait. L'homme aux bracelets de cuir avait ramassé mon épée et, armé d'elle et du fouet, tournait autour de nous, guettant le moment propice pour frapper.

Je m'efforçai de tourner l'animal autant que je pus pour maintenir son corps gigotant entre moi et l'homme aux bracelets de cuir.

Du sang coulait de la gueule de la bête sur sa fourrure et sur mon bras. Je le sentais gicler sur le côté de ma figure et dans mes cheveux.

Puis je pivotai de façon que mon corps soit exposé à l'épée que tenait l'homme aux bracelets. J'entendis son grognement de satisfaction quand il s'élança. Une seconde avant le moment où je savais que l'arme allait s'abattre, je relâchai mon étreinte sur le cou de l'animal et me glissai sous son ventre. Il chercha à m'atteindre dans une vive torsion de son cou fourré et je sentis les longs crocs pointus racler mon bras mais, au même instant, j'entendis un autre glapissement de douleur et l'exclamation d'horreur de l'homme aux bracelets de cuir.

Je me dégageai de dessous l'animal en roulant sur le côté et, en me retournant, je le vis dévisager l'homme aux bracelets de cuir. Une oreille de la bête avait été tranchée et, sur le côté gauche, son pelage était imbibé de sang qui giclait. Ses yeux fixaient maintenant l'homme à l'épée, celui qui avait frappé ce nouveau coup.

J'entendis l'ordre que celui-ci lançait d'une voix terrifiée, le faible claquement du fouet manié par son bras que la peur paralysait, son brusque cri presque muet.

L'arrière-train haut, les épaules presque au niveau du toit, l'urt était sur lui, en train de ronger.

Je secouai la tête pour chasser cette vision et me tournai vers les autres occupants du toit.

La nacelle avait été arrimée et la femme était debout dedans, les rênes en main.

Le masque d'argent impassible était dirigé vers moi, et je sentis que les yeux sombres derrière flamboyaient d'une haine indescriptible.

Elle dit aux deux gardes :

— Supprimez-le !

Je n'avais plus d'armes.

A ma surprise, les hommes ne m'attaquèrent pas. L'un d'eux lui répondit :

— Tu veux abandonner ta Cité. Par conséquent, tu n'as pas de cité puisque tu as choisi d'y renoncer.

— Insolent animal ! s'exclama-t-elle.

Puis elle ordonna à l'autre guerrier de tuer le premier.

— Tu ne règnes plus à Tharna, répliqua simplement l'autre guerrier.

— Sales bêtes ! hurla-t-elle.

— Si tu restais pour mourir au pied de ton trône, nous serions prêts à te suivre et à mourir pour toi, dit le premier guerrier.

— C'est vrai, ajouta le second. Reste comme Tatrix, et nos épées sont vouées à ton service. Fuis comme une esclave, et tu renonces à ton droit de commander notre fer.

— Imbéciles ! cria-t-elle.

Puis Dorna la Fière me regarda. Des mètres de toit nous séparaient.

La haine qu'elle me portait, sa cruauté, son orgueil étaient aussi tangibles qu'un phénomène physique, que des vagues de chaleur ou la formation de la glace.

— Thorn est mort pour toi, dis-je.

Elle rit.

— Lui aussi était un imbécile, comme tous les animaux !

Je me demandai comment il se faisait que Thorn ait donné sa vie pour cette femme. Ce n'était pas par obligation de caste puisque cette obligation était due non à Dorna, mais à Lara. Il avait transgressé les lois de sa Caste en soutenant la traîtrise de Dorna la Fière.

Tout à coup, je connus la réponse : Thorn avait dû aimer cette femme cruelle. Ce cœur de guerrier avait été attiré par elle bien qu'il n'ait jamais vu son visage, bien qu'elle ne lui ait jamais accordé un sourire ni la permission de lui toucher la main. Et je compris alors que Thorn, quel qu'il ait pu être, homme de main, débauché, adversaire impitoyable, valait mieux que celle qui avait été l'objet de ce tragique amour sans espoir. S'attacher à un masque d'argent avait fait son malheur.

— Rends-toi ! criai-je à Dorna la Fière.

— Jamais ! répliqua-t-elle avec hauteur.

— Où iras-tu, et que feras-tu ?

Je savais que Dorna n'avait guère de chances, seule sur Gor. Si astucieuse qu'elle fût, même en possession d'une fortune comme ce devait être le cas, elle n'était cependant qu'une femme et, sur Gor, même un masque d'argent a besoin de l'épée d'un homme pour la protéger. Elle risquait de devenir la proie de fauves, peut-être même de son propre tarn, ou d'être capturée par un tarnier en quête d'aventure ou par une bande de marchands d'esclaves.

— Reste affronter la justice de Tharna, suggérai-je.

Dorna renversa la tête et rit.

— Toi aussi, tu es un imbécile !

Elle avait la rêne numéro un enroulée autour de sa main. Le tarn s'agitait, inquiet.

Je jetai un coup d'œil derrière moi et vis que Lara était là et que, derrière elle, Kron et Andreas, suivis par Linna, des rebelles et des soldats, étaient montés sur le toit.

Le masque d'argent de Dorna la Fière se tourna vers Lara, qui ne portait ni masque ni voile.

— Animal impudent, ricana-t-elle, tu ne vaux pas mieux qu'eux... ces bêtes !

— Oui, dit Lara, c'est vrai.

— Je l'avais senti en toi, reprit Dorna. Tu n'as jamais été digne d'être Tatrix de Tharna. Moi seule, j'étais digne d'être la Tatrix légitime de Tharna.

— La Tharna dont tu parles, répliqua Lara, n'existe plus.

Alors, d'une seule voix, soldats, gardes et rebelles levèrent leurs armes et saluèrent en Lara la Tatrix légitime de Tharna.

— Salut, Lara, Tatrix de Tharna ! proclamèrent-ils et, selon la coutume de la Cité, cinq fois ces armes furent brandies et cinq fois retentit ce cri joyeux.

Le corps de Dorna la Fière tressauta comme s'il avait été cinq fois frappé.

Ses mains gantées d'argent se crispèrent de colère sur la rêne un et, sous ces gantelets chatoyants, je savais que les jointures, privées de sang, étaient blanches.

Elle regarda à nouveau les rebelles, les soldats, les gardes et Lara avec une aversion que je devinais sous le masque impassible, puis ce visage métallique se tourna encore une fois vers moi.

— Adieu, Tarl de Ko-ro-ba, dit-elle. N'oublie pas Dorna la Fière, car nous avons un compte à régler !

Les mains, dans leurs gants d'argent, tirèrent sauvagement sur la rêne un et les ailes du tarn se déployèrent. La nacelle resta un instant sur le toit puis, tirée par ses longues cordes tissées de fils métalliques, elle glissa sur la longueur d'un ou deux pas et s'éleva avec une embardée dans le sillage du tarn.

Je regardai la nacelle qui se balançait au-dessous de l'oiseau qui filait à tire-d'aile loin de la cité.

Une fois, le soleil se refléta sur le masque d'argent.

Puis l'oiseau ne fut plus qu'un point dans le ciel bleu au-dessus de la Cité libre de Tharna.

Grâce au sacrifice de Thorn, son Capitaine, Dorna la Fière avait réussi à s'enfuir, quoique vers quel destin, cela, je n'osais pas le conjecturer.

Elle avait parlé de régler un compte avec moi.

Je ris en moi-même, car je me dis qu'elle n'en aurait guère l'occasion. A la vérité, en admettant même qu'elle survive, elle aurait de la chance si elle ne se retrouvait pas portant un anneau de cheville sur la chaîne de quelque marchand d'esclaves.

Peut-être finirait-elle enfermée entre les murs des Jardins de Plaisir de quelque guerrier, où elle serait vêtue des soieries choisies par lui, avec des clochettes fixées à ses chevilles, et ne connaîtrait d'autre volupté que celle de ce guerrier ; peut-être serait-elle achetée par le tenancier d'une taverne de Paga, ou même d'un humble débit de Kal-da, pour y danser, servir ses clients et satisfaire leurs exigences.

Peut-être serait-elle achetée pour l'arrière-cuisine de quelque cylindre goréen où elle découvrirait que sa vie est bornée aux murs carrelés, à la vapeur et au savon des lessiveuses. On lui donnerait une natte de paille humide et une camisk, les restes de table des salles à manger au-dessus, et des coups de fouet si elle osait quitter la pièce ou renâcler à la besogne.

Peut-être un paysan l'achèterait-il pour aider aux labours. Dans ce cas, je me demandai si elle se souviendrait avec amertume des Divertissements de Tharna. Ce misérable destin deviendrait-il le sien que l'impérieuse Dorna la Fière, nue et suante, le dos exposé au fouet, apprendrait sous le harnais qu'un paysan est un maître sévère.

Mais j'écartai ces réflexions sur le sort qui pouvait échoir à Dorna la Fière.

J'avais d'autres sujets de préoccupation.

En effet, j'avais moi-même une affaire dont je devais m'occuper — un compte à régler —, mais cela me conduirait vers les Monts Sardar, car l'affaire dont je devais m'occuper concernait les Prêtres-Rois de Gor.

26

UNE LETTRE
DE TARL CABOT

Ecrite dans la Cité de Tharna, le vingt-troisième jour d'En'Kara en l'an quatre du règne de Lara, Tatrix de Tharna, l'an 10117 de la Fondation d'Ar.

Tal aux hommes de la Terre...

Pendant ces derniers jours passés à Tharna, j'ai pris le temps d'écrire ce récit. Maintenant que c'est fait, je dois entreprendre mon voyage pour me rendre aux Monts Sardar.

Dans cinq jours, je serai devant la porte noire aménagée dans les palissades qui entourent les montagnes sacrées.

Je frapperai avec ma lance sur la porte et elle s'ouvrira — et, lorsque j'entrerai, j'entendrai le tintement lugubre de la grande barre creuse qui pend à côté de la porte, annonçant qu'un autre des Hommes d'en Bas des Montagnes, un autre Mortel, a osé pénétrer dans les Sardar.

Je remettrai ce manuscrit au membre de la Caste

des Scribes que je trouverai à la Foire d'En'Kara, au pied des Sardar. Ensuite, que le manuscrit passe ou non à la postérité dépendra — comme tant d'autres choses en ce monde barbare que j'en suis venu à aimer — de l'indéchiffrable volonté des Prêtres-Rois.

Ils nous ont maudits, moi et ma Cité.

Ils m'ont pris mon père et la jeune femme que j'aimais, ainsi que mes amis, ils m'ont imposé des souffrances, des épreuves et des périls, et pourtant j'estime que, de quelque étrange manière, malgré moi, je les ai servis — que ce fut leur vouloir que je vienne à Tharna. Ils ont détruit une cité et, en un sens, ils ont reconstruit une cité.

Que sont-ils, je ne le sais, mais je suis décidé à le découvrir.

Nombreux sont ceux qui ont pénétré dans les montagnes et donc nombreux sont ceux qui ont dû apprendre le secret des Prêtres-Rois, bien qu'aucun ne soit revenu pour le dire.

Mais laissez-moi maintenant vous parler de Tharna.

Tharna est aujourd'hui une cité différente de ce qu'elle a été de mémoire d'homme.

Sa souveraine — la gracieuse et ravissante Lara — est certainement parmi les plus sages et les plus justes des gouvernants de ce monde barbare, et elle a eu la tâche pénible de refaire l'union d'une cité divisée par la guerre civile, de rétablir la paix entre les factions et de traiter tous équitablement. Si elle n'était pas aimée comme elle l'est par les hommes de Tharna, sa tâche aurait été impossible.

Lorsqu'elle est remontée sur le trône, aucune liste de proscription n'a été affichée ; l'amnistie générale a été proclamée, et en ont bénéficié aussi bien ceux qui avaient épousé sa cause que ceux qui avaient combattu pour Dorna la Fière.

Seuls les masques d'argent furent exclus de cette amnistie.

La tension était forte dans les rues de Tharna après la révolte, et les hommes en colère, rebelles comme défenseurs, s'unirent dans la chasse brutale aux masques d'argent. Ces pauvres créatures furent traquées de cylindre en cylindre, d'une pièce à l'autre.

Une fois découvertes, elles étaient traînées dans la rue, démasquées, attachées cruellement ensemble et menées au palais sous la menace des armes, leur masque pendu au cou.

De nombreux masques d'argent furent dénichés dans des chambres obscures du palais même, et les cachots du palais furent vite pleins de chaînes de belles prisonnières éplorées. Bientôt les cages d'animaux sous l'arène des Divertissements de Tharna durent être utilisées, puis ce fut l'arène elle-même.

Des masques d'argent furent aussi découverts dans les égouts de la cité. Ils furent pourchassés dans les longues canalisations par des urts géants tenus en laisse jusqu'aux filets de capture installés au débouché des égouts, qui furent bientôt bondés.

D'autres masques d'argent s'étaient réfugiés dans les montagnes à côté de la cité ; ceux-là furent chassés comme des sleens par des bandes convergentes de paysans furieux qui les rabattirent au centre de leurs groupes où, démasqués et attachés, ils furent conduits en ville pour y subir leur sort.

Toutefois, quand il devint clair que la bataille était perdue et que les lois de Tharna étaient irrévocablement annulées, la plupart des masques d'argent descendirent de leur propre gré dans les rues et se soumirent à la manière traditionnelle des femmes captives goréennes : s'agenouillant, baissant la tête, levant et tendant les bras, les poignets croisés pour être liés.

La situation s'était renversée à Tharna.

J'étais au bas des marches du trône doré quand Lara avait ordonné que le masque d'or géant suspendu derrière l'estrade soit arraché du mur à l'aide de lances en guise de leviers et jeté sur le sol à nos pieds.

Ce froid visage serein ne dominerait plus la salle du trône de Tharna.

Les hommes de Tharna avaient regardé presque avec incrédulité détacher du mur, boulon par boulon, le grand masque qui penchait en avant et, finalement entraîné par son propre poids, brisait ses dernières attaches et s'abattait avec fracas sur les marches du trône où il se brisa en cent morceaux.

— Qu'on le fonde, avait décrété Lara, et qu'on le moule en tarnets d'or de Tharna, et que ces tarnets soient distribués à ceux qui ont souffert pendant notre temps de troubles.

« Et ajoutez aux tarnets d'or, s'était-elle exclamée, les tarnets d'argent qui seront fondus avec les masques de nos femmes, car désormais, à Tharna, aucune femme ne pourra porter un masque, qu'il soit d'or ou d'argent, quand bien même elle serait la Tatrix de Tharna en personne !

Et ces paroles ayant été dites devinrent, selon la coutume de Tharna, la loi et, à partir de ce jour, aucune femme de Tharna ne put porter de masque.

Peu après la fin de la révolte, les couleurs de caste de Gor commencèrent à apparaître ouvertement dans les rues de Tharna sur les vêtements des citoyens. Les merveilleuses matières vernissées de la Caste des Constructeurs, longtemps interdites comme frivoles et coûteuses, ornèrent les murs des cylindres et jusqu'aux remparts mêmes de la cité. Les rues revêtues de gravier sont maintenant dallées avec des carreaux de pierre colorée disposés en dessins qui réjouissent les yeux. Le bois de la grande porte a été ciré et ses cuivres astiqués. Les ponts sont éclatants de peinture neuve.

Le bruit des grelots de caravanes n'est plus étrange dans les rues de Tharna et des files de commerçants ont pris le chemin de ses portes pour exploiter le plus surprenant des marchés.

Il n'est pas rare que la monture d'un tarnier arbore un harnais doré. Un jour de marché, j'ai vu un paysan, un sac de farine de Sa-Tarna sur le dos, qui avait ses sandales attachées avec des courroies d'argent.

J'ai vu des appartements privés aux murs ornés de tapisseries sortant des ateliers d'Ar et mes sandales ont parfois trouvé sous leurs semelles des tapis richement colorés, au poil épais, venant de la lointaine Tor.

C'est peut-être peu de chose de voir à la ceinture d'un artisan une boucle d'argent du style courant dans la montagneuse Thentis ou de remarquer au marché le mets délicat que sont les anguilles séchées de Port Kar, mais ces détails, si petits soient-ils, témoignent à mes yeux d'une nouvelle Tharna.

Dans les rues, j'entends les cris, les chansons, le brouhaha qui sont typiquement goréens. La place du marché n'est plus simplement quelques arpents de carrelage où les affaires doivent être traitées avec austérité. C'est un lieu où les amis se rencontrent, arrangent des dîners, échangent des invitations, discutent de politique, du temps, de stratégie, de philosophie et de la direction des femmes esclaves.

Un changement que je trouve intéressant, bien qu'au fond je ne puisse l'approuver, c'est la suppression des garde-fous sur les hauts ponts de Tharna. J'avais pensé que c'était inutile et peut-être dangereux, mais Kron avait dit simplement :

— Que ceux qui ont peur de se promener sur les hauts ponts n'aillent pas sur les hauts ponts.

On pourrait aussi mentionner que les hommes de Tharna ont pris l'habitude de porter, passées dans la ceinture de leur tunique, deux cordelettes jaunes, chacune d'environ cinquante centimètres de long. A ce seul signe, les gens d'autres cités peuvent reconnaître maintenant un homme de Tharna.

Le vingtième jour qui suivit la paix à Tharna, le sort des masques d'argent fut décidé.

Ils furent rassemblés, encordés par le cou, dévoilés, les poignets liés derrière le dos, et conduits en longues files à l'arène des Divertissements de Tharna. Ils devaient y entendre le jugement de Lara, leur Tatrix. Ils s'agenouillèrent devant elle — naguère orgueilleux masques d'argent et maintenant captives terrifiées et impuissantes — sur ce même sable étincelant qui avait été si souvent maculé par le sang des hommes de Tharna.

Lara avait beaucoup réfléchi à ce sujet et en avait discuté avec bien des gens, moi compris. Finalement, elle prit seule sa décision. Je ne sache pas que la mienne eût été aussi sévère, mais j'admets que Lara connaissait mieux que moi sa Cité et ses masques d'argent.

Je reconnais qu'il n'était pas possible de restaurer l'ancien ordre de Tharna et que ce n'était pas souhaitable non plus. Je reconnais aussi qu'il n'y avait plus de dispositions adéquates — étant donné la destruction des institutions de Tharna — pour abriter indéfiniment un grand nombre de femmes libres à l'intérieur de ses murs. Par exemple, la famille n'existait plus à Tharna depuis des générations, ayant été remplacée par la séparation des sexes et les crèches publiques où était appliquée la ségrégation.

On doit également se souvenir que les hommes qui avaient découvert les femmes de Tharna pendant la révolte les revendiquaient maintenant comme un droit. Aucun homme qui a vu une femme en Soies de Plaisir ou qui l'a regardée danser, ou qui a entendu le tintement des clochettes autour d'une cheville, ou contemplé une chevelure de femme qui, déliée, tombe jusqu'à sa taille, ne peut vivre longtemps sans la possession d'une aussi délicieuse créature.

On doit encore remarquer qu'il n'était pas réaliste d'offrir aux masques d'argent la solution de l'exil, car cela serait simplement revenu à les condamner à une mort violente ou à l'esclavage en pays étranger.

Dans ces conditions, à sa façon, le jugement de Lara était miséricordieux — bien qu'il ait été accueilli par les gémissements de lamentation des captives encordées.

Chaque masque d'argent aurait six mois pendant lesquels elle serait libre de vivre à l'intérieur de la cité et serait nourrie aux tables communes, à peu près comme avant la révolte. Mais, pendant ces six mois, on attend d'elle qu'elle trouve un homme de

Tharna à qui elle se proposera comme Libre Compagne.

S'il ne l'accepte pas comme telle — et peu d'hommes de Tharna seront disposés à accorder les privilèges du Libre Compagnonnage à un masque d'argent —, il pourra alors, sans autre formalité, lui passer simplement un collier et la prendre comme esclave, ou encore la rejeter complètement. Dans ce dernier cas, elle a la possibilité de se proposer de même à un autre homme de Tharna et peut-être à un, deux, trois autres encore.

Les six mois écoulés — peut-être a-t-elle répugné à chercher un maître ? —, son initiative à cet égard est perdue et elle appartient au premier homme qui lui encerclera le cou avec le gracieux et brillant insigne de servitude. Elle n'est alors pas considérée autrement que s'il s'agissait d'une captive ramenée à dos de tarn de quelque lointaine cité, ni traitée différemment.

En pratique, étant donné le caractère des hommes de Tharna, le jugement de Lara donne aux masques d'argent la possibilité, pendant un certain temps, de choisir un maître ou, ce délai écoulé, d'être elles-mêmes choisies comme esclaves. Ainsi, chaque masque d'argent appartiendra un temps donné à un « animal », mais, en premier lieu, elle a la faculté de décider quelles cordelettes jaunes lui seront imposées, sur quel tapis aura lieu la cérémonie de soumission.

Peut-être Lara a-t-elle mieux compris que moi qu'il faut enseigner l'amour aux êtres comme les masques d'argent et que ces femmes ne peuvent l'apprendre que d'un maître. Elle avait l'intention non pas de condamner ses sœurs de Tharna à un interminable et misérable servage, mais de les forcer à faire cet étrange premier pas sur la route qu'elle-même avait parcourue, une des routes inhabituelles qui peuvent conduire à l'amour. Lorsque je l'avais questionnée, Lara m'avait répondu que c'est seulement quand on a appris le véritable amour que le Libre Compagnonnage est possible et que certaines femmes ne peuvent l'apprendre que dans des chaînes. Cela m'avait donné à réfléchir.

Il reste peu de chose à dire.

Kron reste à Tharna où il a une position élevée dans le Conseil de la Tatrix Lara.

Andreas et Linna vont quitter la cité car, me dit-il, il y a bien des routes de Gor qu'il n'a pas parcourues, et il pense que sur certaines il découvrira peut-être le chant qu'il cherche depuis toujours. J'espère de tout mon cœur qu'il le trouvera.

La jeune Vera de Ko-ro-ba, au moins pour le moment, habitera Tharna où elle vivra en femme libre. N'étant pas de la cité, elle est exemptée des restrictions imposées aux masques d'argent.

Je ne sais pas si elle décidera de rester ou non dans la cité. Comme moi-même et tous ceux de Ko-ro-ba, c'est une exilée — et les exilés ont du mal parfois à considérer une cité étrangère comme leur foyer. Ils estiment quelquefois que les risques du désert sont préférables à l'abri de remparts étrangers. Et, aussi, à Tharna se trouve le souvenir de Thorn, le Capitaine.

Ce matin, j'ai dit adieu à la Tatrix, la noble et belle Lara. Je sais que nous avons de l'attachement l'un pour l'autre mais que nos destinées ne sont pas les mêmes.

En nous séparant, nous nous sommes embrassés.

— Gouverne bien, ai-je dit.

— J'essaierai, a-t-elle répondu.

Sa tête était contre mon épaule.

— Et si jamais j'étais à nouveau tentée d'être orgueilleuse et cruelle, ajouta-t-elle avec un petit rire dans la voix, je n'aurai qu'à me rappeler que j'ai été vendue un jour pour cinquante tarnets d'argent — et qu'un guerrier m'a achetée en échange seulement d'un fourreau et d'un casque.

— De six émeraudes, rectifiai-je avec un sourire.

— Et un casque, dit-elle en riant.

Je sentais ma tunique trempée par ses larmes.

— Je te souhaite bonne chance, ravissante Lara.

— Et je te souhaite bonne chance, Guerrier, répliqua la jeune femme.

Elle me regardait, les yeux remplis de pleurs, et pourtant souriante. Elle eut un petit rire.

— Et s'il vient un temps, Guerrier, où tu voudras une esclave, une femme pour porter tes soies et ton collier, ta marque si tu le désires — souviens-toi de Lara, qui est Tatrix de Tharna.

— Je m'en souviendrai, dis-je. Oui, je m'en souviendrai !

Et je l'ai embrassée, puis nous nous sommes séparés.

Elle régnera à Tharna et régnera bien, et je vais commencer le voyage vers les Sardar.

Ce que j'y trouverai, je ne le sais.

Depuis plus de sept ans, je m'interroge sur les mystères cachés dans ces sombres retraites. Je m'interroge sur les Prêtres-Rois et leur pouvoir, leurs astronefs et leurs agents, leurs plans concernant leur monde et le mien ; mais surtout, il faut que je découvre pourquoi ma Cité a été détruite et sa population dispersée, pourquoi il ne doit plus y rester pierre sur pierre, et il faut que je connaisse le sort de mes amis, de mon père et de Talena, ma bien-aimée. Mais je vais dans les Sardar pour davantage que la vérité ; ce qui domine dans mon cerveau, impératif, c'est le brûlant désir d'obtenir vengeance, une vengeance mienne par droit de l'épée, mienne par les affinités de sang, de caste et de cité, mienne parce que je me suis engagé d'honneur à venger une population anéantie, des murs et des tours abattus, une cité désapprouvée par les Prêtres-Rois — parce que je suis un Guerrier de Ko-ro-ba ! Je cherche plus que la vérité dans les Sardar ; je cherche le sang des Prêtres-Rois !

Mais c'est stupide de parler ainsi.

Je parle comme si mon bras frêle pouvait quelque chose contre la puissance des Prêtres-Rois. Qui suis-je pour la défier ? Je ne suis rien, pas même un peu de poussière soulevée par le vent en un minuscule poing de défi, pas même un brin d'herbe qui égratigne les chevilles des dieux qui le piétinent. Et pourtant moi, Tarl Cabot, j'irai dans les Sardar, je rencontrerai les Prêtres-Rois et bien qu'ils soient les dieux de Gor, je leur demanderai des comptes.

Au-dehors, sur les ponts, j'entends l'appel de l'Allumeur de Lanternes.

— Allumez vos Lampes ! crie-t-il. Allumez les Lampes de l'Amour !

Je me demande parfois si, dans le cas où ma Cité n'aurait pas été détruite, je serais allé dans les Sardar. Il me semble maintenant que si j'étais simplement revenu sur Gor, dans ma Cité, auprès de mon père, de mes amis et de ma bien-aimée Talena, je ne me serais peut-être pas soucié d'entrer dans les Sardar, je n'aurais peut-être pas voulu délaisser les joies de la vie pour découvrir les secrets de ces sombres montagnes. Et je me demande quelquefois — et cette idée m'impressionne et m'effraie — si ma Cité n'a pas été détruite uniquement pour m'attirer dans les montagnes des Prêtres-Rois, car ils savaient certainement que je viendrais les défier, que j'irais dans les Sardar, que je suis même prêt à aller dans les lunes de Gor pour obtenir satisfaction.

Il se peut donc que j'agisse suivant les plans des Prêtres-Rois — que peut-être je m'engage à me venger et parte pour les Sardar comme ils savaient que je le ferais, comme ils l'avaient compris, prévu et calculé. Mais, même s'il en est ainsi, je me dis que c'est bien moi qui agis et non les Prêtres-Rois, même si j'agis suivant leurs plans. Si c'est leur intention que je réclame des comptes, c'est tout autant mon intention. Si c'est leur jeu, c'est aussi le mien.

Mais pourquoi les Prêtres-Rois désireraient-ils que Tarl Cabot vienne dans leurs montagnes ? Il ne leur est rien, il n'est rien pour personne ; il n'est qu'un guerrier, un homme sans cité qu'il puisse dire sienne, donc un hors-la-loi. Quel besoin les Prêtres-Rois, avec leur science et leur pouvoir, auraient-ils de cet homme-là ? Les Prêtres-Rois n'ont nul besoin des hommes et, une fois de plus, mes pensées deviennent stupides.

Il est temps de poser la plume.

Je regrette seulement que personne ne revienne des Sardar, car j'ai aimé la vie. Et, sur ce monde barbare, je l'ai vue dans toute sa beauté et sa cruauté, dans toute sa gloire et sa tristesse. J'ai appris qu'elle est splendide, effrayante, et sans prix. Je l'ai vue dans les tours disparues de Ko-ro-ba et dans le vol d'un tarn, dans les mouvements d'une belle femme, dans l'éclat des armes, dans le son des tambours à tarns et le fracas du tonnerre sur des champs verdoyants. Je l'ai trouvée à la table de mes compagnons d'armes et dans le cliquetis métallique de la guerre, dans le contact des lèvres et de la chevelure d'une femme, dans le sang d'un sleen, dans l'arène et les chaînes de Tharna, dans le parfum des talenders et le sifflement du fouet. Je suis reconnaissant aux éléments immortels qui ont conspiré pour que je puisse exister un jour.

J'étais Tarl Cabot, Guerrier de Ko-ro-ba.

Cela, même les Prêtres-Rois n'y peuvent rien changer.

Le soir approche maintenant et les Lampes de l'Amour brillent à de nombreuses fenêtres des cylindres de Tharna. Les phares sont en place sur ses remparts, et j'entends des sentinelles crier dans le lointain que tout va bien à Tharna.

Les cylindres s'assombrissent sur le fond du ciel qui s'obscurcit. Il fera bientôt nuit. Peu de gens remarqueront l'étranger qui sort de la cité, peu se rappelleront peut-être qu'il a vécu dans leurs murs.

Mes armes, mon bouclier et mon épée sont là, à portée de ma main.

Au-dehors, j'entends le cri du tarn.

Je suis content.

Je vous souhaite bonne chance,
Tarl Cabot

DERNIÈRE NOTE

Le manuscrit s'achève sur la lettre de Tarl Cabot. Il n'y a rien eu de plus. Au cours des quelques mois écoulés depuis la remise mystérieuse du manuscrit, aucun message, aucune indication ne sont parvenus.

Je suppose, si nous pouvons faire confiance au narrateur — et je suis tenté de le faire — que Tarl Cabot a bien pénétré dans les Monts Sardar. Je ne spéculerai pas sur ce qu'il a pu y trouver. Je pense peu probable que nous l'apprenions jamais.

J.N.

3229

Composition Interligne B-Liège
Achevé d'imprimer en Europe (France)
par Brodard et Taupin à La Flèche (Sarthe)
le 26 novembre 1993. 1408I-5
Dépôt légal novembre 1993. ISBN 2-277-23229-7
1er dépôt légal dans la collection : avril 1992

Éditions J'ai lu
27, rue Cassette, 75006 Paris
Diffusion France et étranger : Flammarion